涵廬書畫論文集

李建崑 著

自序

　　1980年6月我自東海中文研究所取得碩士學位，幸運地由助教升等為中興大學中文系講師，自此跨入學術研究之林。直至2006年夏天，我已擁有大學教師應具備的博士學位，也累積30年11個月的任教年資。懷著回饋之心轉任母校東海大學中文系，繼續我的學者生涯，開授唐代文學相關課程，為時大約九年。

　　回想2006年8月初，我來東海大學報到，立即結識校牧李春旺博士。承他盛情邀約，加入路思義教堂的主日聚會，三年後成為基督徒。任教東海這九年期間，是我一生最值得紀念的時段，不但參與東海多元的人文教學與研究活動，還曾代表文學院赴越南河內社科院訪問簽訂學術合作備忘錄、赴香港珠海學院中文系客座半年、多次出國參加學術會議。2015年6月在東海屆齡退休，系裡還為我舉辦溫馨的師生茶話會，彼此感恩、相互道別，至今印象猶深！

　　退休後我又回到中興大學兼任唐代文學課程。作為一個受到禮遇的資深教授，完全不必承受科技部專題計畫之逼迫，無論教學或研究，都擁有更多自主性，心境就更加愉快了！我很少去回顧有限的研究業績，但因陸續參與學界的研討會，總不免要填註

研究成果，時而想起還有一些散落在各學報中的論文，但是並未採取積極行動集結成書，少數親近的門生在找尋我的期刊論文時，常鼓勵我出版，因而有這本論文集之誕生。

收錄在本書的八篇論文，大多作於任教東海大學期間。主要議題集中在我所熟悉的唐代詩文、詩話領域。每一篇都曾在正式期刊發表，或者先在國際、國內學術研討會上宣讀，最後仍在港台或大陸的學報正式發表，均一一註記在文末，方便學界同道覆按。

我本是個俗人，卻為我的書房取了「涵虛書室」這個雅致的名稱，其實說來有趣。我原本藏書甚豐，卻因多次遷居，不得不將歷年收集之珍貴圖書搬來搬去，最後房子越搬越小，不得不將大量贈送學生、或慨贈學界同仁。

偶然的機緣，認識一位陳姓後學，承蒙他慨贈海量的數位學術資料，加上我多年收藏的數位圖書，於是我從一個幾乎無以為繼的「圖書貧戶」，突變為富有的「藏書家」，不僅過去送出去的資料重新獲得，而且也因圖書資料無虞匱乏，重燃學術研究之熱忱。雖然我的紙本書籍仍然為數不少，但我的「書室」其實也兼含十幾塊高容量的「移動硬碟」以及網路「雲端空間」，閱讀基本資料，時常仰賴平板電腦，誇稱為「涵虛」，誠不為過矣！是為序。

李建崑　謹識於涵虛書室

時2021年2月

目錄

試論李頎交往詩之
人物形象與史料價值

壹、前言

　　本文所謂「交往詩」，涵蓋酬贈、唱和、贈別，及文人之間往來交涉各類型詩篇。此一觀念採自吳汝煜主編的《唐五代人交往詩索引》。[1]在李頎八十多首交往詩中，以酬答、送別數量為多。[2]有別於一般詩人之側重抒情、敘別；李頎交往詩喜描述往來友人獨特之性格、超凡之襟抱與特異之行徑，而且敘寫兼行，富於典型義意；在人物形象描述方面，頗有特色。

---

[1]　吳汝煜主編《唐五代人交往詩索引》（上海古籍出版社，1993年5月）該書凡例云：「本索引收錄唐五代人所有唱合、贈別、懷念、訪問、宴集、諧謔、祝頌、哀挽、謠諺、酒令、應制及述及此一時期詩人之有關詩篇。有些詩題不類交往詩，然具交往性質者，仍予收錄。」本文論及李頎之交往詩，亦採此定義。

[2]　本文論及李頎及其友人之詩篇，兼採劉寶和《李頎詩評注》（山西教育出版社，1990年5月）及《全唐詩》所載文本。李頎詩存世124首，其中〈送東陽王太守〉末缺、〈詠張諲山水〉末缺、據筆者統計李頎之交往詩近90首。

　　李頎在仕途上，雖無可觀之建樹，卻與玄宗開元時期朝野人
士廣泛往來。其交往詩所述人物，形象突出，且載錄不少生活信
息；在未有更多傳記資料出現前，李頎的交往詩篇，不但顯現個
人生平行實，也成為考察並世人物之最佳材料。

　　學界對於李頎交往詩所作的成果並不多，截至目前為止，僅
有大陸學者王友勝及陳麗娟兩篇短文[3]。在王友勝之論文中，先
總述李頎交往對象，再將李頎詩中之人物形象略作歸納。此外對
李頎人物形象描述提出一些看法，均有見地，值得參考。此外對
李頎詩喜好人物描述之文化背景，也曾提出簡要說明，具有一定
理論意義與學術價值。至於陳麗娟之論文，先檢討唐前人物詩一
般特色，然後將李頎寫作人物詩之文化因素歸於：盛唐君王開明
統治在社會上形成的積極向上氛圍、士人自主意識之覺醒、人物
審美鑑賞能力提高等等。作者雖未提及前文，然其內容大體延續
王友勝之思路。

　　當代對李頎詩之全注，至少有兩種：其一為劉寶和《李頎
詩評注》（山西教育出版社，1990年），其二為鄭宏華《李頎詩
集校注》（電子科技大學版社，1994年）。其中劉寶和箋注之體
例，包涵解題、句解、註釋、總評等項，文末附錄劉寶和先生對
李頎籍貫、仕歷、評議所作簡短討論。此書所收李頎詩，仍以

---

[3]　參見王友勝〈李頎中人物形象簡論〉《中國文學研究》2002年第1期（總
　　第64期），頁35至38；陳麗娟〈李頎人物詩的獨創性及其原因〉《太原
　　師範學院學報》（社會科學版），2006年5月（總第5卷第3期）頁104至
　　106。

《全唐詩》為準，重要官職、人名、地名、典故都已盡力查考，句解詳贍，兼及作法，對於李頎研究者而言，十分珍貴。

　　筆者以為：交往詩在李頎現存詩篇中，所佔比例最高；在人物描述時，表現手法又最突出；其交往人物，大致是玄宗開元年間、天寶初期人物。不但具有人物詩之審美特質，而且兼備一定程度史料價值。有必要對其交往詩所涉議題，再作檢視。在此提出粗淺看法，就教學界方家，敬請不吝指正。

貳、李頎交往對象概述

　　李頎，約生於武周天授元年，約卒於天寶十載（690?-751?）[4]，原籍趙郡（今河北趙縣），家居潁陽東川（今河南登封縣東北五渡河上游）。李頎生平資料甚少，兩《唐書》無傳，事蹟僅見宋‧計有功《唐詩紀事》及元‧辛文房《唐才子傳》之零星記錄。傅璇琮先生作〈李頎考〉[5]，詳細考論李頎生平、年里，其仕宦與履歷，始見明晰。有關李頎之詩歌創作以及如何正

---

[4]　李頎生平原本不詳，聞一多《唐詩大系》曾定其生卒年為（690?-751?），詳見《聞一多全集：詩選與校箋》（臺北，九思出版社，1978年版）頁191。近世學者對此大致遵從。如陸侃如、馮沅君之《中國詩史》也如此認定。又前一年（689）孟浩然出生，同年（690）也有王昌齡、李昂之出世，由此可知李頎之年齡層。詳參傅璇琮主編《唐五代文學編年史》（初盛唐卷）（遼海出版社，1998年版）武周天授元年。

[5]　詳見傅璇琮〈李頎考〉。在傅氏所著《唐代詩人叢考》（北京，中華書局1980第初版，2003年6月新1版）頁99。

確評價李頎諸議題，筆者另有一文探討[6]，本文不再贅述。

　　李頎之文學活動，主要在玄宗開元、天寶之際。李頎交往之對象，見諸交往詩者，可以分為幾種類型：

　　首先是當時重要詩人如王維、王昌齡、高適、崔顥、皇甫曾。王維是李頎最重要之詩友，王維〈贈李頎〉云：「聞君餌丹砂，甚有好顏色。不知從今去，幾時生羽翼。王母翳華芝，望爾崑崙側。文螭從赤豹，萬里方一息。悲哉世上人，甘此羶腥食。」[7]這是王維贈李頎詩僅存一首。元·辛文房《唐才子傳》卷二，謂李頎：「性疏簡，厭薄世務。慕神仙，期輕舉之道，結好塵喧之外，一時名輩，莫不重之。」[8]很可能就是根據王維〈贈李頎〉而發。

　　至於王昌齡，有〈東京府縣諸公與綦毋潛李頎相送至白馬寺宿（一作同府縣諸公送綦毋潛李頎至白馬寺）〉（《全唐詩》卷140）贈李頎。至於高適，唯有〈留別鄭三韋九兼洛下諸公〉（《全唐詩》卷213）一詩與李頎相涉，餘皆不存。高適在天寶八載，釋褐為封丘尉，行經洛陽，受到李頎等人接待，〈留別鄭三韋九兼洛下諸公〉正是答謝李頎等人之作。至於崔顥、皇甫曾，李頎都有贈詩，但文獻不足，已看不到兩人的回贈。

[6] 詳見李建崑〈李頎詩析論〉東海大學中文系主編《東海學報》第19期（2007年7月）頁37至60。收入拙著《敏求論詩叢稿》（台北：秀威資訊科技股份有限公司，2007年10月出版）頁1至34。
[7] 參見楊文生編著《王維詩集箋注》卷二，（成都，四川人民出版社，2003年9月）頁131。
[8] 見傅璇琮主編《唐才子傳校箋》卷二，（北京，中華書局，2000年2月）頁356至357。

其次，李頎交往之詩友還有當時的狂狷、隱逸之士。例如：梁鍠、陳章甫、裴騰等人。

梁鍠在《全唐詩》中有小傳，略謂：「官執戟，天寶中人。」在《元和姓纂》、《唐語林》也有少量陳章甫之資料，是一位才高薄宦、放浪不羈之君子。至於裴騰，則是李華〈三賢論〉所稱譽的奇士。李頎結交之狷者還包括劉迅。劉迅是史學家劉知幾第五子，兄弟皆以學養知名於世，也為李華〈三賢論〉所稱譽。至於劉方平，祖上皆為大官，家族十分顯赫，卻寧願與當時隱逸元魯山往來，而且終身不仕。這些人都深具「有所不為」性格。李頎所結交隱士中，還有朱處士、盧逸人、魏萬；以及退隱官員穆元林、綦毋潛。其中尤以綦毋潛最為特殊，李頎前後有七首贈詩，在往來隱士中，留存交往詩最多，這些詩篇對於考察綦毋潛生平，極有助益。

第三、李頎好神仙道術，結交的方外之士也為數不少。其中有道士張果、焦鍊師、盧道士、王道士、暨道士、王屋道士，還有高僧如神力師等。

其中以張果、焦鍊師最為突出。張果之生平，多種典籍都有記載，例如劉肅《大唐新語·隱逸》所載，大致視為仙人。女道士焦鍊師，更是如此。王維、李白、王昌齡都有詩贈。包括李頎在內，大都寫得疑幻疑真，迷離惝恍。

第四、書家張旭、畫家張諲、樂人康洽等，更是李頎結交好友中極為突出之人物。其中張旭以書法知名於世，號為「張癲」；張諲則是張彥遠《歷代名畫記》中載錄有案的書畫大家。

李頎在音樂方面也有極高修養,其描寫音樂之詩篇,如〈聽董大彈胡笳聲兼寄語弄房給事〉、〈聽安萬善吹觱篥歌〉皆為有唐詩人死未見之傑作。其結交對象還包括樂人,例如康洽。康洽精擅樂府,出入於王侯之宅,廣受宮女、梨園注目,是一位來自酒泉地區的音樂家,應是李頎音樂領域的好友。

第五、李頎重視官場關係,結交之對象還包括朝中權貴與其後人:如名相劉晏、高官裴寬、房琯、盧象;駙馬張垍、名相後人王寧、時無官位日後顯赫的喬琳。

劉晏曾任宰相,但李頎與劉結交時,還是縣尉。至於裴寬,為河南府府尹,德高位尊、不以富貴縈心,《舊唐書》有傳。至於房琯,當李頎與之結交時,房琯任給事中,尚未出任宰相。至於盧象,據劉禹錫〈唐故尚書主客員外郎盧公集序〉云:「尚書郎盧公,諱象,字諱卿。始以章句振起於開元中,與王維、崔顥比肩驤首,鼓行於時,妍詞一發,樂府傳貴。」也是朝中高官。權貴後人如張垍,是宰相張說之子。《舊唐書・張說傳》:「次子垍,尚寧親公主,拜駙馬都尉。垍以主婿,玄宗時深蒙恩寵。許於禁中置內宅,侍為文章,賞賜珍玩,不可勝數。……祿山之亂,玄宗幸蜀,(垍)均兄弟受祿山偽命,均與陳希烈為賊宰相,垍死於賊中。」李頎贈詩兩首,皆作於張垍為駙馬之前,時任兵曹參軍。至於王寧,據陶敏《全唐詩人名考證》云:「《新表》二中王氏有兩王寧,祖王方慶相武后,疑即其人。」[9]如果

9　詳見陶敏《全唐詩人名考證》(陝西人民教育出版社,1996年8月),頁118。

是王方慶之孫,則王寧也是權貴之後,但與李頎極為投合。

　　至於喬琳,情況極為特殊。李頎在〈送喬琳〉詩中,謂其「口不言金帛,心常任屈伸。」並以阮籍、陶潛相比附,可知喬琳未仕之前,蓋亦風流倜儻,有足稱者。喬琳在肅宗、代宗時成為顯宦,其後受朱泚偽署,晚節不保,受刑而死。

　　第六、李頎尚有更多友人為州縣、使府之低階官員,例如:萬齊融、李回、郝判官、山陰姚丞、錢子、劉主簿、韓鵬、崔嬰、馬錄事等。

　　這類的人物最多,性格也最為突出。萬齊融,越州人,開元間曾任涇陽令、崑山令。《國秀集》卷下選錄其詩二首,在開元詩壇,也是一位名人。至於李回,李頎有兩首詩相贈,其一為李回方為臨濟令之時、另一為李回已成司農寺丞之後。至於郝判官,時為節度判官,雖為武人,李頎卻以晉朝之山簡相比,則其風流倜儻可知;山陰姚丞,攜妓之任,李頎以古人流風餘韻比之;至於錢子,為秦地低階官員;劉主簿,與李頎有十年之誼,名籍不詳;韓鵬,為臨汾令;崔嬰,為初官小縣、年甫三十歲之縣令;馬錄事,則為滁州錄事參軍,一位執掌省署鈔目、監守符印的官員。

　　另外有些一般友人如:萬楚、朱放、相里造,以及至親好友如:從弟李墨卿、族叔李漪,也都有詩歌往還。

參、李頎交往詩之形式與表現

李頎之交往詩，仍以送別、酬寄、題贈等類型為多。詩題大多有「贈」、「送」、「寄」、「同」、「題」等字樣。李頎在詩體運用方面，以五古最多，達三十三首；七古次之，達二十一首；五排再次，達十二首；五律十首；七律四首；五絕一首；七絕四首。五七言古體及排律體之內涵容量大，迴旋週折幅度寬，因此表現最為精采，成就也最為突出。

前賢對於李頎各體詩篇，都有所評騭。例如明‧許學夷《詩源辨體》卷十七云：

> 李頎五言古平韻者多雜用律體，仄韻者多忌鶴膝。七言古在達夫之亞，亦是唐人正宗。五七言律多入於聖矣。李頎五言不拘律法者則字字洗練，故更有深味。蓋李七言律聲調雖純，後人實能為之；五言調雖稍偏，然自開、寶至今，絕無有相類者。[10]

許學夷所言「五古平韻者多雜用律體」，其實不足為病。開元時期詩家，普遍氣魄雄大，不拘聲律。尤其李頎所撰交往詩，目的更不在聲律之營造，而是在情感交流與人物描述。清‧

---

[10] 見明‧許學夷《詩源辨體》卷十七，轉錄自：陳伯海主編《唐詩論評類編》（山東教育出版社，1993年1月）頁1025至1029。

周敬、周珽《唐詩選脈會通評林》也有:「新鄉七古,每於人不經意處忽出奇想,令人心賞其奇逸,而不知其所從來者。」[11]之評。清‧管世銘也有:「李東川七言古詩,只讀得兩《漢書》爛熟,故信手揮灑,無一俗料俗韻。」(管世銘《讀雪山房唐詩序例》)明‧王世楙有:「李頎七言律,最響亮整肅。」(王世楙《藝苑卮餘》);明‧陸時雍讚為:「摩詰以下第一人。」(陸時雍《唐詩鏡》)清‧周敬、周珽《唐詩選脈會通評林》也有:「新鄉七律,篇篇機宕神遠,盛唐妙品也。」都是極正面之評價。

　　前賢對李頎之評論,也不乏涉及交往詩者。例如清‧吳喬《圍爐詩話》卷二即提出李頎七律〈題璿公山池〉、〈宿瑩公禪房〉、〈題盧五舊居〉,三首為其七律之佳作。吳喬還提出〈寄盧員外〉、〈寄綦無潛〉、〈送魏萬〉、〈宋李回〉諸詩:「燦爛鏗鏘、膚殼無情[12]之語。」清‧賀裳《載酒園詩話‧又編》舉李頎七古名篇〈放歌行答從弟墨卿〉:「吾家令弟才不羈,五言破的人共推。興來意氣如濤湧,千里長江歸海時。」四句,讚許為:「真善寫文士下筆淋漓之狀。」又舉〈送劉十〉:「前年上書不得意,歸臥東窗兀然醉。諸兄相繼掌青史,第五之名齊驃騎。烹葵摘果告我行,落日夏雲縱復橫。聞道謝安掩口笑,知君

11　轉引自:陳伯海主編《唐詩論評類編》(山東教育出版社,1993年1月)頁1025至1029。

12　崑按:「膚殼無情」似非否定語,就諸數詩內容觀之,實為讚許李頎超越世情。

不免為蒼生。」八句，評為：「曲折磊落，恣態橫生。」[13]由這些例證來看，李頎之交往詩其實也卓然成家。

就今日之角度看來，詩歌體式不斷創新，篇法頓宕變化，實為李頎交往詩一大特色。有些篇章如〈聽安萬善吹觱篥歌〉、〈聽董大彈胡笳聲兼寄語弄房給事〉、〈崔五六圖屏風各賦一物得烏孫佩刀〉諸篇，雖有交往詩之標題，寫作重心已轉為音樂或圖像描述，並非以傳情達意為主眼，在體式上頗有新意。

也有些篇章在句法、結構方面，頗有創新變化。如〈送山陰姚丞攜妓之任兼寄蘇少府〉，四句一段，結構明晰。前八句為五言，後十二句忽然改為七言，句法變化有致。再如〈送郝判官〉之體式也是如此。再看〈送錢子入京〉，錢子應屬秦地低階官員，奉令得以還鄉，詩中不恨其去，反賀其早歸，寫法溢出常軌，由此亦可知李頎交往詩之富於創意。又如〈送竇參軍〉，雖為送別而作，卻無悲戚之感。此因竇參軍並非失志而歸，因此不必點染悲情、描寫悲景，全詩展現極為快意之風格。又如：〈送劉主簿歸金壇〉，起首兩句將別情一點而過，以下全寫宦遊之事。劉主簿歸鄉為官，並非遠去異鄉，因此，欣羨多於愁愴。使這一首詩唐代在送別詩中別具一格。又如：〈送盧少府赴延陵〉，只道風物之美，而無悽惋之詞，此因盧少府並非貶官，自可優遊歲月，盧少府任所風物之美，也就成為全詩之表現中心。再者，寫法突破陳套，著意於人物形象描述，更是李頎交往詩之

---

[13] 轉引自：陳伯海主編《唐詩論評類編》（山東教育出版社，1993年1月）頁1025至1029。

另一特色。李頎之交往詩，有別於一般詩人之側重抒情、敘別；李頎的交往詩喜歡描述往來友人獨特性格、超凡襟抱與特異之行徑，而且敘寫兼行，富於典型義意；在人物形象描述方面，極有特色。可以從〈寄萬齊融〉、〈贈張旭〉、〈寄焦鍊師〉、〈謁張果先生〉、〈送劉四〉、〈送裴騰〉、〈送康洽入京進樂府府歌〉、〈送劉十〉、〈別梁鍠〉、〈送陳章甫〉、〈宋劉方平〉、〈送魏萬之京〉、〈贈別張兵曹〉、〈送暨道士還玉清觀〉等詩，獲得驗證。以下分為數項說明李頎交往詩中對於人物形象之表現：

一、形神畢現

李頎交往詩，以贈送狂狷之士，表現最為突出。這些人物，有官員、處士、更有隱逸，都是有所不為，性格十分突出。李頎常就詩友之行為或事件細加描述，突顯其胸襟氣度，達到「形神畢現」之效果。〈別梁鍠〉一首，便是極佳之例證：

> 梁生倜儻心不羈，途窮氣蓋長安兒。回頭轉眄似雕鶚，有志飛鳴人豈知？雖云四十無祿位，曾與大軍掌書記。抗辭請刃誅部曲，作色論兵犯二帥。一言不合龍頷侯，擊劍拂衣從此棄。朝朝飲酒黃公壚，脫帽露頂爭叫呼。庭中犢鼻昔嘗掛，懷裏琅玕今在無？時人見子多落魄，共笑狂歌非遠圖。忽然遣躍紫騮馬，還是昂藏一丈夫！洛陽城頭曉霜白，層冰峨峨滿川澤。但聞行路吟新詩，不歎舉家無

擔石。莫言貧賤長可欺，覆簣成山當有時；莫言富貴長可
託，木槿朝看暮還落。不見古時塞上翁，倚伏由來任天
作。去去滄波勿復陳，五湖山江愁殺人。（本集卷二）

梁鍠是一位性格倜儻、豪爽出群之人。窮途失志，仍如鵰
鶚，氣吞斗牛。「雖云」二句緊承上意，謂梁鍠雖無祿位，亦曾
在軍中執掌書記。「抗辭」四句，接敘梁鍠離軍之原委。原來梁
鍠曾經因故手刃部曲，又於論兵時，觸怒二帥。其不為變亂所
懾、不為權勢所屈之性格十分明顯。「一言不合」二句，寫其飄
然遠引，維持英雄本色。「朝朝飲酒」以下，寫其落拓之狀。飲
酒叫呼、舒洩幽憤；庭中犢鼻、放浪形骸；然而琅玕在腹，光焰
猶在。「時人」以下四句，謂俗人不知，共為嘲笑。然而梁生之
落拓，實因不遇，並非無能。如給與紫騮馬，供其馳騁，仍是昂
藏一丈夫。「洛陽」以下四句，謂洛陽城中，天候凜冽，曉冰滿
川。然而寒風雖烈，不減松柏之性。梁生猶行吟自若，不歎舉家
無糧。「莫言」四句，謂世事無常，切莫攀附富貴、輕視貧賤。
覆簣可以成山，槿花則朝開暮落，富貴亦當如是觀，誰曰梁生不
能貴顯？「不見」二句，謂塞翁失馬，焉知非福？人生禍福，相
依相倚，由來如此。「去去」二句，言人生未必長期貧賤，然亦
不宜渡五湖、蹈三江，蓋世路險惡，倜儻不羈，則將使人生愁。
此為臨別所生之愴嘆。全詩看來，梁鍠實為英雄倜儻之士，縱然
生計困窘，猶桀傲不馴、豪情萬丈，其俠者面貌，躍然紙上。此
所以李頎雖欣賞其人格，亦不免憂心其未來行止。再如〈贈張

旭〉云：

> 張公性嗜酒，豁達無所營。皓首窮草隸，時稱太湖精。
> 露頂據胡床，長叫三五聲。興來灑素壁，揮筆如流星。
> 下舍風蕭條，寒草滿戶庭。問家何所有，生事如浮萍。
> 左手持蟹螯，右手執丹經。瞪目視霄漢，不知醉與醒。
> 諸賓且方坐，旭日臨東城。荷葉裹江魚，白甌貯香秔。
> 微祿心不屑，放神於八紘。時人不識者，即是安期生。
> （本集卷一）

張旭以書法知名於世，號為「張癲」。本詩起首四句，以嗜酒豁達，總提其心性；以皓首草隸，總提其書技。時人稱乎張旭為「太湖精」，而杜甫〈殿中楊監見示張序草書圖〉也有「東吳精」之稱。「露頂」四句，述張旭創作之神態瀟灑、筆勢狂放。此即杜甫〈飲中八仙歌〉：「脫帽露頂王公前，揮毫落紙如雲煙」二句所本。「下舍」四句，寫張旭窮居陋室、寒草滿庭；一無所有，猶如浮萍之無根。以下二句「左持蟹螯」、「右執丹經」、「瞪目霄漢」、「豁達無諂」是對張旭面對貧困之形象描述。「諸賓」四句，寫張旭我行我素、狂放不拘。「微祿」四句，總結張旭超群出眾，堪與蓬萊神仙安期生等流也。全詩盛稱張旭貧而無諂、狂而不僻，微祿不屑、放神八紘，其人格形象，躍然紙面。所以超越歷來有關張旭之記述，堪為張旭之知己。再如〈送陳章甫〉云：

四月南風大麥黃，棗花未落桐陰長。青山朝別暮還見，嘶馬出門思舊鄉。陳侯立身何坦蕩，虯鬚虎眉仍大顙。腹中貯書一萬卷，不肯低頭在草莽。東門酤酒飲我曹，心輕萬事皆鴻毛。醉臥不知白日暮，有時空望孤雲高。長河浪頭連天黑，津口停舟渡不得。鄭國遊人未及家，洛陽行子空歎息。聞道故林相識多，罷官昨日今如何。（本集卷二）

按陳章甫，《元和姓纂》、《唐語林》載有少量資料。《全唐文》卷三七三，載有〈與吏部孫員外書〉略稱：「僕一臥嵩丘，三十餘載。」《元和姓纂》卷三謂：「太常博士陳章甫，江陵人。」詩中所言罷官，或即此官。《金石錄》卷七載〈七祖堂碑〉：「陳章甫撰、胡霈然行書，天寶十載四月。」陳章甫一如李頎，屬於蓋才高薄宦、放浪不羈者，詩中寫到陳章甫虯鬚虎眉、貯書萬卷，心輕萬事，醉臥東門、空望孤雲，則狂態可知。再如〈送劉十〉云：

三十不官亦不娶，時人焉識道高下？房中唯有老氏經，櫪上空餘少游馬。往來嵩華與函秦，放歌一曲前山春。西林獨鶴引閑步，南澗飛泉清角巾。前年上書不得意，歸臥東窗兀然醉。諸兄相繼掌青史，第五之名齊驃騎。烹葵摘果告我行，落日夏雲縱復橫。聞道謝安掩口笑，知君不免為蒼生。（本集卷二）

劉知幾之子劉迅，亦屬狂放不羈者。歷任京兆功曹參軍、右補闕。李華〈三賢論〉亦謂迅：「劉名儒史官之家，兄弟以學著稱。」李肇《唐國史補》上稱：「劉迅著六說，以探聖人之旨。唯說易不成，行於代者，五篇而已。」本詩起首二句，謂劉迅年及三十，不官不娶，時人不識其高。「房中」二句，謂劉迅居常以讀《老子》為樂，廄中雖有款段（行動遲緩）之馬，卻不常乘騎。「往來」二句，言劉迅往來於嵩山、太華、涵谷、秦中之間；放歌山野，不拘形骸。「西林」二句，緊承上意，寫其有如獨鶴之閒步西林；於南澗洗其隱者之巾；可謂風流倜儻、卓爾不群。「前年」二句，寫其上書不得意，乃歸臥東窗，兀然取醉。「諸兄」謂其兄劉貺、劉餗、劉匯、劉秩等人，相繼掌管青史。雖居第五，有如何驃騎（何進）之弟，以高情避世。「烹葵」二句，正寫離別。「聞道」二句，謂劉迅必將以蒼生為念，一如謝安之掩口而笑，終將不免為蒼生而出仕。

同為狂生，李頎於張旭、劉迅、梁鍠、陳章甫諸人分別就不同之事件，展現不同的人格型態。李頎將劉迅之不慕榮利、梁鍠、陳章甫欲仕無路、託焉以逃之人格形象，寫得極為分明。再如〈送裴騰〉云：

> 養德為眾許，森然此丈夫。放情白雲外，爽氣連蚶鬚。衡鏡合知子，公心誰謂無。還令不得意，單馬遂長驅。桑野蠶忙時，憐君久踟躕。新晴荷卷葉，孟夏雉將雛。令弟為

縣尹，高城汾水隅。相將簿領閒，倚望恆峰孤。香露團
百草，紫梨分萬株。歸來授衣假，莫使故園蕪。（本集
卷一）

　　按：李華〈三賢論〉云：「河東裴騰士舉，精明邁直，弟
霸市會，峻清不雜。」其姓名見諸唐人記錄者，僅此一條。此詩
起首「養德」二句以讚嘆語氣，稱揚裴騰是大丈夫。「放情」二
句，謂行宜非仕宦中人，常能放情白雲、虯鬚爽氣，此為前句作
注。「衡鏡」二句，以衡、鏡為喻，謂世間仍有公心，不愁世間
無知音者。「還令」四句，惋惜裴騰有才，卻落拓不遇，遂見其
匹馬長驅、無所聊賴；桑野蠶忙之時，頗憐其徘徊難行。此蓋極
為憐惜之意。「新晴」二句，以景托情，不勝美人遲暮之感。
藉以形容對裴騰之疼惜。「令弟」二句，言其弟身為縣尹，有
高城之清譽；且與裴騰同調，施政清檢，有如恆山孤峰之值得
倚望。「香露」四句，冀望其秋後返鄉，莫久宦遊，致使故園
荒蕪。

　　本詩對於裴騰之人格氣質，有傳神描寫。如謂裴騰「放情白
雲」、「虯鬚爽氣」，誠為森然偉丈夫！又敘及令弟在汾水之隅
（地屬太原郡汾陽）任職，兄弟相將，同掌縣尹簿領之職，卻正
直如恆山之孤峰，真令人景仰。全詩與李華〈三賢論〉之評語若
合符節，正是考察裴騰之最佳資料。

二、鋪陳事蹟

在李頎結交之詩友中，也有事蹟豐富、生涯曲折者。李頎對這些詩友詳為鋪敘、不避瑣碎，頗能凸顯其人格形象。例如〈贈別高三十五〉云：

> 五十無產業，心輕百萬資。屠酤亦與群，不問君是誰。
> 飲酒或垂釣，狂歌兼詠詩。焉知漢高士，莫識越鷗夷。
> 寄跡棲霞山，蓬頭睨水湄。忽然辟命下，眾謂趨丹墀。
> 沐浴著賜衣，西來馬行遲。能令相府重，且有函關期。
> 僶俛從寸祿，舊遊梁宋時。幡幡邑中叟，相候鬢如絲。
> 官舍柳林靜，河梁杏葉滋。摘芳雲景晏，把手秋蟬悲。
> 小縣情未愜，折腰君莫辭。吾觀聖人意，不久召京師。
> （本集卷一）

按：高三十五，據陶敏《全唐詩人名考證》云為高適。[14]《舊唐書》卷一百一十一〈高適傳〉云：

> 高適者，……天寶中，海內事干進者注意文詞。適年過五十，始留意詩什，數年之間，體格漸變，以氣質自高，每吟一篇，已為好事者稱誦。……客遊河右。河西節度哥舒

---

[14] 陶敏《全唐詩人名考證》（陝西人民教育出版社，1996年8月），頁117。

翰見而異之，表為左驍衛兵曹，充翰府掌書記，從翰入
朝，盛稱之於上前……。（中華書局版p. 3328）

此詩之結構可分為三大段：「五十無產業」以下十句為第
一段，寫高適尚未得官時落拓之狀。起首謂其五十尚無產業，卻
心輕雄貲。可見其才高志大，不急於富貴。「屠酤」二句謂高適
能交貧賤，雖屠酤亦可為群。「飲酒」四句，謂高適飲酒垂釣，
狂歌詠詩；不知漢有高士，不識越有鴟夷（范蠡）；寄身在棲霞
山，蓬頭突鬢，往來睢水之間。此寫其英雄落魄之狀。綜觀上
述，高適狂放縱恣、耿介拔俗，慷慨有大志之狂士形象，可謂歷
歷在目。

自「忽然辟命下」以下十句為第二段，勉其勿負眾望。首先
敘其忽然釋褐為封丘尉，將應召入朝。「沐浴」四句，謂其雖接
辟命，卻遲遲其行。雖知高適不急於赴任，然既為相府所重，又
有涵關之期，宜於早發，故勉其速行。「僂俛」以下，謂其昔日
遊於梁宋，如今舊友尚在；邑中老友，皆已皤皤；朝中相候，也
鬢髮如絲。這是勉高適遊於舊友、相侯，勿辜負其意。

自「官舍柳林靜」以下八句為第三段，先是點染送別情景，
然後以高適遲早升官，乃勉其屈就卑職。高適五十始露頭角，顯
然是胸懷大志之人，此種人格型態，實非常人能理解。本詩對此
卻有鮮明之鋪陳，頗能顯現其人格形象之高。再如〈送康洽入京
進樂府歌〉云：

識子十年何不遇？只愛歡遊兩京路。朝吟左氏嬌女篇，夜誦相如美人賦。長安春物舊相宜，小苑蒲萄花滿枝。柳色偏濃九華殿，鶯聲醉殺五陵兒。曳裾此日從何所？中貴由來盡相許。白夾春衫仙吏贈，烏皮隱几臺郎與。新詩樂府唱堪愁，御妓應傳鳲鵲樓。西上難因長公主，終須一見曲陽侯。（本集卷二）

　　按：康洽，為西域人。辛文房《唐才子傳》謂洽：「工樂府詩篇，宮女梨園皆寫於聲律。」戴叔倫有〈贈康老人洽〉、李端也有〈贈康洽〉詩贈之。據李端〈贈康洽〉云：「黃鬚康兄酒泉客，平生出入王侯宅。今朝醉臥又明朝，忽憶故鄉頭已白。聲名恆壓鮑參軍，班位不過揚執戟。邇來七十遂無機，空是咸陽一布衣。」（《全唐詩》卷284）可知康洽是一位來自酒泉地區之音樂家。

　　李頎此詩，先言相識十年，深知康洽有才不偶。續言康洽性情疏略，歡遊兩京，居常以吟詩頌賦為事。「長安」四句言京城春物之美，康洽宜居是地。「曳裾」四句，言康洽見重於朝官，受贈白夾春衫、烏皮隱几。往來皆是朝官幸臣，且深受期許。「新詩」二句，寫康洽此次所進樂府，必能感動人心，宮廷歌女，傳唱御苑。末尾用《漢書·韓安國傳》、《漢書·元后傳》等資料為典故，勸其利用關係，以干仕祿。康洽既是詩人、又是音樂家，朝中既有豐厚人脈，所以李頎勸他入京之際，多多利用五侯之關係，以便早日有所遇合。再如〈裴尹東谿別業〉云：

公才廊廟器，官亞河南守。別墅臨都門，鶩湍激前後。
舊交與群眾，十日一攜手。幅巾望寒山，長嘯對高柳。
清歡信可尚，散吏亦何有。岸雪清城陰，水光遠林首。
閒觀野人筏，或飲川上酒。幽雲澹徘徊，白鷺飛左右。
庭竹垂臥內，村煙隔南阜。始知物外情，簪紱同芻狗。
（本集卷一）

「裴尹」即河南府尹裴寬，據《舊唐書‧裴寬傳》謂：「漼
從祖弟寬。寬父無晦，袁州刺史。寬通略，以文詞進，騎射、彈
棋、投壺特妙。景雲中，為潤州參軍，刺史韋銑為按察使，引為
判官，清幹善於剖斷，銑重其才，以女妻之。後應拔萃，舉河南
丞。」[15]「東谿」在洛陽城東。此詩酬贈對象德高位尊，故先以
「廊廟器」稱頌之，再寫東谿別業之景致。唐時官吏十日一休
沐，李頎便以裴寬休假、在東谿別業與親交歡聚、種種情景作為
表現重心。其中「幅巾」四句，鋪寫其東谿遊憩之歡暢；「岸
雪」二句，鋪寫別業所見之景；「閒觀」二句，寫其幽人雅賞；
「幽雲」四句寫其物態之安閒。末尾以裴寬嚮往世外，視簪紱如
芻狗作結。裴寬不以富貴縈心之人格形象，益為鮮明。

---

[15] 後晉‧劉昫《舊唐書》卷一百、列傳第五十（北京：中華書局版）頁
3129。

三、疑幻疑真

　　李頎好道，與道士往來自當十分頻繁。所撰交往詩中，也以致贈道士最為奇特。李頎以迷離惝恍之筆觸，敘寫道士，古人耶？今人耶？直令人難以判斷。如〈寄焦煉師〉云：

> 得道凡百歲，燒丹惟一身。悠悠孤峰頂，日見三花春。
> 白鶴翠微裏，黃精幽澗濱。始知世上客，不及山中人。
> 仙境若在夢，朝雲如可親。何由睹顏色，揮手謝風塵。
> （本集卷一）

　　所謂「煉師」，原指修行有成、德高思精之道士。唐人常用以稱呼女道士。王維、李白、王昌齡都有詩贈焦煉師，如：王維〈贈東嶽焦煉師〉云：「先生千歲餘，五嶽遍曾居。遙識齊侯鼎，新過王母廬。」（《全唐詩》卷127）李白〈贈嵩山焦鍊師序〉云：「嵩山有神人焦鍊師者，不知何許婦人也。又云生於齊梁時，其年貌可稱五六十，常胎息絕穀，居少室廬，遊行若飛，倏忽萬里。世或傳其入東海，登蓬萊，竟莫能測其往也。余訪道少室，盡登山十六峰，聞風有寄，灑翰遙贈。」（《全唐詩》卷1685）王昌齡〈謁焦鍊師〉云：「中峰青苔壁，一點雲生時。豈意石堂裏，得逢焦鍊師。爐香淨琴（一作金）案，松影閒瑤墀。拜受長年藥，翩翩西海期。」（《全唐詩》卷142）可見焦煉師在開元文士間夙負清望，廣受崇仰。

本詩寫焦煉師得道已百歲、惟以燒丹為事；幽居孤峰，不入風塵；日見三花之春，可謂別有境界。騎白鶴、浮翠微；餌黃精、居澗濱。此蓋世間之人，所難企及。而其道術玄深，難以相見。亟欲隨之輕舉，高蹈於俗世之外。全詩出以企羨語氣，而女道形象，十分突出。再如〈謁張果先生〉云：

> 先生谷神者，甲子焉能計？自說軒轅師，于今幾千歲。
> 寓遊城郭裏，浪跡希夷際。應物雲無心，逢時舟不繫。
> 餐霞斷火粒，野服兼荷製。白雪淨肌膚，青松養身世。
> 韜精殊豹隱，鍊骨同蟬蛻。忽去不知誰，偶來寧有契。
> 二儀齊壽考，六合隨休憩。彭聃猶嬰孩，松期且微細。
> 嘗聞穆天子，更憶漢皇帝。親屈萬乘尊，將窮四海裔。
> 車徒遍草木，錦帛招談說。八駿空往還，三山轉虧蔽。
> 吾君感至德，玄老欣來詣。受籙金殿開，清齋玉堂閟。
> 笙歌迎拜首，羽帳崇嚴衛。禁柳垂香鑪，宮花拂仙袂。
> 祈年實祚廣，致福蒼生惠。何必待龍髯，鼎成方取濟。
> （本集卷一）

據劉寶和之考證，此詩約作於玄宗開元二十三年。[16]張果之生平，劉肅《大唐新語・隱逸》、新舊《唐書》、鄭處晦《明皇雜錄》、孔平仲《續世說・棲逸》皆有記載。唐・劉肅《大唐新

---

[16] 詳見劉寶和《李頎詩評注》卷一（山西教育出版社，1990年5月）頁35。

語》卷十〈隱逸〉云：

> 張果老先生者，隱於恒州枝條山，往來汾、晉。時人傳其
> 長年秘術，耆老咸云：『有兒童時見之，自言數百歲。』
> 則天召之，佯屍於妬女廟前，後有人復於恒山中見。至開
> 元二十三年，刺史韋濟以聞，詔通事舍人裴晤馳驛迎之。
> 果對晤氣絕如死。晤焚香啟請，宣天子求道之意，須臾
> 漸蘇。晤不敢逼，馳還奏之。乃令中書舍人徐嶠、通事
> 舍人盧重玄，賚璽書迎之。果隨嶠至東都，於集賢院肩輿
> 入宮，備加禮敬。公卿皆往拜謁。或問以方外之事，皆詭
> 對。每云：『余是堯時丙子年生。』時人莫能測也。又
> 雲：『堯時為侍中。』善於胎息，累日不食，時進美酒及
> 三黃丸。尋下詔曰：『恒州張果老，方外之士也。跡先高
> 上，心入窅冥，是混光塵，應召城闕。莫知甲子之數，且
> 謂羲皇上人。問以道樞，盡會宗極。今將行朝禮，爰申寵
> 命。可銀青光祿大夫，仍賜號通玄先生。』累陳老病，
> 請歸恒州，賜絹三百匹，並扶持弟子二人，拜給驛昇至
> 恒州。弟子一人放回，一人相隨入山。無何壽終，或傳
> 屍解。[17]

　　本詩起首四句，寫其壽命之長，自謂軒轅之師，至今已歷

---

[17] 唐·劉肅《大唐新語》卷一（台北：仁愛書局，1985年10月）頁157。

數千歲；此實荒唐之論，乃明言係張果自說。「寓遊」四句，謂
張果寓遊城郭，不拘形跡；應物無心，隨遇而安。「餐霞」四
句，謂張果餐霞斷火、荷衣野服，以白雪淨膚，以松子養身，蓋
為神仙者流；居常則韜光養晦，修煉俗骨，去來無蹤，如同尸
解。「二儀」以下，夸言張果之壽命等同兩儀，天地四方，任意
遨遊。彭祖、老聃、赤松子、安期生，都難與比壽。「常聞」四
句，引周穆王、漢武帝之雅好神仙，以萬乘之尊，遍尋四海之
裔，以襯托唐玄宗之禮遇張果。「車徒」四句，虛寫玄宗敕奉錦
帛、幾度馳驛以迎，皆未能如願。「吾君」四句，敘張果為天子
之誠所感，乃親自來詣。玄宗依法齋戒，受道籙於金殿。「笙
歌」四句，實寫天子接待之隆。笙歌禮拜、軍仗守衛，此蓋慎重
其事；宮中垂以金爐、張掛仙袂，寫張煌之盛。「祈年」四句，
暗諭天子，如能祈年延祚、致福蒼生，即為上吉；何必如黃帝之
鑄鼎荊山、龍垂胡髯，方為濟事？

　　張果為道士，故李頎詠以神仙之事蹟。對張果形跡之神
奇，雖有著墨，然而全詩主旨，要在暗諭玄宗：祈年延祚，致
福蒼生，方為正辦；羽化登仙，恐難如願。再如〈送王屋道士
還山〉云：

　　　　嵩陽道士餐柏實，居處三花對石室。心窮伏火陽精丹，口
　　　　誦淮王萬畢術。自言神訣不可求，我師聞之玄圃遊。出入
　　　　彤庭佩金印，承恩赫赫如王侯。雙峰樹下曾受業，應傳肘
　　　　後長生法。吾聞仙地多後身，安知不是具茨人？玉膏清泠

瀑泉水，白雲谿中日方比。後今不見數十年，鬢髮顏容只
如是。先生捨我欲何歸，竹杖黃裳登翠微。當有巖前白蝙
蝠，迎君日暮雙來飛。

　　按：「嵩陽」四句，言此道士非常人，其所作為，皆神仙
之事。如「餐柏實」、「處三花」、「對石室」皆就仙事敷衍。
所餌金丹，則為「伏火陽精丹」；所誦經卷，則為「淮南王鴻寶
萬畢」。自言道術淵源有自，非由人間，乃其師遨遊崑崙，自玄
圃所得。「出入」二句，寫王屋道士深受恩寵，出入彤庭，威勢
顯赫，一如王侯。「雙峰」，指太室、少室二山。樹下受業，用
《神仙傳》故實；肘後長生，則指葛洪所撰《肘後方》所載仙
法。「吾聞」二句，謂仙地多死後託生者，安知王屋道士不是
《莊子‧徐無鬼》中、來自具茨山的神人？王屋道士道行如此之
深，亦唯「玉膏瀑泉水」、「白雲谿中日」可以方比。「從今」
二句，推想王屋道士數十年後，鬢髮容顏，必將仍如今日之不
變。「先生」四句，頌其還山，即將登仙。當其竹杖黃裳、飛昇
翠微，當有白蝙雙飛，前來迎迓。此詩之王屋道士，絕非平凡道
士，全詩寫得迷離惝恍、疑幻疑真。

四、遠外寄意

　　李頎善敘別，不僅改變詩體，還創新作法，篇法十分新奇。
如其送行敘別之作，往往閒處落筆，遠外寄意，其所寄贈者，人
格形象，言外得之。如其〈送郝判官〉云：

楚城木葉落，夏口青山遍。鴻雁向南時，君乘使者傳。楓林帶水驛，夜火明山縣。千里送行人，蔡州如眼見。江連清漢東逶迤，遙望荊雲相蔽虧。應問襄陽舊風俗，為余騎馬習家池。（本集卷二）

詩中郝判官，生平仕履不詳。依唐代制度，天下兵馬元帥、觀察使、團練使、防禦使、節度使，亦皆有判官。《舊唐書‧職官志三‧節度使》：「節度使一人，副使一人，行軍司馬一人，判官二人，掌書記一人，參謀、隨軍四人。」本詩可以分為三段，起首四句為第一段，點出送別時間已是深秋，地點在鄂州夏口。「楓林」以下四句為第二段，分夜行與日間，想像郝判官所歷山縣直至蔡州之情景，此當為李頎心隨神往之句，其離情之深由此可知。「江連」以下四句，由五言改為七言句。先寫路途遙遠，遙望難見，唯有千里神馳而已；末以郝居官風流，必如山簡（季倫）之騎馬習家池（襄陽侯習郁家之園池），日暮盡醉，倒馬而歸作結。此詩寫郝判官之形象，全在末句。郝判官為一武官，李頎卻以晉朝山簡相比附，則其風流倜儻亦可知也。再如〈送劉方平〉云：

綺紈遊上國，多作少年行。二十二詞賦，惟君著美名。童顏且白皙，佩德如瑤瓊。荀氏風流盛，胡家公子清。有才不偶誰之過？肯即藏鋒事高臥？洛陽草色猶自春，遊子東

歸喜拜親。漳水橋頭值鳴雁，朝歌縣北少行人。別離斗酒
心相許，落日青郊半微雨。請君騎馬望四陵，為我殷勤弔
魏武。（本集卷二）

　　劉方平是名門之後，亦為隱者。起首「綺紈」二句，謂劉方
平之家世貴顯，少年時期，即有機會入京遨遊。「二十」二句，
寫其文才之美。「童顏」四句，寫劉方平之姿顏美白，品格亦
高。蓋方平家族，多為能人，一如荀淑（東漢人）之家有八子，
皆為知名，故以「荀氏風流盛」喻之。晉朝良吏胡威之家族以忠
清見稱；而方平家似之，故又以「胡家公子清」之譽。「有才」
二句，為方平叫屈，有才不用，雖非己過。然而，豈可就此藏鋒
高蹈、隱居東山？言下有期待方平出仕之意。「洛陽」以下轉入
送別。其中洛陽，為離別之地；拜親，為作別之由。「漳水」句
呼應洛陽；「別離」句，寫其寥落淒清。結尾二句，請方平至鄴
城後，莫忘憑弔魏武帝。漳水、西陵都在鄴縣境，可知劉方平此
行，是由洛陽赴鄴縣。魏武帝曹操，廣邀天下豪傑入幕，卒能
一統天下。若生逢其時，豈能無合？李頎感嘆方平不遇，亦以
自傷。而劉方平之人格形態，也不難從中得知。再如〈寄萬齊
融〉云：

　　名高不擇仕，委世隨虛舟。小邑常欺屈，故鄉行可遊。
　　青楓半村戶，香稻盈田疇。為政日清淨，何人同海鷗？
　　搖巾北林夕，把菊東山秋。對酒池雲滿，向家湖水流。

岸陰止鳴鵠，山色映潛虯。靡靡俗中理，蕭蕭川上幽。
昔年至吳郡，常隱臨江樓。我有一書札，因之芳杜洲。
（本集卷一）

　　按：萬齊融，越州人，開元間曾任涇陽令、崑山令。本詩起
首「名高」四句，謂其雖享高名，卻不擇仕祿；委身世間，若不
繫之舟。蓋屈身小邑，他人或將嘆屈，而齊融則樂於如此，蓋齊
融為官之地，即其故鄉。「青楓」二句，寫其鄉邑，青楓繁茂、
香稻盈疇，此暗示齊融善於為政，方有此富足景象。「為政」二
句，補述齊融施政清靜，萬物得所，此種政績，何人能及？「搖
巾」以下六句，設想齊融：搖巾北林、把菊東山，對酒池雲，盡
享鳥鳴、山色之情趣。「靡靡」二句，歸結齊融因俗俯仰、不違
世情，故雖居官，而能有此雅事。「昔年」四句，謂昔年遊於吳
郡，亦嘗隱於臨江之樓；因以此詩札，馳赴齊融。詩至結尾，點
出寄意。全詩寫出萬齊融瀟灑恬淡、為政清簡之形象，盛稱其山
水之趣，實為莫大恭維與欣羨。再如〈送山陰姚丞攜妓之任兼寄
蘇少府〉云：

東風香草路，南客心容與。白晳吳王孫，青蛾柳家女。
都門數騎出，河口片帆舉。夜簟眠橘洲，春衫傍楓嶼。
山陰政簡甚從容，到罷惟求物外蹤。落日花邊剡溪水，
晴煙竹裏會稽峰。才子風流蘇伯玉，同官曉暮應相逐。
加餐共愛鱸魚肥，醒酒仍憐甘蔗熟。知君練思本清新，

　　季子如今得為鄰。他日知尋始寧墅，題詩早晚寄西人。
（本集卷二）

　　姚丞，為山陰縣丞；蘇少府，山陰縣尉。本詩四句一段，結構明晰。前八句為五言句，後十二句為七言句。篇法變化有致，與〈送郝判官〉之作法類似。第一段寫姚丞赴山陰，時為春日，野草爭芳，又攜妓赴任，十分愉悅。「都門」四句為第二段，敘姚丞行經之地，由汴水南下，沿途皆是水路。所以有「眠橘洲」、「傍楓嶼」之句形容之。「山陰」以下四句為第三段，期待姚丞無為而治，如此才能遨遊會稽山、賞玩剡溪水。「才子」以下以晉人蘇伯玉形容蘇少府，謂姚丞與少府，應朝夕共事，同餐會飲，愜意可知。「知君」四句為第五段，為姚丞練思清麗，故能與季子（蘇秦字，用以代稱蘇少府）同鄰，而且相得益彰。寄望閒時遨遊，如有佳作，應即時見示。此詩妙在以古人之風流餘韻比附姚丞。

五、情景相倚

　　正如一般酬贈詩，李頎敘別言情，仍藉情景以達。近體之作，由於篇幅狹窄，不容縱橫馳騁，於是情景相倚成為李頎交往詩重要表現手法。在這些作品中，人物描述雖非重點，然受贈者之人格形象，仍不難得之。例如〈寄鏡湖朱處士〉云：

　　澄霽晚流闊，微風吹綠蘋。鱗鱗遠峰見，淡淡平湖春。

芳草日堪把，白雲心所親。何時為可樂？夢裏東山人。
（本集卷三）

本詩為五律，其酬寄對象為隱居鏡湖之處士。鏡湖在會稽、山陰兩縣交界。首聯寫鏡湖晚景；頷聯正承晚景，「鱗鱗」句應「澄霽」句；「淡淡」句應「微風」句，分寫鏡湖之幽靜淡遠。頸聯，寫朱處士手把芳草、心親白雲，皆隱者雅事。末聯，問何時可樂？其實無時不可樂。夢中常憶處士，可知朱處士應為李頎之摯友。全詩以淡雅之筆觸寫處士隱居之境，再寫隱居之人，其人格之清雅，不難得知。再如〈送人尉閩中〉云：

可歎芳菲日，分為萬里情。閶門折垂柳，御苑聽殘鶯。
海戍通閩邑，江航過楚城。客心君莫問，春草是王程。
（本集卷三）

按：此亦五律，純就離情為言。首聯嘆起，謂良辰美景、理應同遊，卻須作別，因生慨嘆。頷聯承首句，寫別時景致。由閶門、御院句觀之，送別之地應在都城。頸聯呼應次句，為行人設想，寫前往閩中，海戍江行，路途遙遠。結聯照應別時，春草又生；若非王程，何須遠役？所謂客心莫問，蓋可想而知也。又如〈送人歸河南〉云：

梅花今正發，失路復何如？舊國雲山在，新年風景餘。

　　春饒漢陽夢，日寄武陵書。可即明時老，臨川莫羨魚。
（本集卷三）

　　按：沔水，即漢水。沔南，指今湖北鐘祥、安陸一帶。本詩
作於歲末年初、乃送友人落第還鄉。起聯，寫離別時間及緣由。
次聯，寫故山猶在，新年風景不殊。三聯期待其友在故鄉，莫忘
來書。末聯，勸其雖處明時，不必再求仕進，可以終老故鄉。此
詩送友回鄉，雖感惆悵，卻勸他勿再求仕，可謂勘破世情。叮
嚀告語間，可見彼此性情相近、友誼深厚。再如〈送顧朝陽還
吳〉云：

　　寂寞俱不偶，裹糧空入秦。宦途已可識，歸臥包山春。
　　舊國指飛鳥，滄波愁旅人。開樽洛水上，怨別柳花新。
（本集卷三）

　　本詩起聯謂彼此皆寂寞不偶，裹糧入秦，空無所獲。頷聯
謂顧朝陽已看盡官場，因此歸臥包山（吳縣山名，一說即太湖中
之包山）。頸聯於寫景中涵藏悲情，蓋由朝陽之不偶而生。尾聯
點出別情及時令。不得志之人相送，愁怨更深。朝陽乃仕宦不得
志、飽嘗人冷暖而毅然返鄉歸隱，尤其「宦途已可識」可知。本
詩雖以抒情為主，顧朝陽人格有為有守，亦可見及。再如〈寄韓
鵬〉云：為政心閒物自閒，朝看飛鳥暮飛還。寄書河上神明宰，
羨爾城頭姑射山。（本集卷三）

　　按：此為七絕之作。全詩以首句為綱。次句朝看飛鳥、暮
看飛鳥，落實「心閒物自閒」之意。三句寄書，四句羨山，實有
深意存焉。人閒物閒，施政清平可知；政既清平，山亦蒙惠，
姑射山中，自有閒逸之士往來也。劉寶和云：「此詩從閒處落
筆，不著痕跡。而韓鵬為政之善，自躍然紙面。在李頎七絕
中，自屬壓卷之作，即置之唐賢名作中，亦錚錚有聲者。」[18]所
言甚是。

肆、李頎交往詩之史料價值

　　李頎善用五、七言古詩之形式，從容敘寫人物氣度、任事
之能、功績之高，不但可以賞鑑人格之美，部分詩篇，所鋪陳事
實，頗有助於開元人物之察考。茲例舉十一首李頎交往詩所涉人
物與史實，說明這些詩篇具有史料價值：

一、〈東京寄萬楚〉

　　萬楚，為玄宗開元時文士，生平不詳。《全唐詩》卷一四
五收錄萬楚詩作八首。《國秀集》卷下選錄其詩二首[19]，可知
在玄宗開元初，頗具聲名。但《國秀集》並未詳載萬楚生平，

---

[18] 詳見劉寶和《李頎詩評注》卷二（山西教育出版社，1990年5月）頁
　　321。
[19] 《國秀集》收萬楚詩〈題江潮莊壁〉、〈茱萸女〉二首。詳見唐・芮
　　挺章編《國秀集》卷下（西安：陝西人民教育出版社，1996年7月）頁
　　287。

《唐詩紀事》卷二十亦僅載少許資料，僅知萬楚為「登開元進士第」[20]。李頎在詩中謂「在昔同門友，如今出處非」，可知彼此交誼，非比尋常。全詩既讚美隱逸情趣，復勸其速求進取，成為考察萬楚生活行實之重要資料。

二、〈寄萬齊融〉

萬齊融，越州人，開元間曾任涇陽令、崑山令。《國秀集》卷下選錄其詩二首[21]宋·計有功《唐詩紀事》卷二十二引梁肅〈越州開元寺僧曇一碑銘〉云：

> 師與賀賓客知章、李北海邕、褚諫議庭誨、涇陽令萬齊融為儒釋之遊，莫逆之友。[22]

又引李華〈為潤州鶴林寺徑山大師碑銘〉云：

> 菩薩戒弟子故吏部侍郎齊澣、故刑部尚書張均、故潤州刺史徐嶠、故涇陽令萬齊融，道流人望，莫盛於此。

---

[20] 見王仲鏞《唐詩紀事校箋》卷二十（成都：巴蜀書社，1989年8月）上冊，頁530。
[21] 《國秀集》收萬齊融詩〈贈別江〉、〈送陳七環廣陵〉二首。題為「崑山令萬齊融」。詳見唐·芮挺章編《國秀集》卷下（西安：陝西人民教育出版社，1996年7月）頁257。
[22] 見王仲鏞《唐詩紀事校箋》卷二十二（成都：巴蜀書社，1989年8月）上冊，頁589。

計有功《唐詩紀事》覆按云：

> 以此二銘觀之，齊融蓋開元以來江南樂道之士也。〈于休
> 烈傳〉云：『與會稽賀朝、萬齊融、延陵包融齊名。』[23]

可知萬齊融在詩文方面，又與賀朝、包融齊名，在東南之地，頗有名望。由於萬齊融資料甚少，李頎〈寄萬齊融〉中寫出萬齊融瀟灑恬淡、為政清簡之形象，盛稱其山水之趣，實為莫大恭維，也成為考察萬齊融生平之重要根據。

三、〈贈張旭〉

張旭以書法知名於世，號為「張癲」。李肇《國史補》卷上、《舊唐書·文苑傳·賀知章傳》都載有張旭資料。此外如杜甫〈飲中八仙歌〉對張旭善草書、好飲酒之狂態，也有傳神描述。然皆不如李頎。因為不論杜甫、李肇、劉昫，其生活年代都比張旭晚，對張旭事蹟之記錄，均屬事後傳述。至於李頎則不然，非但與張旭為並世，且素有往來、相知甚深。所以〈贈張旭〉一詩，堪稱考察張旭之極佳資料。

四、〈送綦毋三謁房給事〉

綦毋潛，行三，字孝通，南康人。宋·計有功《唐詩紀事》

---

[23] 見王仲鏞《唐詩紀事校箋》卷二十二。〈于休烈傳〉載《新唐書》卷一
〇四。

卷二十有少數資料。略謂:「開元十四年進士及第,由宜壽尉入集賢院待制,其後遷右拾遺,終著作郎。」[24]李頎與開元初期詩壇名家,往來頻繁。王維、盧象、王昌齡、陶翰、李頎,都有詩贈綦毋潛。綦毋潛之傳世詩作僅一卷,可知遺佚甚多,生平亦不詳。李頎之贈詩凡七首,對於綦毋潛生平之考察,極有助益。

五、〈送劉四〉

劉四,據陶敏《全唐詩人名考證》云:「即劉晏」。[25]《新唐書》卷一百四十九列傳第七十四云:

> 劉晏字士安,曹州南華人。玄宗封泰山,晏始八歲,獻頌行在,帝奇其幼,命宰相張說試之,說曰:「國瑞也。」即授太子正字。公卿邀請旁午,號神童,名震一時。天寶中,累調夏令,未嘗督賦,而輸無逋期。舉賢良方正,補溫令,所至有惠利可紀,民皆刻石以傳。再遷侍御史。[26]

其後劉晏歷任京兆尹、吏部尚書、同中書門下平章事。為

---

[24] 見王仲鏞《唐詩紀事校箋》卷二十(成都:巴蜀書社,1989年8月)上冊,頁512。

[25] 陶敏《全唐詩人名考證》(陝西人民教育出版社,1996年8月),頁116。

[26] 《新唐書》卷一百四十九列傳第七十四(北京,中華書局版),頁4793。

楊炎所害，死於非命。[27]就本詩內容來觀察，應為劉晏早期任
縣尉之際。前六句與史傳相合，至於詩中述及劉晏「邇來屢遷
易，三度尉洛陽」，則為《新唐書》本傳所未載，可補史傳之
不足。

六、〈臨別送張諲入蜀〉

　　唐張彥遠《歷代名畫記》卷十云：「張諲官至刑部員外郎，
明易象、善草隸、工丹青，與王維、李頎等為詩酒丹青之友。尤
善畫山水。」[28]李頎贈張諲之作，除本詩之外，尚有七古〈同張
員外諲酬答之作〉一首。據辛文房《唐才子傳》卷二張諲，謂：
「天寶中，謝官，歸故鄉偃仰，不復親人間矣。」[29]七古一首，
應作於天寶間、張諲退隱嵩山之時。

　　並世詩人中，尚有劉希夷〈夜集張諲所居〉一首；王維〈故
人張諲工詩善易卜兼能丹青草隸頃以詩見贈聊獲酬之〉、〈送張
五歸山詩〉兩詩；皇甫冉亦有〈答張諲劉方平兼呈賀蘭廣〉、
〈與張諲宿劉八城東莊〉、〈夜集張諲所居（得飄字）〉三詩贈
張諲。張諲開元間仍在官場，李頎贈詩應作於此時。對於張諲生
活之考察應有一定助益。

---

[27] 《新唐書》卷一百四十九列傳第七十四（北京，中華書局版），頁
　　4793。
[28] 見王仲鏞《唐詩紀事校箋》卷二十（成都：巴蜀書社，1989年8月）上
　　冊，頁518引。
[29] 見傅璇琮《唐才子傳校箋》卷二（北京：中華書局，1987年5月）第一
　　冊，頁360。

七、〈別梁鍠〉

梁鍠之生平不詳，《全唐詩》有小傳，謂：「梁鍠，官執戟，天寶中人。」其餘資料全無。《全唐詩》卷202，收梁鍠詩15首。《全唐詩》卷201收錄岑參〈題梁鍠城中高居〉詩、《全唐詩》卷237也收錄錢起〈秋夕與梁鍠文宴〉然篇幅皆短。李頎以七古長篇，描寫梁鍠，可以說是探索梁鍠之重要文獻。

八、〈送劉方平〉

劉方平，生平資料不多。《元和姓纂》卷五「諸郡劉氏」、《新唐書·宰相世系表》、《新唐書·藝文志》有少量資料。僅知其高祖劉政會，為唐初功臣，封為邢國公。曾祖劉玄意，汝州刺史。祖劉奇，天官侍郎。父劉微，吳郡太守，江南採訪使。可知劉方平家族顯赫，為前途大好之世家子弟。再由《新唐書·藝文志》四：「劉方平詩一卷、河南人，與元魯山善，不仕。」[30]可知劉方平雖有良好家世，卻未做官，本詩成為考察劉方平之重要資料。

---

[30] 宋祁、歐陽修等《新唐書》卷六十《藝文志》四（北京：中華書局）頁1605。

九、〈送顧朝陽還吳〉

顧朝陽，據《唐詩紀事》卷二十四顧朝陽條載：「朝陽，開元間詩人。」[31]年里籍貫、生平行事均不詳，詩題謂「還吳」，則顧朝陽或係吳人。在無其他資料情況下，本詩成為考察顧朝陽之重要文獻。

十、〈送魏萬之京〉

據《全唐詩小傳》：「魏萬，嘗居王屋山，後名顥，上元初登第，初遇李白於廣陵，白曰：『爾後必著大名於天下。』因盡出其文，命集之，其還王屋山也，白為之序，稱其愛文好古。今存詩一首。」宋·計有功《唐詩紀事》卷二十二，載錄魏萬詩一首，及李白〈送王屋山人魏萬還王屋詩序〉[32]。

按李白〈送王屋山人魏萬還王屋詩序〉云：「王屋山人魏萬，云自嵩、宋沿吳相訪，數千里不遇。乘興遊臺、越，經永嘉，觀謝公石門。後於廣陵相見。美其愛文好古，浪跡方外，因述其行而贈是詩。」除李白之外，劉長卿也有贈詩兩首。由於魏萬之資料太少，因此，李頎此詩成為考察魏萬之重要文獻。

---

[31] 見王仲鏞《唐詩紀事校箋》卷二十四（成都：巴蜀書社，1989年8月）上冊，頁647。

[32] 見王仲鏞《唐詩紀事校箋》卷二十二，（成都，巴蜀書社，1989年版）上冊，頁580。

十一、〈送皇甫曾遊襄陽山水兼謁韋太守〉

皇甫曾為天寶間詩人，《唐詩紀事》卷二十七：「曾字孝常，為殿中侍御史。天寶中，兄弟踵登進士第，名相上下，時比張氏景陽、孟陽云。」[33]《新唐書‧藝文志四》載：「皇甫冉詩集三卷，字茂政，潤州丹陽人。……與弟曾齊名。曾字孝常，歷侍御史、坐事貶徙舒州司馬、陽翟令。」[34]由於皇甫曾之資料並不多，因此李頎贈詩，成為寶貴資料。

伍、結語

通過本文考察，李頎之交往詩，以酬贈狂狷之士，最為突出。這些人物，大都生活在玄宗開元、天寶年間，透過李頎巧筆傳述，形神畢現、活躍眼前。其詩友事蹟豐富、生涯曲折者，李頎更是詳為鋪敘、不避瑣碎，人格形象更為凸顯。李頎敘寫當時之高道，出以迷離惝恍之筆，難辨今古，尤令人嘆為觀止。

李頎善敘別，不僅改變詩體，篇法新奇。送行敘別之間，往往閒處落筆，遠外寄意，而詩友之人格形象，仍可言外得之。李頎近體之作，人物描述或非重點，容或篇幅狹載窄，不容馳騁，

---

[33] 參見王仲鏞《唐詩紀事校箋》（成都：巴蜀書社，1989年8月）上冊，頁741。

[34] 宋祁、歐陽修《新唐書》卷六十《藝文志》四（北京：中華書局版）頁1610。

但因李頎妙筆傳述。其人格形象,仍然鮮明。通過李頎之交往詩,吾人不但可以賞鑑盛唐人物之美,部分詩篇鋪陳之事蹟,更有助於文學史家對於開元、天寶人物之察考,從而使這些詩篇,擁有一定之史料價值。

本文曾在明道大學主辦「唐宋詩詞國際研討會」宣讀。收入陳維德、韋金滿、薛雅文主編:《唐宋詩詞研究論集》明道大學國文學系、國學研究所出版,(2008年6月),頁160-192。

歷代張籍評論之
批評視域與詮釋議題探討

壹、前言

　　張籍（766-830），是中唐時期重要詩人，一生歷經代宗、德宗、順宗、憲宗、穆宗、敬宗、文宗七朝；曾任太常寺太祝、國子監廣文館博士、水部員外郎、主客郎中、國子監司業，世稱「張水部」或「張司業」。

　　其流傳至今之詩集，古版本有明嘉慶、萬曆間刊本《唐張司業集》（即《四部叢刊》本）、或《四庫全書》本《張文昌文集》，新校本則有中華書局上海編譯所1965年刊印《張籍詩集》；至於箋註本則有陳延捷、李冬生、筆者及余恕誠（與徐禮節合著）所撰四種[1]。

---

[1]　陳延傑《張籍詩注》（台北：臺灣商務印書館，民國56年（1967）9月出版）、李冬生注《張籍集注》（黃山書社，1989年12月出版）、李建崑《張籍詩集校注》（國立編譯館主編、台北：華泰文化事業公司，2001年8月出版）、余恕誠、徐禮節《張籍集繫年校注》（北京：中華書局，2011年6月）。

　　張籍詩現存四百七十三首[2]，涵蓋各種詩歌體式，然而前賢似乎對其樂府特別重視，或因元和時人「歌行學流蕩於張籍」而將張籍納入「元和體」；或因與王建齊名，並稱為「張王」；或者僅就五律之成就，譽為「晚唐五律兩派」之一，可謂各執一偏。

　　筆者素喜中唐詩，對張籍資料，掌握較多，爰就篋中所得，分析考察。由於這些論評資料，已展開豐富的詮釋議題，對後世論者頗有啟發。這樣的討論，或能促進張籍詩之理解；對張籍之評價，也能更為客觀公允。

　　本文依據的資料，得自學界習見之詩話著作，如：何文煥輯《歷代詩話》、丁福保編《歷代詩話續編》與《清詩話》、郭紹虞編《清詩話續編》、陳伯海編《唐詩論評類編》、程毅中主編《宋人詩話外編》、吳文治編《韓愈資料彙編》等書。歷代相關詩文、序跋、箋注資料亦所關注，並留心收集；這些資料，均已收入拙著《張籍詩集校注》附錄之中[3]，本人在2010年3月29日曾以〈張籍詩唐宋批評資料述論〉在香港某學術會議上宣讀，並未正式發表。本文是後續較為完整的論析，謹此就教於海內外學界方家。

2　余恕誠、徐禮節《張籍集繫年校注》據晚近學者之研究，將底本定為462首。（詳見該書凡例）

3　參見拙著《張籍詩集校注》頁528至620。

貳、中唐文人之揄揚

　　張籍自少年時期即與王建在漳溪（今河北省南部）從師求學，大約貞元九年至十二年間（793-796），始與王建相別，至北方遊歷。唐德宗貞元十二年，孟郊進士及第，道出和州小住，曾與張籍同遊桃花塢上。臨行，張籍作〈贈別孟郊〉，中有句云：「才名振京國，歸省東南行。停車楚城下，顧我不念程。」孟郊亦有〈贈張籍〉謂：「君其隱壯懷，我亦逃名稱。古人貴從晦，君子忌黨朋。傾敗生所競，保全歸懵懵。浮雲何當來？潛蚪會飛騰。」對張籍有所勸勉。次年十月，張籍北遊汴州，經由孟郊推薦與韓愈相識，韓愈留置館於城西，使之讀書，自此展開二十七年交往。

　　從交往關係而論，張籍為韓愈之高弟，屬於韓孟集團成員；就創作趨向而言，張籍實為元白「新樂府詩人」之前驅。韓在愈在貞元十四年（798）所作的〈病中贈張十八〉，是現存韓張唱和最早的一首。這首詩不過是寫張籍來探病，與己談辯而已，卻運用軍事進退作比，寫其節節敗退，終於屈從己意。詩中大量運用誇飾、譬喻，雖屬遊戲之作，卻匠心獨運，頗見巧思。詩中稱揚張籍：

　　　　籍也處閭里，抱能未施邦。文章自娛戲，金石日擊撞。

　　龍文百斛鼎，筆力可獨扛。談舌久不掉，非君量誰雙？[4]

　　由此不難了解韓愈對張籍筆力高強，十分賞識。然而這樣的評論，其實還是基於友誼關係，並非站在嚴謹批評之角度而發。

　　元和十年（815）韓愈任考功郎中，是年冬，張籍轉為國子助教。韓愈有七言絕句〈贈張十八助教〉云：「喜君眸子清且朗，攜手城南歷舊遊。忽見孟生題竹處，相看落淚不能收。[5]」此詩一方面為張籍三年眼疾之終獲痊癒而欣喜，一方面睹物思人，又不禁為孟郊之暴卒而悲哀。

　　元和十一年（816）韓愈張籍，過從更密，韓愈先後作〈調張籍〉、〈奉酬盧給事雲夫四兄曲江荷花行見寄并呈上錢七兄徵閣老張十八助教〉、〈晚寄張十八助教周郎博士〉、〈題張十八所居〉等詩致贈張籍。張籍則有〈酬韓庶子〉答贈。

　　其中〈調張籍〉為韓張唱和詩中最具文學批評意義者，所謂：「李杜文章在，光焰萬丈長。不知群兒愚，那用故謗傷。蚍蜉撼大樹，可笑不自量！[6]」已是詩史的定論。據清・方世舉《昌黎先生詩集注》之說法，其實此詩是「有為而作」的；因為白居易在《與元九書》中大肆抨擊李杜詩「缺乏風雅比興」，頗

---

[4]　韓愈〈病中贈張十八〉，見錢仲聯《韓昌黎詩繫年集釋》卷一，（臺北：學海出版社，1975.1），頁63。

[5]　韓愈〈贈張十八助教〉，錢仲聯《韓昌黎詩繫年集釋》卷九，（臺北：學海出版社，1975.1），頁973。

[6]　韓愈〈調張籍〉，錢仲聯《韓昌黎詩繫年集釋》卷九，（臺北：學海出版社，1975.1）頁989。

有「李杜交譏」之傾向，而與白居易倡和之元稹，也在《杜工部墓誌銘》中「揚杜貶李」；韓愈頗不以為然，遂作此詩以平抑元、白。

此詩透露出張籍雖為韓門弟子，然其寫作趨向，卻與元、白相近。因此，韓愈在詩題中著一「調」字，除了「調侃嘲戲」之外，恐怕也有一份「啟發調教」之意！

至於韓愈〈題張十八所居〉則為一首五言律詩，詩中提及張籍：「名秩後千品，詩文齊六經。端來問奇字，為我講聲形。[7]」揭示出張籍「名秩低、詩文高」之狀況；同時也透露張籍擁有很高的文字修養，能與韓愈討論「聲形」。

至於韓愈〈詠雪贈張籍〉中有四句提及張籍，謂其詩：「狂教詩硉矹，興與酒陪鰓」、「雕刻文刀利，搜求智網恢」。前者兩句謂張籍疏狂，作詩若沙石流走、得酒則意興怒張。後者兩句並非讚譽張籍，而是韓愈自詡作詩之「形容刻入，抉摘無遺」。

綜觀韓愈酬贈張籍之作，涵蓋五古、五律、七律、七絕，數量多達二十七首，在韓愈心目中之地位甚高。然而韓愈對張籍之批評，雖不乏文學批評意義，卻大多不能切合實際，與張籍實際之人格與風格特質，相去甚遠。

韓愈之外，中唐文人尚有元稹、白居易、劉禹錫、姚合諸家論及張籍。其中元稹〈授張籍秘書郎制〉云：

---

[7] 韓愈〈題張十八所居〉，參見錢仲聯《韓昌黎詩繫年集釋》卷九（臺北：學海出版社，1975.1），頁986。

《傳》云:『王澤竭而詩不作。』又曰:『采詩以觀人風。』斯亦警予之一事也。以爾（張）籍雅尚古文，不從流俗，切磨諷興，有助政經。而又居貧晏然，廉退不競。俾任石渠之職，思聞木鐸之音，可守秘書郎。」（《全唐文》卷六四八）

　　此為張籍擔任秘書郎之任官令，元稹在此讚許張籍之古文；然而今傳張籍古文作品，僅餘兩篇書信；所以元稹制文聲稱：「爾（張）籍雅尚古文，不從流俗，切磨諷興，有助政經」，應是論及張籍文章之寶貴資料。

　　至於白居易對張籍之批評，則集中在詩歌方面，其〈讀張籍古樂府〉詩謂：

張君何為者？業文三十春。尤工樂府詩，舉代少其倫。為詩意如何？六義互鋪陳。風雅比興外，未嘗著空文。讀君學仙詩，可諷放佚君。讀君董公詩，可誨貪暴臣。讀君商女詩，可感悍婦仁。讀君勤齊詩，可勸薄大敦。上可裨教化，舒之濟萬民；下可理情性，卷之善一身。……[8]

　　此為史上首次彰顯張籍樂府成就之文獻，詩中具體舉述張籍樂府名篇以為驗證，強調張籍樂府詩具備「風雅比興」、能

---

[8]　參見朱金城《白居易集箋校》第一冊，（上海古集出版社，1988年12月）頁5。

與「六義互鋪陳」。仔細觀察白居易之批評角度，仍在「政教文學」之立場，其目的在引張籍為同道，宣揚自身之詩歌諷諭理論。

相較之下，劉禹錫〈張郎中籍遠寄長句開緘之日已及新秋因舉目前仰酬高韻〉為張籍：「南宮詞客寄新篇，清似湘靈促柱絃。」姚合〈贈張籍太祝〉：

「絕妙〈江南曲〉，淒涼怨女詩。古風無手敵，新語是人知。」畢竟更能就詩論詩。尤其姚合所陳，已是晚唐人之共識。

參、晚唐、五代文人對張籍體派關係之討論

晚唐時期張為在《詩人主客圖》中，列舉張籍為「清奇雅正主」李益「入室」十人之一[9]。這是討論張籍流派歸屬之開始，南唐張洎、明代楊慎、清代高密詩派之李懷民，都有後續討論。

晚唐・趙璘在《因話錄》卷第三，〈商部下〉謂：「張司業善歌行，李賀能為新樂府。當時言歌篇者，宗此二人[10]。」唐・李肇《國史補》卷下：「元和已後，為文筆則學奇詭於韓愈，學苦澀于樊宗師。歌行則學流蕩于張籍。詩章則學矯激于孟郊，學淺切於白居易，學淫靡於元積。俱名為元和體[11]。」晚唐時期史

---

9 見丁福保編《歷代詩話續編》上冊（臺北：木鐸出版社，民國77年7月）頁88。

10 見王汝濤編校《全唐小說》第三卷（濟南：山東文藝出版社，1993年3月）頁1955。

11 見李肇《唐國史補》卷下，（臺北：世界書局，1991年6月）頁57。

學性質的私家著述，歷來歸為「筆記小說」，但李肇《國史補》對晚唐社會之記述，具有相當程度之可靠性。李肇所謂之「元和體」，雖然是針對元和文壇總體風貌所作之概括，卻極具文學史意義。根據李肇所述，張籍在當時已有相當高的知名度。

張籍死後，其詩文集如何編成，已難察考。據萬曼《唐集敘錄・張司業集敘錄》，宋初流傳之《張司業集》有七卷、三卷本、五卷本。但是五代時期，比較流行的張籍詩文集，是五代南唐張洎編的《木鐸集》。萬曼云：

> 陳振孫云：「張洎所編，錢公輔名《木鐸集》，與他本相出入，亦有他本所無者。」張洎〈張司業集序〉云：「自皇朝多故，薦經亂離，公之遺集，十不存一。予自丙午歲（946）迄至乙丑歲（965）相次輯綴，僅得四百餘篇，藏諸篋笥，餘則便俟博訪，以廣其遺闕云爾。」張洎（933-996），是宋初人，他所說的皇朝是指南唐說的，而丙午至乙丑，張洎也是仕於南唐李煜朝，尚未入宋。所以他所編的這個本子，顯是流行於江南的《張籍歌詩》，但《郡齋讀書志》著錄的五卷本，亦云張洎編，與此十二卷的《木鐸集》，異同如何，乃不能明[12]。

可知《張司業集》之前身為十二卷本之《木鐸集》。此書

---

[12] 見萬曼《唐集敘錄》，（臺北：明文書局，1982年）頁219，《張司業集・敘錄》。

與他本之異同如何，已難查考，可以確定的是南唐人張洎曾經整
理、刊行張籍詩文。《全唐文》卷八七二還保存張洎之〈張司業
集序〉，序云：

> 公為古風最善，自李、杜之後，風雅道喪，繼其美者，
> 惟公一人。故白太傅讀公集曰：「張公何為者？業文三
> 十春。尤工樂府辭，舉代少其倫。」又姚秘書監嘗贈公詩
> 云：「妙絕江南曲，淒涼怨女詩。古風無手敵，新語是人
> 知。」其為當時文士推服也如此。元和中，公及元丞相、
> 白樂天、孟東野歌詞，天下宗匠，謂之元和體。又長於今
> 體律詩。貞元以前，作者間出，大抵互相祖尚，拘於常
> 態，迨公一變，而章句之妙，冠於流品矣[13]。

這一篇序文除了融合白居易、姚合詩中所言，還就唐詩發展
的視角評估張籍詩。特別提到張籍的作品受到當時文學宗匠之推
崇，並且轉變了貞元以來詩壇「互相祖尚、拘於常態」之風氣。
宋‧劉克莊《後村詩話》曾引用張洎的一段話，謂：「張洎云：
元和中，張水部為律格，字清意遠，唯朱慶餘一人親受其旨。沿
流而下，則有任蕃、陳標、章孝標、司空圖等，咸及門焉。」清
陸心源《唐文拾遺》卷四七，也收錄張洎〈項斯詩集序〉，略
謂：「吳中張水部為律格詩，尤工於匠物，字清意遠，不涉舊

---

[13] 詳見清‧陸心源《唐文拾遺》卷四七，又見李建崑注《張籍詩集校注》
附錄二，（臺北，華泰文化事業公司，2001年8月），頁543。

體，天下莫能窺其奧。唯朱慶餘一人親授其旨。沿流而下，則有任蕃、陳標、章孝標、倪勝、司空圖等，咸及門焉[14]。」此為中國詩史上討論張籍律詩之開始。由三篇張洎遺文所述，張籍隱然已被視為「門派宗師」。其重要成員有：朱慶餘、任蕃、陳標、章孝標、倪勝、司空圖等人。

南唐張洎論及張籍一派的意見，後來被明代楊慎所吸收，在楊慎其《升庵詩話》卷四云：

> 晚唐之詩分為二派：一派學張籍，則朱慶餘、陳標、任蕃、章孝標、司空圖、項斯其人也；一派學賈島，則李洞、姚合、方干、喻鳧、周賀、「九僧」其人也。其間雖多，不越此二派，學乎其中，日趨於下。其詩不過五言律，更無古體。……彼學張籍賈島者，真處禪中之蝨也[15]。

在此楊慎提及晚唐五律兩大宗派的宗主及重要成員，但基本上還是對這批詩人的作品，採取否定立場。升菴論詩，一向尖酸刻薄。這樣的批評，引起清人李懷民之不滿，發憤重訂中晚唐五律作者的體派關係。其具體的成果，展現在他的《重訂中晚唐詩

---

[14] 同前書，頁544。
[15] 見王仲鏞箋證《升庵詩話箋證》（上海古籍出版社，1987年12月一版一刷）頁122-123。

主客圖》[16]一書中；筆者也曾為文探討[17]，敬請參閱。

肆、宋代史家與文人對張籍詩歌成就之評騭

　　五代宋初史家對於張籍詩之批評，以劉昫及歐陽脩、宋祁為最著。後晉·劉昫等撰《舊唐書》謂：「張籍者，……性詭激，能為古體詩，有警策之句，傳於時[18]。」劉昫之評語，言及張籍之心性「詭激」。宋·歐陽脩、宋祁《新唐書》謂：「籍為詩，長於樂府，多警句[19]。」歐、宋則未涉及張籍之心性。然而兩家論詩，都提到張籍多「警（策）句」、「專擅古體」、「長於樂府」，凡此，都是秉持史家立場，對張籍詩之成就，作整體評論，尚稱客觀公允。

　　隨著張籍詩作之流傳，宋人之研析與論斷也愈趨深刻。如王安石〈題張司業詩〉：「蘇州司業詩名老，樂府皆言妙入神；看似尋常最奇崛，成如容易卻艱辛[20]。」即為論張籍之名篇。前半二句稱揚張籍詩名之高、樂府之精妙入神。後半二句，論其詩之

---

[16] 該書無通行刊本，臺北南港中研院傅斯年圖書館藏有一件據清嘉慶壬申《重訂中晚唐詩主客圖》刊本之影印本。

[17] 詳見拙作〈試論李懷民《重訂中晚唐詩主客圖》〉，載拙著《敏求論詩叢稿》（臺北：秀威資訊股份有限公司，2007年10月）頁205至244。

[18] 後晉·劉昫等撰《舊唐書》卷一百六十，列傳第一百一十〈張籍傳〉（北京：中華書局，1991年12月）頁4204。

[19] 宋·歐陽修、宋祁《新唐書》卷一百七十六，列傳第一百一〈韓愈傳〉附傳（北京：中華書局1991年12月一版四刷）頁5276。

[20] 見王安石《王安石詩集》卷三十一（臺北：河洛圖書出版社版，1974年10月出版）頁200。

不同凡響。看似容易，實則成之艱辛。王安石以「論詩絕句總論張籍」，畫龍點睛、簡單而深刻，最能傳述張籍之創作精神。

北宋詩論家劉攽，已開始評比張籍「各體詩之優劣」。其《中山詩話》有云：

> 張籍樂府詞，清麗深婉，五言律詩亦平澹可愛，至七言詩則質多文少。材各有宜，不可強飾。文昌有〈謝裴司空馬詩〉曰：「乍離華廄移蹄澀，初到貧家舉眼驚。」此馬卻是一遲鈍多驚者，詩詞微而顯，亦少其比[21]。

這一條材料，提及張籍兼擅樂府及五言律詩，然其七言詩則「質多少文」。劉攽所引之七言詩〈謝裴司空馬詩〉雖有特色，卻仍無法改變劉攽的印象。他將原因歸咎於張籍的「材性」。同書又引張籍〈宿江上館〉詩，稱賞此詩恍如與劉長卿〈餘干旅舍〉次韻相酬，並嘆為「奇作」[22]。

南宋・周紫芝《竹坡詩話》認為：「唐人作樂府者甚多，當以張文昌為第一[23]。」有關中國詩論史上，誰是「唐人樂府第一」？可謂眾說紛紜，以今之詩論角度來看，其實並無太大意義。但類似的說法，在明、清時期卻一直都有人討論。周紫芝之

---

[21] 見劉攽《中山詩話》卷上，載清・何文煥輯《歷代詩話》上冊（北京：中華書局，1992年5月）頁288。

[22] 同前書，頁289。

[23] 同前書，頁354。

論見，頗能反映宋代某些文人特別賞愛張籍樂府。

南宋時期，對於張籍之論析與詮評更為深入。一些張籍詮釋史的重要名言，比如謂張籍「善敘事」、「專以道得人心中事為工」均由南宋人提出。張籍詩之缺失，也被揭示得更為明白。

南宋・計有功《唐詩紀事》首先提及張籍詩「善敘事」，他轉引劉攽《中山詩話》論見，同時說道：「籍詩善敘事[24]」。按：現存張籍樂府大約九十首，宋・郭茂倩《樂府詩集》即採錄五十三首，數量逾半。若從主題表現而論，張籍樂府大致可以區分為三類：一是沿用古題敷衍古意者，（如：〈雜怨〉、〈行路難〉等三十一首）；二是沿用古題另創新意者，（如：〈傷歌行〉、〈賈客樂〉等五首）；三是另製新題表現新意者，（如：〈寄遠曲〉、〈野老歌〉等四十九首）。其中「即事名篇」之作，為數最多。值得注意的是：張籍樂府詩，不論是舊題、新曲，都有風雅比興之旨；「為時而著」、「為事而作」、其創作目的與元、白並無二致；強烈關注社會問題，深具諷喻性質，廣泛包含各種民間生活內涵，擁有深廣之社會基礎[25]。可見計有功謂「籍詩善敘事」，十分正確。

至於「專以道得人心中事為工」，則見諸張戒《歲寒堂詩

---

[24] 參見宋・計有功撰、王仲鏞校箋《唐詩紀事校箋》卷三十四（成都：巴蜀書社，1992年3月）頁934至935。
[25] 詳見拙作〈從張籍樂府詩看唐代民間風情〉，載拙著《敏求論詩叢稿》（臺北：秀威資訊股份有限公司，2007年10月）頁57至84。

話》。張戒在南宋高宗紹興五年，以趙鼎薦授國子監丞。所著《歲寒堂詩話》二卷，採取儒家立場與論調，重視「情志」作用，認為：「言志乃詩人之本意」，向來被視為儒家的詩話。

張戒《歲寒堂詩話》卷上，有四條資料涉及此一議題：

1.元白張籍王建樂府，專以道得人心中事為工，然其詞淺近，其氣卑弱。

2.張司業詩與元、白一律，專以道得人心中事為工，但白才多而意切，張思深而語精，元體輕而詞躁爾。籍律詩雖有味而少文，遠不逮李義山、劉夢得、杜牧之，然籍之樂府，諸人未必能也。

3.然而詞意淺露，略無餘蘊。元白張籍，其病正在此，只知道得人心中事，而不知道盡則又淺露也。

4.元白張籍詩，皆自陶阮中出，專以道得人心中事為工，本不應格卑，但其詞傷于太煩，其意傷于太盡，遂成冗長卑陋爾[26]。

仔細考察這四條詩話，不難看出張戒是對元、白、張、王這四位具有相似創作特性的詩人，提出「專以道得人心中事為工」這種「集團性的特徵」。同時也對四家樂府缺失，如「其詞淺近」、「其氣卑弱」、「詞意淺露」、「略無餘韻」、「冗長

---

[26] 宋・張戒《歲寒堂詩話》卷上，收入丁福保輯《歷代詩話續編》（臺北：木鐸出版社，1988年7月初版）頁450、454、459、460。

卑陋」提出批評。張戒認為造成這種缺失的主因在：「元、白、張籍以意為主」，既以「意」為主，自會使四家樂府「失之少文」。自此，「太煩」、「太盡」，成為明、清論者討論張籍寫作技巧時必然涉及之議題。

至於南宋葛立方在《韻語陽秋》，不但運用摘句批評，論析張籍名篇，且論及韓愈、張籍若干議題，為前人所未道者。比如在《韻語陽秋》卷二使用很長的篇幅、徵引韓愈〈此日足可惜〉、〈喜侯喜至〉、〈贈張籍〉等詩篇，驗證張籍雖然是「韓愈高弟」，然而韓愈「皆不稱其能詩」。又引韓愈〈病中贈張十八〉、〈醉贈張徹〉，認為張籍「有意於慕大，而實無可取」。再舉張籍〈送越客〉、〈逢故人〉、〈送海客〉，謂其「皆駢句也」。又舉張籍數句，謂其「尤可笑」。最後，提到姚合、白居易稱道張籍，也認為：「非以詩也」[27]。

此外葛立方還提及張籍在〈祭退之〉詩自稱：「公文為時師，我亦有微聲。而後之學者，或號為韓張。」，是否得當，葛立方為此感到不解[28]。雖然葛立方也對張籍若干詩篇，如〈白頭吟〉不吝給予讚許，但是基本對於張籍詩，採取比較負面、否定的態度。然而，並非所有南宋論者都採這樣的態度，有關張籍之佳評，大都出現在南宋。比如南宋詩人曾季貍在《艇齋詩話》

---

[27] 參見宋葛立方《韻語陽秋》卷二，收入清・何文煥輯《歷代詩話》下冊（北京：中華書局，1992年5月）頁497。

[28] 見宋・葛立方《韻語陽秋》卷六，收入清・何文煥輯《歷代詩話》下冊（北京：中華書局，1992年5月）頁497。

稱：「張籍樂府甚古，如〈永嘉行〉尤高妙。唐人樂府，惟張籍王建古質[29]」、「要之，孟郊、張籍，一等詩也。唐人詩有古樂府氣象者，惟此二人。但張籍詩簡古易讀，孟郊詩精深難窺耳[30]。」。南宋詩評家嚴羽在《滄浪詩話》也聲稱：「大曆後，劉夢得之絕句，張籍王建之樂府，我所深取耳[31]。」《滄浪詩話・詩體》，還別列「張籍王建體」。可知在南宋時期，張籍獲得極高的肯定。

此外南宋洪邁《容齋隨筆・三筆》卷六，論及〈節婦吟〉的本事，認為是：「張籍在他鎮幕府，鄆帥李師古又以書幣辟之，籍卻而不納，而作〈節婦吟〉一章寄之……。」此為後世相關討論之濫觴。隨著〈節婦吟〉之討論逐漸深化，有關〈節婦吟〉的閱讀與詮釋資料，汗牛充棟，這一條材料在張籍詩詮釋史上深具意義，值得密切關注與探討。

伍、明清論者對〈節婦吟〉之解讀與批評

張籍詩論評資料中最有趣的現象，莫如大量的資料討論〈節婦吟〉。此詩可能是張籍詩篇最受大眾關注的一首。當代人容或不認識張籍，卻多少聽聞過「還君明珠雙淚垂，何不相逢未嫁

---

[29] 見宋・曾季貍《艇齋詩話》，收入丁福保輯《歷代詩話續編》上冊（臺北：木鐸出版社，1988年7月初版）頁295。

[30] 同前書，頁423。

[31] 見宋・嚴羽《滄浪詩話》，收入清・何文煥輯《歷代詩話》下冊（北京：中華書局，1992年5月）頁697。

時」兩句名言；尤其在某言情小說家細膩的鼓蕩下，〈節婦吟〉成為張籍詩的名篇。當代讀者多半不理會此詩創作背景，僅就文字脈絡欣賞此詩。雖然如此，文字層面蘊含的情愫，已足以感動讀者。

羅聯添《張籍年譜》將此詩繫在德宗貞元二十一年（805），略謂：「作〈節婦吟〉詩寄鄆州李師古，疑在本年。」宋・郭茂倩《樂府詩集》將本詩收入第九十五卷《新樂府辭六・樂府雜題六》中。徐鉉《唐文粹》卷一二下，也收錄「寄東平李司空。」《全唐詩》卷三八二題目下注，云：「節婦吟寄東平李司空師道」。經吳汝煜、胡可先《全唐詩人名考》卷上考證，認為：「李師道當為李師古之訛。」其實，自南宋洪邁《容齋隨筆》提及此詩本事以來，就有不少論者對此發表意見。例如明・王世貞《藝苑巵言》、瞿佑《歸田詩話》、鍾惺、譚元春《唐詩歸》、何良俊《四友齋叢說》、周敬、周珽《唐詩選派會通評林》、唐汝詢《唐詩解》、王堯衢《古唐詩合解》、清・賀貽孫《詩筏》、賀裳《載酒園詩話》、毛先舒《詩辯坻》、吳喬《圍爐詩話》、葉矯然《龍性堂詩話》、余成教《石園詩話》、沈德潛《說詩晬語》等等，不下二十種詩論著作，均曾論及此詩。在此僅舉三種較具特色的意見，提出探討：

一、「節婦失節」之倫理焦慮

從現今流傳的〈節婦吟〉版本來看，末句至少有兩種異文。明・王世貞《藝苑巵言》卷四云：「『還君明珠雙淚垂，恨不

相逢未嫁時。』可謂能怨矣。』」[32]所見為「恨不相逢」；至於
清・葉矯然《龍性堂詩話》初集所見，則是「何不相逢」。

其《龍性堂詩話》初集云：

> 張文昌樂府擅場，然有不滿者。如〈節婦吟〉：「君知妾
> 有夫，贈妾雙明珠。感君纏綿意，繫在紅羅襦。」又云：
> 「還君明珠雙淚垂，何不相逢未嫁時。」此婦人口中如
> 此，雖未嫁，嫁過畢矣。或云文昌卻鄆帥李師古之聘，有
> 托云然。但勝理之詞，不可訓也[33]。

所見版本雖然不同，都相當程度影響論者對「節婦」之觀
感。南宋・劉辰翁之批點早已說過：「好自好，但亦不宜繫。」
（見明・高棅《唐詩品彙》引）明・唐汝詢《唐詩解》卷十八甚
至說：「夫女以珠誘而動心，士以幣徵而折節，司業之識淺矣
哉！」清・葉矯然所謂「勝理之詞，不可訓也」都在言下透露出
一種屬於倫理層面的深沈「焦慮感」。

由此焦慮感出發，有關〈節婦吟〉中的婦人，算不算是「節
婦」？詩中之節婦應不應繫上明珠？皆曾引發清人熱烈探討。其
中，持反對立場者固然甚多，然並非全為聲討之見，例如清・吳

---

[32] 見丁福保輯《歷代詩話續編》中冊（臺北，木鐸出版社，1988年7月）頁
1015。
[33] 見郭紹虞編選、富壽蓀校點《清詩話續編》中冊（臺北，木鐸出版社
1983年12月）頁953。

喬《圍爐詩話》卷一與卷三即曾提到「感君纏綿意，繫在紅羅襦」二句，謂「如無此一折，即淺直無情」、「朱子譏之，是講道理，非說詩也。[34]」這種意見，十分有趣，值得關注。

二、「比體」、「寓託」之後續探索

清·賀貽孫在《詩筏》云：「此乃寄東平李司空作也。籍已在他鎮幕府，鄆帥又以書幣聘之，故寄此詩。通篇俱是比體，繫以明國士之感，辭以表從一之志，兩無所負[35]。」這一段資料明白指出〈節婦吟〉「通篇俱是比體」，所以，當然不宜望文生義。

其實明清論者大都知悉〈節婦吟〉的寫作目的是為了婉拒李師古之徵辟，根本與節婦之懸崖勒馬、斬斷情絲無關，卻仍無法擺脫「倫理的解析角度」。例如清·賀貽孫在《詩筏》引用黃白山的一段評語，就很有代表性：

> 按李司空即李師道（按：應作李師古），乃河北三叛鎮之一。張籍自負儒者之流，豈宜失身於叛臣？何論曾受他鎮之聘與否耶！張雖卻而不赴，然此詩詞意未免周旋太過，不止如須溪所譏。安有以明珠贈有夫之婦，而猶謂其『用

[34] 見郭紹虞編選、富壽蓀校點《清詩話續編》上冊（臺北，木鐸出版社1983年12月）頁559。
[35] 見郭紹虞編選、富壽蓀校點《清詩話續編》上冊（臺北，木鐸出版社1983年12月）頁258至259。

心如日月』者？且推『相逢未嫁』之語，脫未受他人聘，
即當赴李帥之召，恐昌黎〈送董邵南〉又當移而贈文昌
矣。（註同上）

黃白山認為：張籍雖已婉拒，但因張籍與李師古「周旋太
過」以致「不只如須溪所譏」。他認為贈送明珠給已婚之婦已經
不當，稱許他「用心如日月」、而且若非已婚一定受聘赴召，更
是不可思議。言下失節的不是受贈明珠的婦人，而是張籍了。最
後他認為：這種事情果真發生，則韓愈委婉勸戒董邵南不宜投奔
河北叛鎮之〈送董邵南序〉，應該改贈張籍。可見黃白山是明知
此詩為「比體」，仍對張籍的作法不予肯定。

清·沈德潛在《重訂唐詩別裁集》，明白反對選錄〈節婦
吟〉，因為他認為：「玩辭意，恐失節婦之旨」（卷八）但並非
所有清代詩評家都對此詩不滿，仍有王堯衢、曹錫彤、史承豫、
黃周星、宋宗元等詩評家，對〈節婦吟〉一詩寓託之旨，十分
讚賞。

例如清·王堯衢《古唐詩合解》卷三即云：

此篇五七言後以兩句結，卻有餘韻，妙在言外。雙明珠厚
贈也，君知妾有夫而故贈之，非義處在知字。纏綿思亂
貌。襦短衣非正服也。且不拒絕繫在羅襦，仰以志感，亦
情之能動人也。「妾家高樓連苑起，良人執戟明光裏。知
君用心如日月，事夫誓擬同生死。」此以大義曉之。高樓

連帝苑而起，見非小家。良人執戟王郎侍衛明光殿裏，現是職官。知君用心如日月，豈不知婦人從一而終？事夫與同生死，乃有此非義之贈乎！「恨不相逢未嫁時」乃解雙明珠擲還，而酬以雙淚，蓋妾自守義而不以情屈，君雖用情當以義制，明珠之贈，君意良厚矣，然不相逢於未嫁之時，豈宜受珠？妾恨君逢妾之晚也。此張籍卻李師古聘托言如此[36]。

　　王堯衢從「非義之贈」及「守義之行」來衡斷此詩，對於張籍托言婉拒李師古之徵辟有一段詳細分析。王堯衢認為贈者明知此婦有夫，卻仍以明珠相贈，此為「非義之贈」。至於節婦繫珠之舉，則是內心撩亂而對贈者之感激；然而一想起丈夫用心有如明月，因而對贈者曉以大義，並垂淚歸還明珠。王堯衢認為此婦「自守節義」不因情屈，雖知贈珠者動情，仍「以義相制」，既非未嫁之時，自不宜受贈明珠。至於清·曹錫彤《唐詩析類集訓》卷七則云：

李師古自為節度使治東平郡，憲宗加檢校司空。張籍在他家幕府見聘，弗從，乃寄詩，而師道尋見夷滅。良人，夫稱。執戟，備宿衛也。明光，宮名。《史記·屈原傳》：「推此志也，雖與日月爭光可也。」此言己無私心以正師

___
[36] 詳見李建崑《張籍詩集校注》（國立編譯館主編、台北：華泰文化事業公司，2001年8月出版）頁44引。

道之心，蓋以申明首句妾有夫之意。「還君」二句，此以
卻聘意結，蓋以申言次韻感繫之意也[37]。

　　曹錫彤從此婦無「私心」說起，認為此婦以「無私心」導正
李師古之「私心」這也是很獨特的看法。此婦以有夫之身分必須
「還珠卻聘」，雖曾繫珠於紅羅襦，卻有其「垂淚還珠」之必要
性。也許清·史承豫《唐賢小三昧集》所云：「婉而直，得風人
寫托之旨。」正可與曹錫彤之論見相發明。

三、「繫」與「不繫」之借題發揮

　　由於此婦之所以遭受譏評，在於曾收受贈明珠，並繫在羅襦
上。此婦應「繫」或不應「繫」，理當在受贈之初，即有明快決
斷。倘若該斷而不能斷，即有瑕疵。清·黃周星《唐詩快》對此
發表令人莞爾之論見：

　　　雙珠繫而復還，不難於繫，而難於還。繫者知己之感，還
　　　者從一之義。此詩為文昌卻聘之作，乃假托節婦言之。徒
　　　令千載之下，增才人無限悲感[38]。

---

[37] 詳見李建崑《張籍詩集校注》（國立編譯館主編、台北：華泰文化事業
　　公司，2001年8月出版）頁44至45引。
[38] 詳見余恕誠、徐禮節《張籍集繫年校注》（北京：中華書局，2011年6
　　月）頁62引。

　　按：黃周星認為雙珠到手不難於繫，而難在「繫而復還」，而且牽引到「徒令千載之下，增才人無限悲感」，這簡直是借題發揮之見，實在非常有趣！至於清・宋宗元《網師園唐詩箋》也對時人摘取「繫」字，作為譴責點，不能苟同。其云：

> 他鎮幕府鄆帥李師道（按：應作李師古）以書幣聘之故，作是詩以卻。有謂其詞義失節婦之旨者，竊不以為然。婦未嫁時，則人盡夫耳，垂淚還珠，用心亦正如日月，至或又摘其『繫』字為訾，尤拘腐之論，若然，則柳下坐懷當何說以解[39]？

　　按：宋宗元認為此婦如在未嫁之時，任何人盡可為其夫婿；然而既為有夫之婦，則其還珠之舉，用心亦如明月，頗堪稱許，無可指摘。所以，如論者獨摘「繫」字，則屬「拘腐之論」。此種意見當然值得欣賞，只可惜宋宗元並未針對節婦之「主體自由」，有所稱揚，仍以「柳下惠坐懷不亂」的傳統角度加以批駁，使其說亦不能免於「拘腐」。

---

[39] 詳見余恕誠、徐禮節《張籍集繫年校注》（北京：中華書局，2011年6月）頁62引。

陸、結語

　　張籍生前以樂府歌行享譽元和、長慶以至太和詩壇，獲致時人肯定。並以「流蕩之歌行」，廁身「元和體」之林，成為時人學習的對象。元和文壇主盟人物韓愈、白居易之獎譽推許，應是主因。雖然這些交往酬贈之作，起初是建基在理念相近或師友情誼之上，然而，也開展出張籍詩之評論議題。白居易對於張籍樂府詩之推崇，除了使張籍享有極大的知名度，連帶影響後世論者將批評對象大幅集中於張籍之樂府詩。

　　晚唐張為、南唐張洎對於張籍之體派關係所作的紀錄，啟發了後世論者注意張籍之律詩作品；明、清論者，更進一步討論到「晚唐律詩兩派」之歸屬。清代乾隆、嘉慶間，高密詩人李懷民，作《重訂中晚唐詩主客圖》，稱量貞元以後近體詩，確認為兩派，一派張水部、一派為賈長江。李懷民認為張籍詩「天然朗麗，不事雕鏤」，以張籍為主，名之曰「清真雅正」，而以朱慶餘、王建、于鵠等十六人為客；至於至於另一派，以賈島為主，詩風力求險奧、不吝心思，名之曰「清奇僻苦」，而以李洞、周賀、喻鳧、曹松等十四人為客。就李懷民之評比，可以說張籍歷史地位，已達高峰。

　　兩宋文人對於張籍詩，展開細密之闡析。同時也逐漸使張籍樂府詩成為樂府之「經典」。「摘句批評」雖非宋人所創，但如葛立方、曾季貍、黃徹、尤袤、許顗均在詩話著作中摘取相當數

量之詩句，作為論斷詩人依據。此種批評亦方式行於張籍，對明清詩話作者，頗有啟發。

明清以來，論詩方法更多，心胸更為開闊。前代所有評論張籍之議題，皆被反覆參研；其論述規模、論析方式更為圓熟深化。總體而言，論者對批評議題之開發，委實功不可沒。

明清對於〈節婦吟〉之批評，雖非針對文學角度立言，卻展開豐富的詮釋議題。當代學界，更有一些專文論及〈節婦吟〉，關涉到的詮釋議題涵蓋「節婦」、「代言」、「比興」、「文本誤讀與歧義」、「倫理焦慮」等等，都是承繼明清論者而來。一首詩能長期受到詩評家之注目，引發不同面向之討論，其本身便是一種奇觀，也是張籍詩歌高度成就之明證。

參考書目

丁福保編《清詩話》（臺北，藝文印書館，木鐸出版社，民國1988年9月）

丁福保編《歷代詩話續編》上中下冊（臺北，木鐸出版社，民國1988年7月）

清・何文煥編《歷代詩話》上下冊（臺北，木鐸出版社，1982年2月初版）

余恕誠、徐禮節《張籍集繫年校注》（北京：中華書局，2011年6月）。

李建崑《張籍詩集校注》（國立編譯館主編、台北：華泰文化事業公司，
　　2001年8月出版）

郭紹虞編《清詩話續編》上中下冊（臺北，木鐸出版社，1983年12月）

陳伯海編《唐詩論評類編》（山東教育出版社，1993年1月）

程毅中主編《宋人詩話外編》上下冊（國際文化出版公司，1996年3月）

本文曾於2014年10月24~25日在東華大學中文語文學系主辦「經典詮釋的多重性——第四屆人文化成國際學術研討會」宣讀。正式刊登於靜宜大學中文系印行《靜宜中文學報》第七期（2015年06月）頁1-20

姚合詩歷代批評資料述論

壹、前言

　　姚合以「武功體」著稱於世，在晚唐詩壇有「詩宗」之美譽；不但編選一部《極玄集》為後世所稱，也有別集《姚少監詩集》流傳至今。姚合詩重要傳本有明毛晉汲古閣刻《唐六名家集》本《姚少監詩集》十卷、民國十八年（西元1929年）上海商務印書館據上海涵芬樓藏明刊本景印《姚少監詩集》十卷：重要的新校本有1997年劉衍所整理之《姚合詩集校考》[1]；但至今仍未見較為可靠的箋注問世。大陸重要的專著以曹方林《姚合考論》、張震英《姚賈詩派研究》[2]最受到學者之注目。

　　臺灣約有四種以姚合為研究對象之學位論文，其中以簡貴雀教授之博士論文：《姚合詩及其極玄集研究》[3]較有可觀。此

---

[1]　曹方林《姚合考論》（成都：巴蜀書社，2001年出版。）
[2]　張震英《姚賈詩派研究》（北京：中國社會科學院博士後研究工作報告，2006年8月提交。）
[3]　簡貴雀《姚合詩及其極玄集研究》（國立高雄師範大學國文研究所博士論文，2000年。）

外，筆者也曾針對「武功體」藝術性、姚合的「體派地位」、
「姚合詩集之考釋」等議題撰成論文，在臺灣的學術會議與期刊
發表[4]。

筆者近年來研閱姚合詩，陸續對歷代詩話、文集、序跋、箋
注中論及姚合之資料留意蒐集，雜史、筆記所載之相關軼事，亦
所關注。已集結一小批論述姚合的資料，在此打算從賞鑑、解讀
的視角，對這些資料呈現的議題，擇取若干項目，進行粗淺的察
考，或許不無詮釋史的意義，敬請海內方家不吝指教。

貳、唐人交往詩之揄揚

唐人的交往詩，不僅是情感的載體，也是詩人往來互動的
史料。從文學批評的角度來看，詩人交遊的網絡、創作的活動、
社會的聯繫，盡在其中。尤其部分內容，涉及理念宣示與創作感
興，更可供後代讀者賞鑑之參考。

在姚合的仕宦生涯中，特別喜好與文士遊宴、會宿、飲酒、
賦詩。往來交遊的對象，據吳汝煜主編《唐五代人交往詩索引》

---

[4] 筆者曾發表發表三篇姚合研究論文：（1）、〈論姚合武功縣中作三十
首〉，國立中興大學中國文學系主編，《興大中文學報》，第17期，頁
93至114，2005年6月。（2）、〈姚合在晚唐詩人體派地位之評議〉，行
政院國科會中文學門90至94年專題研究成果發表會論文，2006年11月25
日。3、〈姚合詩之考校與詮釋〉，東海大學中文系主辦「語言文字與文
學詮釋國際學術研討會」，2010年11月20-21日。收入東海大學中文系主
編《語言文字與文學詮釋的多元對話》論文集，頁479-492，2011年2月
初版。

統計，總數超過兩百人[5]。其社會層面涵蓋公卿大夫、知名文人、寒士小吏、僧徒道士及後學請益者。當然這些詩，絕大多數以情感交流為目的，未必具備文學批評意識；然而吾人卻可尤其往來互動、彼此揄揚中，看到姚合在當時的文學聲響與創作影響。

一、主流文人方面

茲以姚合與中晚唐時期主流文人白居易、劉禹錫、張籍、賈島往來為例，說明姚合在中晚唐詩壇的活動能量。

文宗大和八年（835）姚合除杭州刺史，白居易曾以過來人身分贈詩。其〈送姚杭州赴任因思舊遊〉有云：「笙歌縹緲虛空裏，風月依稀夢想間。且喜詩人重管領，遙飛一醆賀江山。」[6]。姚合在回贈詩中，提及白居易晚年逍遙閒適的生活，正是自己企羨的型態；所以晚年山居，索性仿效白居易的生活方式。

至於劉禹錫對姚合的觀感，可以舉開成四年（839），姚合出鎮陝虢觀察使，劉禹錫所作〈寄陝州姚中丞〉一首為例。詩中有云：「留滯悲昔老，恩光榮徹侯。相思望棠樹，一寄商聲謳。」[7]詩中以「賦甘棠」相比，從中看到彼此交契之深厚，一

---

[5] 見吳汝煜主編《唐五代人交往詩索引》，A類.頁981至992、B類.頁992至994。（上海古籍出版社，1993年出版。）

[6] 中華書局版《全唐詩》卷455，第14冊、頁5157。

[7] 中華書局版《全唐詩》卷354，第11冊、頁3972。

如姚合與白居易。

　　姚合與張籍，同樣相互欣賞。姚合批評張籍詩的名句：「妙絕江南曲，淒涼怨女詩。古風無手敵，新語是人知。」（〈贈張籍太祝〉）正是研究張籍重要的文獻。敬宗寶曆元年（825）姚合辭京兆府萬年尉，張籍也曾作〈贈姚合少府〉一首相贈，後半謂：「詩成添舊卷，酒盡臥空鐺。閣下今遺逸，誰占隱士星？」[8]。對於姚合之推崇，也十分明顯。

　　姚合與同時文人唱和，以贈賈島之作數量最多，往來時間最久。賈島大約在憲宗元和十二、三年，遊荊州、鳳翔時結識姚合；元和十五年，姚合罷武功縣主簿，暫居長安，處境窮窘，賈島曾作〈酬姚少府〉一詩相慰。其後半說：「枯槁彰清鏡，龜愚友道書，刊文非不朽，君子自相於。」[9]勉勵姚合切莫因罷官而失志，蓋君子自有「相於之樂」。此詩雖非評論姚合而作，然而彼此理念之相契，灼然可見。

　　姚賈交往近三十年，詩歌唱和，不曾稍歇。就其詩體而言，以五律、五古居多。姚合早年宦途蹇塞，晚年貴為秘書監；而賈島卻始終匍匐下僚，兩人之友誼，終始如一，不曾少損。患難之交，堪稱典型。姚合賈島的友誼關係，絕非白居易、劉禹錫、張籍之可比；因為兩人的生活處境類似、價值觀念相契。筆者以為，欲知「姚賈」何以齊名？「姚賈體」、「姚賈詩派」何以形成？都不能忽略兩人的交往詩。

8　中華書局版《全唐詩》卷384，第12冊、頁4314。
9　中華書局版《全唐詩》卷572，頁6633。

二、後學文士方面

　　茲再以後學文士致贈姚合之作,考察姚合在其心中的形象。這些後學文士,以劉得仁、周賀、方干、李頻投贈之作比較具有文學批評意義。

　　劉得仁雖為唐皇室公主之子,卻困於名場二十年,是史上有名的苦吟人。劉得仁與姚合交往,約在文宗大和間。茲以文宗開成元年(836)姚合入朝為諫議大夫,劉得仁〈上姚諫議〉為例。詩云:

> 高文與盛德,皆謂古無倫。聖代生才子,明庭有諫臣。
> 已瞻龍袞近,漸向鳳池新。卻憶波濤郡,來時島嶼春。
> 名因詩句大,家似布衣貧。曾諳投新軸,頻聞獎滯身。
> 照吟清夕月,送藥紫霞人。終記依門館,何疑不化鱗。[10]

　　劉得仁在這首詩,述及姚合詩文成就、地位與人格;提到他地位日隆、詩名愈著,守貧的生活態度,卻一如往昔。劉得仁提及自己曾以詩文投謁,榮獲姚合的賞譽。因此在慶幸聖世出現才子、朝廷擁有諫臣之餘,也堅信自己依託在姚合門下,必有「化鱗」之望。

　　在周賀的詩中,也有類似的話語。周賀在姚合出任杭州刺史

---

[10] 中華書局版《全唐詩》卷545、16冊,頁6301。

時，攜卷投謁。大約文宗太和八、九年之際（834-835）曾作一首〈贈姚合郎中〉。詩云：

> 望重來為守土臣，清高還似武功貧。道從會解唯求靜，時造玄微不趁新。
> 玉帛已知難撓思，雲泉終是得閒身。兩衙向後長無事，門館多逢請益人[11]。

此詩也論及姚合清高的生活態度、好道、好詩、好提攜後學。僅由劉得仁、周賀這兩首詩的內容來看，姚合在文宗太和、開成之際，是以望重、清高的「詩宗」地位受到當時貧寒文士之推許。

至於有「鏡湖詩人」美稱之方干，與姚合往來留存的交往詩，也有相當高的參考價值。早在文宗太和六年（832），方干二十二歲時，就曾以〈送姚合員外赴金州詩〉投贈，但直至三年後，姚合擔任杭州刺史，始有機會面謁。據孫郃〈方元英先生傳〉所載：「始謁錢塘守姚公合，公視其貌醜，初甚侮之。坐定覽卷，駭目變容而嘆之[12]。」自此姚合以門客相待，登山臨水，往往同行。

方干在〈上杭州姚郎中〉提及姚合：「身貴久離行樂伴，才高獨作後人師。」又說姚合：「春遊下馬皆成醼，吏散看山即

---

11 中華書局版《全唐詩》卷503、15冊，頁5731。
12 中華書局版《全唐文》卷820。

有詩[13]。」這些資料是有關姚合生活與創作最直接的觀察，十分寶貴。姚合辭世之後，方干還作〈哭秘書姚少監〉、〈過姚監故居〉等詩悼念。〈哭秘書姚少監〉後半四句惋歎：「寒空此夜落文星，星落文留萬古名。」「家無諫草逢明代，國有遺篇續正聲[14]。」不能只作感情的表述看，因為此詩真切地反映晚唐文人的評價觀點。

參、晚唐、兩宋論者開展的議題

晚唐時期，張為作《詩人主客圖》，在「清奇雅正主：李益」下，提及：「……入室十人：劉畋、僧清塞、盧休、于鵠、湯洵美、張籍、楊巨源、楊敬之、僧無可、姚合。」這是最早從「流派角度」論及姚合歸屬的材料。《詩人主客圖》一書，誠如紀昀所言，或有「分合去取之間，往往不愜人意」之問題；而且張為在「清奇雅正主」所列二十七位詩人中，又有十餘人與姚合並無交往詩留存；張為《詩人主客圖》的傳本，又已殘缺，所以無法進一步考察如此分派的理由。不過，如從「入室十人」遺存的作品觀察，其風格大體相近。因此張為的分派，仍有重要意義。

姚合、賈島齊名，是一個歷史事實。宋人如范晞文，在討論「永嘉四靈」時，往往「姚賈並稱」；作為「江湖派」詩論家劉

---

[13] 中華書局版《全唐詩》卷650、19冊，頁7465。
[14] 中華書局版《全唐詩》卷650、19冊，頁7467。

克莊，論詩也常「姚賈並稱」。如：

> △四靈，倡唐詩者也，就而求其工者，趙紫芝也。然具
> 眼猶以為未盡者，蓋惜其立志未高而止於姚、賈也。
> （宋・范晞文《對床夜語》）
> △亡友趙紫芝選姚合、賈島詩為《二妙集》，其詩語往往
> 有與姚、島相犯者。按賈太雕雋，姚差律熟，去韋、柳
> 尚爭等級。（宋・劉克莊《後村詩話》）

「姚賈」作為一個流派概念，雖始自元・辛文房的《唐才子傳》，然而上述文獻顯示，在南宋的詩論資料中，已「姚賈」連言；「姚賈齊名」是時人的共識。

南宋重要的詩評家嚴羽，在《滄浪詩話》也曾論及姚合。嚴羽論詩的基本態度是以盛唐為法，所以並不看重姚合。如謂：

> （宋詩）至東坡、山谷始自出己意以為詩，唐人之風變
> 矣。山谷用工尤為深刻，其後法席盛行，海內稱為江西
> 宗派。近世趙紫芝、翁靈舒輩，獨喜賈島、姚合之詩，稍
> 稍復舊清苦之風，江湖詩人多效其體，一時自謂之「唐
> 宗」，不知止入聲聞辟支之果，豈盛唐諸公大乘正法眼者
> 哉！（宋・嚴羽《滄浪詩話・詩評》）

這段評論，牽涉的層面很多，並非三言兩語所能闡明。大體

以盛唐為典範，衡量宋詩之演變，論斷「四靈」學姚之不當、江湖詩人所效法的對象，並非真正的「唐宗」。嚴羽對於時人學姚賈，持相當負面的態度，自然影響到後世論者對姚合詩的觀感。

姚合在世編纂的《極玄集》，歷來與殷璠《河嶽英靈集》、高仲武《中興間氣集》相提並論。姚合編纂《極玄集》的時間，約當開成元年（836）至開成三年（838）之間，時任諫議大夫，年約五十六至五十八歲，已在開成詩壇，擁有相當的地位。此書標舉大曆詩風，簡選王維等二十一家，共一百首詩（按：實存99首），自序謂：「此皆詩家射雕之手也。」此書所選的作品，大體彰顯姚合「清幽」、「閒雅」的審美理想。

從今人的角度來看，此書強化了姚合在當時的「詩宗」地位。唐代詩僧貫休〈姚合極玄集〉一詩，是最早的批評材料。詩云：「至覽如日月，今時即古時。髮如邊草白，誰念射聲□（第四句缺一字）。好鳥挨花落，清風出院遲。知音郭有道，始為一吟之[15]。」齊己也有〈寄南徐劉員外〉論及：「畫公評眾製，姚監選諸文。風雅誰收我，編聯獨有君。餘生終此道，萬事盡浮雲。爭得重攜手，探幽楚水濆[16]。」尤其齊己在詩中，將姚合《極玄集》與皎然《詩式》並觀，更可見證此書深受時人關注。

關於姚合各體詩篇之評析，唐宋論者最常用「摘句批評」的方法進行。晚唐僖宗間，范攄《雲谿友議》曾記錄：「姚郎中苦吟〈道旁亭子〉詩云：『南陌遊人迴首去，東林道者杖藜歸。』

---

[15] 中華書局版《全唐詩》卷833、23冊，頁9397。
[16] 中華書局版《全唐詩》卷841、24冊，頁9500。

不謂『亭』字，稱奇矣。」這兩句詩，往往成為後人討論「含蓄」的範例。宋人更留下不少論析姚合詩句的資料，例如王楙《野客叢書》卷十九論「詩句相近」，有以下之紀錄：

> △唐人詩句不一，固有採取前人之意，亦有偶然暗合者。
> 　如⋯姚合詩「文字當酒杯」，賈島詩「燈下南華卷，袪愁當酒杯」。（宋・王楙《野客叢書・詩句相近》）
> △賈島詩曰：「鳥宿池邊樹，僧敲月下門」。或者謂句則佳也，以鳥對僧，無乃甚乎？僕觀島詩又曰：「聲齊雛鳥語，畫卷老僧真」。曰：「寄宿山中鳥，相尋海畔僧」。薛能詩曰：「槎松配石山僧坐，蕊杏含春谷鳥啼」。杜荀鶴詩曰：「沙鳥多翹足，巖僧半露肩」。姚令詩曰：「露寒僧出梵，林靜鳥巢枝」。曰「幽藥禪僧護，高窗宿鳥窺」。曰「夜鐘催鳥絕，積雪阻僧期」。陸龜蒙詩曰：「煙徑水涯多好鳥，竹床蒲倚但高僧」。司空曙詩曰：「講席舊逢山鳥至，梵經初向竺僧求」。唐人以鳥對僧多如此，豈特島然？僕又考之，不但對鳥也，又有對以蟲對、以禽對、以猿對、以鶴對、以鹿對、以犬者，得非嘲戲之乎？又有「時聞啄木鳥，疑是扣門僧」。出東坡《佛印語錄》。（宋・王楙《野客叢書・以鳥對僧》）

　　王楙的論詩資料，大半是摘句批評，所論範圍也不甚廣。然

而姚合的詩篇受到公正的對待、細緻的品評；姚合的寫作才能、姚詩之美感特徵，都有所闡發。有了如此的啟導，才會出現元·方回《瀛奎律髓》、清·賀裳《載酒園詩話》那種更為深細、更貼近詩歌藝術的論析。

至於姚合詩的總體風格，南宋理宗寶佑（1253年-1258年）年間，姚勉（12161262）〈贊府兄詩稿序〉曾說：「晚唐詩姚秘監為最清妙。[17]」此外則無更多資料。南宋劉克莊在《後村詩話新集》中引二孫（孫何、孫僅）敘杜詩時，曾提及姚合「得杜詩之清雅」。這是另一則值得重視的材料。按孫僅說：

> 公之詩支而為六家：孟郊得其氣焰，張籍得其簡麗，姚合得其清雅，賈島得其奇僻，杜牧、薛能得其豪健，陸龜蒙得其瞻博。皆出公之奇偏爾，尚軒軒然自號一家，嚇世炫俗。後人師擬不暇，矧合之乎？（宋·蔡夢弼《草堂詩箋·傳序碑銘》引）

學界在討論杜甫對中晚唐詩人的影響時，也經常引用這段資料。從姚合的研究視角來看，其實也間接表明姚合與杜甫的「詩學淵源」關係。姚合的詩風，在同一根源裡，與孟郊、張籍、賈島、杜牧、薛能、陸龜蒙諸家相評比、相區隔，很有文學批評的意義。

---

[17] 宋·姚勉《雪坡文集》卷37，轉引自陳伯海編《唐詩論評類編》1338-1342頁。

　　總體而言，晚唐以迄宋元，有關姚合的流派歸屬、姚賈齊名現象、四靈與姚合、《極玄集》之編選、姚詩風格、詩史定位、姚詩的評析，這些議題均已展開。而且都有資料流傳，值得後世持續關注。

肆、元明清詩家對姚詩之宏觀察考與微觀論析

　　兩宋之後，姚合詩所有詮釋議題都得到進一步檢討。論者的心胸開闊，視角多元，既有宏觀之查考，也有微觀之評析，留下不少精采論見，逐項論列如次。

一、姚賈詩風與姚合體派歸屬

　　元代論述姚合的資料，以方回（1227-1306）《瀛奎律髓》最受注目。方回論詩宗奉杜甫，是江西詩派的末裔，也是元代詩壇的要角。《瀛奎律髓》專選唐宋五、七言律詩370餘家，分為49類，各有品評。宋代諸集，不盡傳於今者，頗賴此書以窺其鱗爪。在《瀛奎律髓》卷十「春日類」，有一段評語論及姚賈詩云：

> 姚少監合，初為武功尉，有詩聲，世稱為「姚武功」，與賈島同時而稍後，似未登昌黎之門。白樂天送之杭州有詩。凡劉、白以後詩人集中皆有姓名，詩亦一時新體也。

而格卑於島，細巧則或過之[18]。

這條資料提及姚合世稱「姚武功」，是沿襲《新唐書》卷
124：「合，元和中進士及第，調武功尉，善詩，世號姚武功者」
的說法。接著說到「格卑於島，細巧則或過之」，則為後世「姚
賈比較觀」之濫觴，此一議題，明、清詩論者還有後續討論。

方回在《瀛奎律髓》卷十「春日類」下〈遊春〉第二首，還
有一段著名的評語，論及姚詩的特徵：

> 予謂詩家有大判斷，有小結裹。姚之詩專在小結裹，故
> 「四靈」學之，五言八句皆得其趣，七言律及古體則衰落
> 不振。又所用料不過花、竹、鶴、僧、琴、藥、茶、酒，
> 于此凡物，一步不可離，而氣象小矣。是故學詩者必以老
> 杜為祖，乃無偏僻之病云[19]。

方回曾將姚合〈遊春〉詩與杜甫〈東屯北崦〉相比，認為：
「詩至於此，自是新美」。此雖引發清人查慎行、紀昀之反駁。
但是方回關於「姚合詩專在小結裹」及姚詩素材之偏於「細小
平凡事物」，則是十分正確的看法。所謂「結裹」，意謂「裝

---

[18] 李慶甲《瀛奎律髓彙評》，上冊，上海古籍出版社，2005年出版、頁
341。
[19] 詳見李慶甲《瀛奎律髓彙評》第一冊，上海古籍出版社，2005年4月出
版。頁341。

束」、「打扮」。考宋・嚴羽《滄浪詩話・詩法》：「詩難處在結裹，譬如番刀，須北人結裹，若南人便非本色。」也曾用「結裹」論詩，可見「結裹」二字是宋元習用語。

姚合詩既然專以「花竹鶴琴僧藥茶酒」作為詩材，又以五言八句的固定體式寫詩，所營造出來的氣象，自然是褊狹的。方回的評語，成為後世評騭「武功體」重要的論點。

稍後於方回之辛文房，在《唐才子傳》卷六〈姚合〉中，也曾針對姚賈詩風提出他的看法，略謂：

> （姚合）與賈島同時，號「姚賈」，自成一法。島難吟，有清冽之風；合易作，皆平淡之氣。興趣俱到，格調稍殊，所謂方拙之奧，至巧存焉。蓋多歷下邑，官況蕭條，山縣荒涼，風景凋弊之間，最工模寫也[20]。

雖然「多歷下邑」、「官況蕭條」之語，並非辛文房所獨創，早在歐陽脩《六一詩話》即已言之；然而辛文房論及賈島「有清冽之風」；姚合「皆平淡之氣」，則確有其解讀層面的洞見。

至於明清討論姚合「流派歸屬」的材料，以明代楊慎《升庵詩話》以及乾隆、嘉慶間，高密詩人李懷民所作《重訂中晚唐詩

---

[20] 見傅璇琮主編《唐才子傳校箋》第三冊〈姚合〉，頁124，北京中華書局，1990年出版。

主客圖》[21]一書最為重要。按楊慎《升庵詩話》卷十一謂：

> 晚唐之詩分為二派：一派學張籍，則朱慶餘、陳標、任
> 蕃、章孝標、司空圖、項斯其人也；一派學賈島，則李
> 洞、姚合、方干、喻鳧、周賀、「九僧」其人也。其間雖
> 多，不越此二派，學乎其中，日趨於下。其詩不過五言
> 律，更無古體。五言律起結皆平平，前聯俗語十字，一串
> 帶過；後聯謂之頸聯，極其用工。又忌用事，謂之點鬼
> 簿。惟搜眼前景而深刻思之，所謂『吟成五個字，撚斷數
> 莖鬚』也。余嘗笑之，彼視詩道也狹矣，三百篇皆民間仕
> 女所作，何嘗撚鬚？今不讀書而徒事苦吟，撚斷筋骨亦何
> 益哉？……彼學張籍賈島者，真處禪之虱也。……彼學張
> 籍賈島者，真處禪中之蝨也。[22]

　　楊慎論詩之措辭，一向不避尖酸刻薄，在這一段詩話中，批
評晚唐五律「起結平平」、「忌於用事」，的確十分苛刻。尤其
引盧延讓〈苦吟〉之句，挖苦一番，最惹人訾議。李懷民不得不
針對「苦吟」與「忌於用事」兩方面，提出駁正。他說：

---

[21] 李懷民《重訂中晚唐詩主客圖》，中央研究院傅斯年圖書館藏影印本。
　　此影印本為中央研究院歷史語言研究所，借國立中央圖書館藏清嘉慶
　　（壬申）17年刊本影印。

[22] 參見楊慎《升庵詩話》，（丁福保輯《歷代詩話續編》下冊，木鐸出版
　　社，1988年7月），頁851。

據用修此論，真是粗心浮氣耳。雖聞二派之名目，實未
二派之實也。《三百篇》民間仕女，不曾撚鬚作詩，亦
曾切合平仄、較量詩律乎？且如文公多才，演成雅頌，其
國風所陳，不盡出文人。凡變風淫辭，悉可尤而效之乎？
（〈圖說〉）

　　有關中晚唐人好「苦吟」，李懷民認為凡是追求卓越的詩
人，無不如是。他列舉「杜工部詩苦致瘦」、「孟浩然眉毛盡
脫」、「王右丞走入醋甕」這些盛唐大家「苦吟」入神的事證為
例，反問楊慎：這些大家，「且謂獨不撚鬚乎？」甚至楊慎所最
反感的：「前聯俗語十字，一串帶過」，李懷民非但不以為意，
反倒認為是「中晚善學初盛處。」

　　李懷民《重訂中晚唐詩主客圖》之寫作目的是修正晚唐張
為《詩人主客圖》之錯謬，並重訂中晚唐詩人體派為兩派：一派
是五律「清真雅正主」張籍，上入室：朱慶餘。入室：王建、于
鵠。升堂：項斯、許渾」、司空圖、姚合。及門：趙嘏、顧飛
雄、任翻、劉得仁、鄭巢、李咸用、章校標、崔塗。另一派是五
律「清真僻苦主」賈島，上入室：李洞。入室：周賀、喻鳧、曹
松。升堂：馬戴、裴說、許棠、唐求。及門：張祜、鄭谷、方
干、于鄴、林寬。

　　李懷民《重訂中晚唐詩主客圖》上卷收錄「清真雅正」一
系，收詩442首，下卷續錄「清真僻苦」一系收詩460首，就收詩
之數量與規模而言，不能算小。李懷民論及姚合的流派定位時，

說道：

> 五律「清真雅正主」張籍之及門者武功詩集，古今體存遺
> 甚多。其五言律樸茂新奇，酷似王仲初。仲初故與水部合
> 體，而姚君與水部為友，其得于漸摩者深矣。佳篇美不勝
> 收，然無逾《縣居詩》者，且君以武功得名，未必不由此
> 詩起也。次為升堂第四。（清・李懷民《重訂中晚唐詩主
> 客圖》上卷）

　　李懷民就姚合五律之風格特色，將姚合納入「清真雅正」
一系；原因是姚合所作之五律與王建酷似；又認定王建、張籍合
體，這種體派分類，與後世論者因交遊密切、理念相近，而將姚
賈視為一派，側重點不同。然而李懷民以「清真僻苦」概括賈島
詩風，又將姚合納入「清真雅正」一系，這對於研究「姚賈詩風
差異」，頗具參考價值。

二、「江湖派」、「四靈」、「九僧」與姚合關係之討論

　　有關姚合與江湖詩派的關係，南宋・嚴羽《滄浪詩話・詩
評》提及：「江湖詩人多效其體，一時自謂之唐宗。」又《南
宋六十家小集》本《秋江煙草》丁焴跋云：「（張奕）專意於
詩，每以賈島、姚合為法，所著僅成帙。清深閒雅，晚有唐人風

致。[23]」可知江湖詩人每以姚賈為典範，是個歷史事實；只是以姚賈為「唐宗」，則另有反對江西詩派之用意在。又此「唐人風致」，當是指以姚合、賈島為代表的「清雅」、「淺切」詩風。《四庫全書總目》卷一百六十五《葦航慢游稿》論及宋末曾說：「南宋末年，詩格日下。四靈一派，擷晚唐輕巧之思，江湖一派，多五季衰颯之氣。」所謂「輕巧之思」意義容易明白；「五季衰颯之氣」則較無恰當解釋[24]。又江湖詩人也不僅學姚賈，其實許渾也是江湖詩人重要的學習典範[25]

這些議題，明清論者皆未能見及，大致只作到對姚合苛刻批評而已。例如清・紀昀在《四庫全書總目》批評姚合：

> 為詩刻意苦吟，工于點綴小景，搜求新意。而刻畫太甚，流於纖仄者，亦復不少。宋末江湖詩派，皆從是導源者也。

又說：

> 武功詩語僻意淺，大有傖氣，惟一二新異之句，時有可

---

[23] 轉引自張宏生教授《江湖詩派研究》第六章詩歌淵源。北京：中華書局，1995年出版，頁173。

[24] 據張宏生教授之研究，「五季衰颯之氣」指：「張籍以還以迄晚唐五代的日益淺切平俗的詩風」。又江湖詩人學姚賈之目的，是企圖「由姚賈進入老杜之詩境」，此皆極有見地之看法。以上論點，皆取自張教授大作。詳見其大作，頁176至187。

[25] 參見前書。頁177。

采，然究非正聲也。

又清末雲南名詩人朱庭珍（840-1903）也曾在《筱園詩話》卷一痛批：

> 江湖一派，鄙俚不堪入目。九僧、四靈、以長江、武功為法，有句無章，不惟寒儉，亦且瑣碎卑狹。明末鐘、譚，及此種之嗣音。（清・朱庭珍《筱園詩話》卷一）

所謂「刻意苦吟」、「刻畫太甚」、「流於纖仄」、「語僻意淺，大有傖氣」、「有句無章」這些評語，雖言之成理，卻十分嚴苛，相當程度反映清人憎惡姚詩的態度。不過，清代仍有論者，以較為客觀公正的態度評騭姚合詩。例如賀裳便是一個典型的例子。賀裳是清聖祖康熙時期的詩評家，大約清聖祖康熙二十年前後在世。其《載酒園詩話》五卷，論詩自唐始，略于初唐而詳於中晚。其卷一論「末流之變」曾說：

> 詩家宗派，雖有淵源，然推遷既多，往往耳孫不符鼻祖。如鄭谷受知于李頻，李頻受知于姚合，姚合與賈島友善，兼效其詩體。今以姚、鄭並觀，何異皋橋廡下賃春婦與臨邛當壚者同列，始知凡事盡然，子夏之後有莊周，良不

足怪[26]。

　　儘管這段話，遭受到黃白山反駁，說：「姚詩亦未必美如
彼，鄭詩亦未必醜如此，何其軒輊過甚耶！」（按：此為詩話所
附評語。）畢竟能夠就詩論詩，不預設成見。而賀裳另有《載
酒園詩話又編》，在其中卷對姚合名篇有不少評析，下文再加
論列。

三、《極玄集》之價值

　　姚合所編《極玄集》到了南宋後期，深受文人重視。如宋・
吳沆《環溪詩話》曾建議學者：「作詩且以《二妙集》、《極玄
集》、《重妙集》熟看，亦差可見矣。」宋・計有功在《唐詩紀
事》中，凡姚合《極玄集》所載，均「特予標注」，凡此皆可見
證《極玄集》在當時的聲望。

　　元・蔣易在《極玄集・後序》，對於姚合詩去取之嚴，鑑識
之精，十分推崇。嘗云：

　　　唐詩數千百家，浩如淵海。姚合以唐人選唐詩，其識鑒
　　　精矣。然所選僅若此，何也？蓋當是時以詩鳴者，人有
　　　其集；製作雖多，鮮克全美。譬之握珠懷璧，豈得悉無瑕
　　　纇者哉！武功去取之法嚴，故其選精，選之精，故所取僅

---

[26]　清・賀裳《載酒園詩話》卷一（郭紹虞編《清詩話續編》本第一冊，頁
　　215，臺灣木鐸出版社，民國72（1983）年12月出版。

若此。宋初詩人猶宗唐，自蘇黃一出，唐法幾廢。介甫選
《唐百家》，亦惟據宋次道所有本耳。《又玄》、《粹
苑》，世已稀，況其他乎？易嘗采唐人詩幾千家，萬有餘
首。視此有愧。蓋憫作者之苦心，悼後世之無聞，故凡一
聯一句，可傳誦者悉錄不遺，亦不以人廢。固知博而寡
要，勞而無功。知我罪我，一不敢計。業欲並鋟諸梓，而
力有未逮。姑先此集，與言詩者共之。時重紀至元之五年
三月既望、建陽蔣易題[27]。

　　蔣易在元世祖至元五年（1268）三月刊刻《極玄集》二卷，
附上姜白石的評點與跋語，元刊本《極玄集》因此得到比較廣泛
之流傳。蔣易在這一篇跋語中，論到唐詩之數量浩如淵海，而姚
合選詩態度卻十分嚴謹，故所取僅僅百篇。蔣易坦承自己也曾編
纂唐詩選集，卻自感「博而寡要、徒勞無功」，而且梓行困難，
故建議學者以《極玄集》相商論。這一條材料，大致可以見證元
代文人對此書之好感。至於明・許學夷《詩源辨體》則另從編選
者之身分，提出他的看法：

　　然以較《搜玉》、《國秀》、《英靈》、《間氣》、《御
　　覽》、《才調》等集，風調猶有可觀者。蓋挺章、殷璠、
　　仲武、令狐楚、韋縠本非詩人，合雖淺僻，實亦詩人之列

---

[27] 轉引自傅璇琮主編《唐人選唐詩新編》所載《極玄集・序》。

也。（明‧許學夷《詩源辨體》卷三十六）

　　編選者之身分與見識，可能影響詩歌選取標準，此為吾人所共知。許學夷認為：前此所見唐人選集，未必都是詩人所編；而姚合以一「詩人身分」編纂《極玄集》，使此書彌足珍貴。清‧紀昀《四庫全書總目》《極元集二卷》提要也讚許：「選錄是集，乃特有鑒裁。所取王維至戴叔倫二十一人之詩，凡一百首，今存者凡九十九。合自稱為詩家射雕手，亦非虛語。」[28]可見明、清論者，對於姚合編選《極玄集》的鑑識眼光，均不吝給予肯定。

　　其實姚合編選《極玄集》影響到五代韋莊編纂《又玄集》，是詩史上另一個值得探討的議題。可惜明、清論者皆未能及。今人簡貴雀教授對於《極玄集》與《又玄集》兩本選集在詩體、詩人、詩篇三方面，做成精湛之比較，值得學界研究參考[29]。

四、姚合詩之評價與詩史定位

　　明初對姚合詩持肯定態度者，其實並不多，高棅是其中較著者。高棅（1350-1423）編選《唐詩品彙》，明確將唐詩分為初、盛、中、晚四期，特重盛唐，每種詩體內又分為九格，以初

---

[28] 見紀昀《四庫全書總目提要》（集部卷一八六、集部三九、總集類一《極元集二卷》p-1689
[29] 見簡貴雀《姚合詩及其極玄集研究》國立高雄師範大學國文研究所博士論文，民國89年（2000年）稿本。第九章，頁540至542。

唐為正始，盛唐為正宗、大家、名家、羽翼，中唐為接武，晚唐為正變、餘響，方外異人為旁流。其崇尚盛唐、區分流變的意見，對於明代之「尊唐詩風」影響深遠。

高棅編選《唐詩品彙》，肯定「賈島、姚合後出，格力猶有一二可取。」明初詩論家瞿佑（1347-1433）也在《歸田詩話》論及姚合：「唐詩前以李、杜，後以韓、柳為最。姚合而下，君子不取焉。」從兩人的評語，可以觀察到姚合在明代的聲譽，僅止於此。質實而言，在高棅、瞿佑心中，姚合其實並非一流詩人，只是部分詩歌作品仍有可取而已。

明代中期之後，許學夷（1563-1633）、胡應麟（1551-1602）、胡震亨（1569-1645），都曾針對姚合詩，發表評論。許學夷在《詩源辯體》中，先引述胡應麟、方回的意見；然後藉由前代唐詩選本所選姚合詩為據，提出他個人的評價。他說：胡元瑞云：「晚唐二家：一家學賈島，一家學姚合。」方虛谷云：「合詩有左無右，有右無左，前聯佳矣，或後不稱，起句是矣，繳句或非，有小結裹無大涵容，其才與學殊不及浪仙也。」予考《才調》、《三體》、《律髓》、《品匯》、《類苑》諸書，合諸體僅得四五十篇，五言律如「馬隨山鹿放，雞雜野禽栖」、「移花兼蝶至，買石得雲饒」、「移山入院宅，種竹上城牆」、「棋罷嫌無月，眼遲聽盡砧」、「馬為瞷來貴，童因借得頑」、「裁衣延野客，剪翅養山雞」、「嚼花香滿口，書竹粉粘衣」、「無竹載蘆看，思山疊石為」等句，僅入晚唐纖巧，中亦間有近島者。但其人既在元和間，先已逗入晚唐纖巧，故晚唐諸家實多

類之，非有意學之耳[30]。

有關晚唐詩之「流派」分合，楊慎（1488-1559）《升菴詩話》中已有晚唐詩「兩派說」；只是許學夷所謂「兩派」的內涵，與胡應麟所陳不同而已。至於方回所謂「姚合才學不及賈島」這一點，許學夷並無意見。許學夷只是檢索前代流傳唐人選本，拈出姚合八對聯語為證，批評姚合在元和時期，「先已逗入晚唐纖巧」。

至於胡震亨在《唐音癸籤》中，則是對於姚合詩風，作準確的描述。這是一段極富於批評意義的材料。他說：

> 姚秘監詩洗濯既淨，挺拔欲高。得趣浪仙之僻，而運以爽
> 氣；取材于籍、建之淺，而媚以舊芬：殆兼同時數子，
> 巧撮其長者。但體似尖小，味亦微醨，故品局中駟爾。
> （明・胡震亨《唐音癸籤》）

胡震亨認為姚合詩有賈島之「偏僻」、張籍王建之「淺切」，卻另有獨到的美感；唯其體格較「尖小」、韻味較「醨薄」，以致品局只合「中駟」，無法躋身大家之林。

清代乾隆時期的翁方綱在《石洲詩話》、清代嘉慶間胡壽芝《東目館詩見》、清代光緒間宋育仁《三唐詩品》論及姚合時，頗能分體評論，彰顯各體詩的成就。如謂：

---

[30] 詳見明・許學夷《詩源辯體》。

△姚武功詩，恬淡近人，而太清弱，抑又太盡，此後所以
　漸靡靡不振也。然五律時有佳句，七律則庸軟耳。大抵
　此時諸賢七律，皆不能振起，所以不能不讓樊川、玉溪
　也。（清・翁方綱《石洲詩話》）

△姚武功五律，脫灑似不作意，而含蘊不盡。七律亦新脆
　可喜。（清・胡壽芝《東目館詩見》）

△其源蓋出左太沖，而馳騁害體，已開宋派。律體典潤，
　故得名重當時。武功三十首，特見清華，然方之孟
　從事、劉隨州，則神情頓減。（清・宋育仁《三唐詩
　品》）

　　這些評論資料，凸顯幾個特色：其一、採用比較眼光，準確
評斷姚合詩不如杜牧、李商隱。其二、分體說明姚合詩成就在五
律、七律。其三、從整個文學史的角度，討論姚合的成就。有關
姚合以五言律體為典範、〈武功縣中作〉三十首特見清華，前此
論者，或多或少都有提及，然而宋育仁提到「姚合源自左思」，
卻是極富創意的看法，有待後人持續探討。

五、姚合各體詩篇之微觀論評

　　歷代有關姚合各體詩篇的評點資料，分布在不同典籍。有
些收在詩文選之中、有些見諸詩話著作，更有一部分在文人的文
章、書信呈現。其具體數量，未經全面蒐集，無法確定。在此僅

就個人所見四十餘筆資料，徵引賀裳《載酒園詩話》、《載酒園詩話又編》、李懷民《重訂中晚唐詩主客圖》、紀昀《瀛奎律髓勘誤》若干條目為例，說明清人的評析與詮釋的成果。

清‧賀裳《載酒園詩話》卷一論及〈武功縣中作三十首〉說：

> 凡摹擬最忌入俗。姚合形容山邑荒僻，官況蕭條，曰「馬隨山鹿放，雞雜野禽棲」，真刻畫而不傷雅。至「縣古槐根出」猶可；下云「官清馬骨高」，「官清」字太著痕跡，「馬骨高」尤入俗諢。梅聖俞乃言勝前二語，真是顛倒[31]。

賀裳所謂「摹擬」，意指「描摹」、「擬寫」。「馬隨山鹿放，雞雜野禽棲」，為姚合五律代表作〈武功縣中作三十首〉第一首名句。歷來討論姚合善於書寫「官況蕭條」時，莫不徵引此句作為論據。賀裳認為此二句勝過「縣古槐根出，官清馬骨高」，並糾正了梅聖俞之評斷。

按：歐陽修《六一詩話》引用「縣古槐根出，官清馬骨高」時，並未說明作者，近來有部分學者對其出處提出質疑。根據汪少華之研究，認為：「此二句當是杜甫的佚詩[32]。」然而賀裳顯

---

31 清‧賀裳《載酒園詩話‧宋人議論拘執》）（郭紹虞編《清詩話續編》本第一冊，頁252，臺灣木鐸出版社，民國72年12月出版。
32 詳見汪少華〈「縣古槐根出，官清馬骨高」出處之謎〉，載《古籍整理研究學刊》2003年6月。

然認為二句是姚合作品。賀裳在《載酒園詩話又編》另有一段論
及姚合〈楊柳枝〉說：

> 凡作熟題，須得新意乃佳。〈楊柳枝〉曰：「江亭楊
> 柳折還垂，月照深黃幾樹絲。見說隋堤枯已盡，年年行客
> 怪春遲。」此詩頗脫窠臼。
>
> 按：秘書與閬仙善，兼效其體。古詩不惟氣格近之，
> 尚無其酸言。至近體如「酒熟聽琴酌，詩成削樹題」，
> 「過門無馬跡，滿宅是蟬聲」，「看月嫌松密，垂綸愛水
> 深」，「弄日鶯狂語，迎風蝶倒飛」，俱為宋人所尊，觀
> 之果亦警策[33]。

在此條詩話中，賀裳提出「作熟題須得新意」之論，認為
姚合〈楊柳枝〉一首，頗能擺脫窠臼。他認為姚合作詩，是受到
賈島影響。但是，姚合詩並無賈島之「酸言」。他提示〈過楊處
士幽居〉：「酒熟聽琴酌，詩成削樹題」、〈閒居〉：「過門無
馬跡，滿宅是蟬聲」、〈閒居遣懷十首‧其五〉：「看月嫌松
密，垂綸愛水深」、〈遊春十二首‧其十一〉：「弄日鶯狂語，
迎風蝶倒飛」這些宋人最欣賞的四對詩聯，讚嘆這些詩聯，都是
警策之句。此外賀裳在《載酒園詩話又編》中還討論到姚合〈征

---

[33] 清‧賀裳《載酒園詩話又編‧姚合《楊柳枝》評語》（郭紹虞編《清詩
話續編》木第一冊，頁364，台北：木鐸出版社，民國72年（1983）12月
出版。

婦歎〉「最有諷諭。……此詩哀傷慘惻，殊勝平日溪山雲月之作[34]。」「〈子規〉詩「『疏煙明月樹，微雨落花村』，真入唐人三昧，惜全篇平平[35]。」賀裳在論及馬戴詩，也不忘與姚合賈島相互比論。賀裳論析姚合詩，對文獻考證未能多加留意，以致受到質疑；然其賞析意見，仍然值得參考。至於紀昀論析姚合詩的資料，則見諸《瀛奎律髓勘誤》一書。紀昀對於姚合詩的觀感比較負面，然而紀昀卻是清代的大家。在李慶甲教授所輯《瀛奎律髓彙評》中，幾乎將紀昀的意見全數轉錄；此外還收錄清人馮舒、馮班、錢湘靈、陸貽典、查慎行、何義門、許印芳、趙熙等人之評析資料，這批資料對於姚合研究，助益甚大。

　　紀昀論析姚合作品，大致以方回所選五言三十九首、七言三首為限。紀昀對於方回之評箋意見，既有讚許，也有批評，並非照章全收。如姚合〈送李侍御過夏州〉一首，方回以為此詩：「『虜近少閒兵』一句，能道邊塞間難道之景，故取之。」紀昀不客氣地認為：「此詩佳在末二句。『虜近少閒兵』句殊不見工。」然後批評方回：「（方回）評摘武功疵病皆是；所謂細潤而工者，則不盡然[36]。」再如姚合〈送喻鳧校書歸毘陵〉：

---

[34] 清・賀裳《載酒園詩話・俞靖）（郭紹虞編《清詩話續編》本第一冊，頁379。
[35] 清・賀裳《載酒園詩話・俞靖）（郭紹虞編《清詩話續編》本第一冊，頁411。
[36] 見李慶甲《瀛奎律髓彙評》下冊，頁1054至1055、上海古籍出版社，2005年4月出版。

　　方回謂：「姚少監合詩選入《二妙》者百二十一首，比
浪仙為多。此「四靈」之所深嗜者。送人詩三十餘首，
以余再選，僅得三首。為武功尉時詩八首最佳。其餘有左
無右、有右無左。前聯佳矣，後或不稱。起句是矣，徼句
或非。有小結裹，無大涵容。其才其學，殊不及浪仙也。
此詩「鄉中賦籍除」，疑登第人免役不免賦，合考。」紀
昀曰：「評武功是，而以浪仙壓之則非。浪仙亦有小結
裹，無大涵容也。」又云：「起二句野調，三、四鄙惡至
極。」[37]

　　凡此，皆可見到紀昀的評論態度。當姚合詩有勝美處，並不
吝於讚美；然而姚合詩之病疵處，紀昀的用語便十分嚴苛。方回
在評論姚合〈山居寄友人〉、〈閒居〉、〈山中述懷〉、〈罷武
功縣將入城〉、〈遊春十二首〉、〈賞春〉、〈過天津橋晴望〉
等詩的意見，紀昀都或多或少提出修正。吾人通讀這些評箋意
見，可以加深姚詩的賞鑑層次，此於姚合詩之研究，助益不淺。

　　至於高密詩人李懷民《重訂中晚唐詩主客圖》上卷將姚
合〈武功縣中作〉三十首全數選錄（改題名為〈縣居詩三十
首〉）。在第一首評曰：「此等隨興之什，初無先後倫次，但於
起首、結首略加鈎勒而已。」第十四首評曰：「名句。此自與仲
初近，與樂天疏（「病多」二句下）。苦搜可想（「夢覺」二句

---

[37] 見李慶甲《瀛奎律髓彙評》下冊，頁1053。

下）。」第二十一首評曰：「諧妙。然須觀其內象方可學。」第
二十五首評曰：「古之詩人必到的少人看其詩始高，安得使時流
人人悅之。」都是言簡意賅，極有見地。其第三十首末尾，附了
一段總評說：

> 此等體，與水部〈秋居〉、司馬〈原上詩〉一例。隨景觸
> 興，無倫次、無章法，而自有天然妙趣。後世不知，則以
> 為破體矣。（《重訂中晚唐詩主客圖》上卷・姚合）

又說：

> 三十首中，皆於諧處見胸次骨格。所以見重處，正在此
> 耳。（《重訂中晚唐詩主客圖》上卷・姚合）

李懷民論詩意見，在其《重訂中晚唐詩主客圖》前言〈重訂
中晚唐詩主客圖說〉中有更為完整論述。大體重申「中晚唐詩兩
派說」，肯定張為《詩人主客圖》論詩之功，力主「學詩當從五
律始」，然後「由中晚唐以造盛唐之堂奧」。所以，雖然李懷民
評析姚合詩僅此三十首，基於中晚唐體派之建構，對於姚合詩的
維護與推崇，也是空前的。

伍、結語

　　姚合以詩歌馳名於寶曆、大和、開成之間，成為一個重要的詩人。此當與其地位日隆，又好提攜後進有關。晚唐人張為，將姚合列為「清奇雅正主李益」之「入室者」，自此有關姚合文學流派的定位，受到論者關注。從南宋人的論述資料，已見「姚賈」連言，姚賈作為一個流派觀念，已基本成形。

　　南宋人對於姚合編纂的《極玄集》十分看重，但是對其詩歌作品，呈現愛憎參半之狀況。既有嚴羽的極端輕視；但也有九僧、江湖派詩、永嘉四靈的高度推崇。南宋人開始對姚合詩作細緻的評析，也對姚賈詩風，有進一步地掌握，留下不少關於姚合詩風、流派、詩史定位的論述資料。元明清以來，有關姚合的討論，既有宏觀的察考，更有微觀之評析。姚賈詩風與體派歸屬，都獲得進一步確認；姚合與南宋詩人的關係，也有更加深入的討論。姚合詩雖然在清代受到紀昀嚴苛的批評；然而也獲得高密詩人李懷民的多方維護與高度推崇。

　　姚合以「武功體」詩在晚唐詩壇擁有一席之地，其獨善其身、流連風物之「閒適情懷」、「清峭」卻不流於「僻澀」之詩歌風格、「以吏為隱」之生活態度，學者如欲研究晚唐人之「從政心態」，姚合無疑是一個極佳的樣本。唐代詩人「詩意地棲居」在衙衛、郡齋中，以吏事、宦情為題旨者雖然不少，姚合卻是其中極為突出者。也許正是這些因素，使後世論者，願意持續

研究姚合的作品。

本文曾在南京大學主辦第二屆「漢學與東亞文化」國際學術研討
會上宣讀（2011.10.07-2011.10.09）。正式刊登於《東海文學院
學報》第53卷，（2012年07月）頁1-22

姚合詩集之考校與詮釋

壹、前言

在中晚唐詩壇，姚合是一位重要的詩人；不但編選一部《極玄集》為後世所稱道，也有別集《姚少監詩集》傳世；然而當代學界對姚合的研究，數量不僅不及賈島，深度也不如孟郊；就連以姚合為研究主題的學位論文，亦寥寥可數。姚合詩集新校本，至今僅有一部劉衍所撰的《姚合詩集校考》。

大陸學界有張振英〈20世紀姚合研究述論〉[1]及沈文凡、周非非〈唐代詩人姚合研究綜述〉[2]述及百年來姚合研究概況。大體說來，姚合也非大陸學界熱門的研究領域。

本文打算就思考所得，回顧歷代全集校注的形態、評比現存校注體例之得失、探討文本考校與詮釋諸般議題，就姚合現存資料現況，尋求一種理想的、具現代學術意義的校注模式，當然，

---

[1] 《廣西大學學報》哲社版第26卷第1期，2004年2月。
[2] 《東北師大學報》哲社版，總227期，2007年第3期。

這也是整理《姚合詩集校注》的最終依據。

貳、《姚合詩集》之成書與流傳

目前能夠看到的唐人文集，絕大多數為宋人所搜集、整理、編纂而成。材料來源不同，整理加工之水準有異，各種別集之面目，也就有各有出入。

姚合詩集，據宋・宋祁、歐陽脩《新唐書・藝文志》題為「《姚合詩集》十卷」，宋・晁公武《郡齋讀書志》題作《姚合集》，亦為十卷；宋・陳振孫《直齋書錄解題》稱「《姚少監詩集》」，亦作十卷，云：「川本卷數同，編次異。」姚合詩在宋時即分「浙本」與「川本」兩種。有人認為題《姚少監集》者，為浙本；題《姚合集》者，是川本。[34]明代刻書家毛晉，是姚合詩集得以流傳後世的最大功臣。毛晉在《六唐人集》之《姚少監詩集》附跋說：

> 《唐書》載合於姚崇傳中甚略。余按：合乃宰相崇之曾孫，未詳其字。元和十一年李逢吉知舉進士，調武功主簿，世號姚武功。又為富平、萬年尉。寶曆中，歷監察、

3　詳見孫望〈姚少監集〉敘錄，載氏所著《唐集敘錄》，（北京：中華書局，1980年出版，頁263）又見宋晁公武著、孫猛校證《郡齋讀書志》卷十八，（上海：上海古籍出版社，

4　年出版，頁903）。

殿中御史，戶部員外郎，出荊杭二州刺史，為戶刑二部郎
中、諫議大夫、給事中、陝虢觀察使，開成末，終秘書
監。與馬戴、費冠卿、殷堯藩、張籍遊，喜採僧詩，如清
教云：「香連雲舍像」，雲容云：「木末上明星」，荊州
僧云：「犬熟護鄰房」吟之不輟。李頻師之，方玄英哭之
云：「入室幾人為弟子，為儒是處哭先生」仰止極矣。隱
湖晉潛在丁酉春朝，識於追雲舫中[5]。

在這條跋語中，毛晉對姚合仕宦履歷、交遊出處，所述大致
不錯；但對姚合與姚崇之關係，則顯然有誤。姚合其實並非姚崇
曾孫，而是姚崇之曾姪孫[6]。

在同一跋語，毛晉又提到：自明熹宗天啟七年丁卯（西元
1627年）刊刻《極玄集》之後，擬再梓行姚合本集，卻一直無法
如願。某日讀《緇林法語》見：「移花兼蝶至，買石得雲饒」十
字，驚為「禪悟後語」；又讀張為《詩人主客圖》，方知數句，
乃出於姚合之手。毛晉又從《唐詩紀事》讀到：「一日看除目，
終年損道心」，讚嘆不已。於是廣搜博訪十餘年，直至明思宗崇
禎十五年壬午（西元1642年）秋日，忽從錫𥯤籠之中，獲得一
本「蓋吾宗圖記印抄宋刻本」，讀之三日，立即付梓，此即今人

---

[5] 詳見汲古閣本《六唐人集》之《姚少監集》毛晉跋語。又商務印書館
「四部叢刊」本《姚少監詩集》卷末亦引錄。

[6] 詳見傅璇琮主編《唐才子傳校箋》第三冊、吳企明主稿之姚合小傳校
箋，可知姚合為姚元景之曾孫、姚崇之曾姪孫。（北京：中華書局，
1987年出版，頁124至125）。

所見之《姚少監詩集》十卷。毛晉又以家藏宋治平王頤石刻〈武功縣中詩〉三十首與該本對勘，發現此書之銓次不同，應即「浙本」；其編次與「川本」稍異[7]。此書其後歸黃丕烈所有，經黃氏審定，此乃明影鈔宋本，認為：「前五卷審定是明人所鈔，後五卷似後來鈔補」[8]。由此可知：姚合之詩集，明代以前流傳情況，已難查考。目前所見，都是由明、清人刊印或傳抄。明以前古本，僅餘一本蜀刻殘宋本。

　　就目前流傳之版本來看，《姚合詩集》大致可以分為：「十卷本」、「五卷本」、「一卷本」以及「不分卷」四種版式。在中國大陸可以見到之版本有：（1）題名為《姚少監詩集》十卷者：有宋蜀刻本（存五卷）、明抄本（有明毛晉校跋、清黃丕烈跋）、明抄《唐四十七家詩》本、明抄《唐四十四家詩》本、清席啟寓刻《唐詩百名家全集》本。這些版本都藏於北京國家圖書館。（2）題名為《姚少監詩》十卷者：有明毛晉汲古閣刻《唐六名家集》本，藏於北京圖書館。（在北京國家圖書館的藏本中，其中一種附有傅增湘校跋、另一種附有清勞權校跋，並載錄清黃丕烈題識，但僅存八卷）。（3）題名為《刺史姚合詩集》一卷者：有明萬曆刻《晚唐十四家詩集》本。（4）題名為《中唐姚合詩集》一卷者：有清劉雲份輯《十三唐人詩》本、清劉雲

---

[7]　見汲古閣本《六唐人集》之《姚少監集》毛晉跋語。轉引自萬曼《唐籍敘錄》〈姚少監集敘錄〉（臺北：明文書局，民國71（1983）年2月）頁263。

[8]　參見蜀刻本《姚少監詩集》，北京圖書館傅敏先生1990年所作跋語。在《宋蜀刻本唐人集叢刊》分冊（上海古籍出版社，1994年9月出版）

份輯《中晚唐詩》本。（5）題名為《姚合詩》不分卷者：有清初抄《百家唐詩》本。

　　至於在臺灣地區，國家圖書館典藏有六種《姚合詩集》，有古版本、影本與微卷三種樣式。其中：（1）題名為《姚少監詩集》十卷者，即上海古籍出版社據北京圖書館藏宋蜀刻五卷殘宋本影印，收入該館所藏1994年上海古籍出版社《宋蜀刻本唐人集叢刊》第19冊。（2）題名為《姚少監詩集》十卷者：為清同治間南海孔氏嶽雪樓鈔本（按：此書為微卷形式，係用《四庫全書》本抄錄）。（3）題名為《姚少監詩集》十卷者：係民國18年（西元1929年）上海商務印書館據上海涵芬樓藏明刊本景印，收入《四部叢刊》（線裝書二冊）。（4）題名為《姚少監詩集》十卷者：台北國立中央圖書館原藏，在清錢謙益、季振宜遞輯《全唐詩稿本》之中。《全唐詩稿本》於1979年由台北聯經出版事業公司景印出版，全書共71冊，姚合詩集在第48冊中。（5）題名為《刺史姚合詩集》一卷者：係明萬曆戊午（46年）（即西元1618年）金陵朱氏《晚唐十二名家詩集》刊本（按：此書係微卷形式）。（6）題名為《姚合詩》一卷者：係明末野香堂貞隱堂等《中晚唐詩》刊本。

　　海外另有題名為《姚少監詩集五卷》寫本一種，藏於日本靜嘉堂文庫。然而臺灣學界一般討論姚合詩，大致還是採用康熙御纂《全唐詩》（卷496至卷502）、或以商務印書館據涵芬樓景印明鈔本《姚少監詩集十卷》（即四部叢刊本）為據。

參、考釋《姚合詩集》的重要版本

1994年9月，上海古籍出版社影印宋蜀刻《姚少監詩集》殘本，堪稱百年來姚合研究最值得紀念的事。據傅敏〈宋蜀刻本姚少監詩集跋〉云：

> 此蜀刻宋本《姚少監詩集》存卷一至卷五，框高一九.五釐米，寬一三.五釐米，白口，左右雙邊，每半頁十二行，行二十一字。目錄五葉，截至卷五，自第六卷起割去。除目錄題「姚少監文集」外，正文卷一至五均題「姚少監詩集」，每卷之目與文連。宋諱「敬」、「殷」等缺筆。第五卷後附黃丕烈嘉慶十七年至二十四年書跋文數篇[9]。

由於此本宋・陳振孫、明・毛晉均未見及，故其珍貴，不言可喻。從書前所鈐「平江黃氏圖書」、「積瑞樓」、「鐵琴銅劍樓」、「翰林國史院官書」諸印，以及書末所附黃丕烈跋文，可以推斷：此書元代曾由官府收藏，明末清初為劉體仁所得，其後又歸陸西屏、周錫瓚。清仁宗嘉慶十七年壬申（西元1812年）五月十一日，適逢黃丕烈五十生日，周錫瓚遂以此書相贈。上海古

---

[9] 見《姚少監詩集》，在《宋蜀刻本唐人集叢刊》19分冊（上海古籍出版社，1994年9月出版）。

籍出版社影印此書，為研究姚合者提供前五卷最原始之版本、目錄資料，十分珍貴。

1979年由台北聯經出版事業公司景印原藏台北國立中央圖書館（現更名為國家圖書館）之清錢謙益、季振宜遞輯《全唐詩稿本》（納入「明清未刊稿彙編」第二輯）《姚少監詩集》十卷在《全唐詩稿本》第48冊之中。這是另一個重要的本子[10]。

此書版心刻有「汲古閣」字樣，應即明毛晉所刻《唐六名家集》本。筆者曾將此書與民國十八年（西元1929年）上海商務印書館據上海涵芬樓藏明刊本景印《四部叢刊》本《姚少監詩集》十卷比對，發現兩者在詩作編排次第並無太大差異，但是季振宜的稿本，已將每一卷前面的分類標目及詩作數目刪除，還把《四部叢刊》本《姚少監詩集》失收作品，補抄於各卷之末。《四部叢刊》本《姚少監詩集》原於每卷之後，標注題材分類及詩作數目。如：

卷一「送別上五十首」，季振宜稿本補抄〈送別友人〉等五首。

卷二「送別下四十三首」，季振宜稿本補抄〈宋盧拱秘書遊魏〉一首。

卷三「寄贈上四十七首」，季振宜稿本補抄〈友人南遊不回因記〉等五首。

卷四「寄贈下四十四首」，季振宜稿本補抄〈使兩浙贈羅

---

[10] 有關此書之內容，來由，詳參：蔣復璁〈全唐詩稿本的來源〉，《國立中央圖書館館訊》，第10卷1期，民國77年2月。

隱〉一首。

卷五「閒適上五十首」，季振宜稿本數量同。

卷六「閒適時序風月六十二首」，季振宜稿本補抄〈秋日（一作月）山中〉一首。

卷七「題詠四十九首」，季振宜稿本補抄〈題永城驛〉一首。

卷八「遊覽宴集五十首」，季振宜稿本數量同。

卷九「和答酬謝五十七首」，季振宜稿本補抄〈和劉郎中題華州廳〉等六首。

卷十「花草鳥獸器用哀挽雜詠五十七首」，季振宜稿本補抄〈白鼻騧〉等五首。

由於季振宜稿本補抄數量達二十五首，《四部叢刊》本《姚少監詩集》每一卷原附之數字已無意義。姚合之聯章、組詩，《四部叢刊》本原皆標有數字（編號），季振宜稿本則一律刪除。季振宜稿本之可貴，還在於他對原書所作考訂與加工，使得季振宜稿本，不論內容之增補、還是異文之考訂，都顯得更為完善，使《全唐詩稿本・姚少監詩集》也成為目前所能見及之較佳版本。

季振宜所作的加工整理，除了補鈔遺佚，還利用到更早的「別本」及各種更早的古籍，如：《古詩紀》、《文苑英華》、《唐文粹》之收錄進行考校。季振宜對姚合詩集的校勘，大致可以歸納為六項：（一）校勘姚合詩之詩題（如：卷四〈寄送盧罩秘書遊魏州〉、卷五〈武功縣中作三十首〉、卷六〈莊居野行〉等等）；（二）校正詩句（如：卷一〈送張宗原〉）；（三）添

加字句（如：卷四〈山居寄友生〉）；（四）改正異文（如：卷四〈寄崔之仁山人〉）、夾注詩題人名字號（如：卷四〈寄白石師〉）；（五）刪除偽詩（如：卷五刪除〈山村〉、卷六指出〈除夜二首〉第二首為劉叉之作）；（六）對若干詩篇，另作排序（如：卷九〈夜期友生不至〉以下之排序不同）等等。

這些資料，數量不少，十分寶貴，對後續的校注工作，幫助極大。當然這些資料在中華書局出版的《全唐詩》新校標點本之中也有載錄，只是完全沒交代出處，讀者無從獲悉這些意見出自何人，《全唐詩稿本・姚少監詩集》為我們揭示了季振宜的作者身分。

肆、考釋《姚合詩集》之資源

一、人物考證資料

晚近以來，電子文本充斥於網際網路，各種辭書、集叢、甚至大部頭的電子資料庫，檢索起來也很方便。筆者也在各網站，下載大量數位文本或電子檔案資料，這些資料可以省卻不少跑圖書館影印之麻煩。但以姚合詩集之考釋而言，紙本書籍與工具書之運用，仍位居首要地位。

目前如欲考索姚合交往人物，傅璇琮、張枕石、許逸民編

《唐五代人物傳記資料綜合索引》[11]與周祖譔主編《中國文學家大辭典--唐五代卷》[12]、吳汝煜主編《唐代交往詩索引》[13]仍是最方便的工具書。至於姚合詩中涉及人物之考證,則以吳汝煜、胡可先《全詩人名考》[14]、陶敏《全唐詩人名考證》[15]兩書之價值最高。由吳汝煜主編《唐代交往詩索引》,可以檢索到:

　　1.姚合贈他人者:送雍陶三首(〈送雍陶遊蜀〉、〈送雍陶及第歸覲〉、〈喜雍陶秋夜訪宿〉),送張籍者三首(〈寄主客張郎中〉、〈贈張籍太祝〉、〈酬張籍司業見寄〉),送韓愈一首(〈和前吏部韓侍郎夜泛南溪〉),送劉叉一首(〈贈劉叉〉),送賈島者十三首(〈送賈島及鍾渾〉、〈別賈島〉、〈寄賈島〉、〈寄賈島時任普州司倉〉、〈寄賈島〉、〈洛下夜會寄賈島〉、〈寄賈島浪仙〉、〈寄賈島〉、〈喜賈島至〉、〈喜賈島雨中訪宿〉、〈夜期友生(一作賈島)不至〉、〈聞蟬寄賈島〉、〈哭賈島二首〉)

[11] 參見傅璇琮、張枕石、許逸民編《唐五代人物傳記資料綜合索引》(北京:中華書局,1980年6月),另有(臺北:文史哲出版社,1993年12月台1版)。

[12] 參見周祖譔主編《中國文學家大辭典--唐五代卷》(北京:中華書局,1992年9月)。

[13] 參見吳汝煜主編《唐五代詩人交往詩索引》(上海古籍出版社,1993年5月)。

[14] 參見吳汝煜、胡可先著《全唐詩人名考》(江蘇教育出版社,1990年8月)。

[15] 參見陶敏《全唐詩人名考證》(唐詩研究集成)(陝西人民教育出版社,1996年8月)。

2.他人贈姚合者：賈島所贈十二首（〈重酬姚少府〉、〈酬
　姚少府〉、〈丹陽精舍南臺對月寄姚合〉、〈寄武功姚主
　簿〉、〈喜姚郎中自杭州迴〉、〈送姚杭州〉、〈酬姚合
　校書〉、〈宿姚少府北齋〉、〈宿姚合宅寄張司業籍〉、
　〈夜集姚合宅期可公不至〉、〈酬姚合〉、〈黎陽寄姚
　合〉），劉叉所贈者兩首（〈自古無長生勸姚合酒〉、
　〈姚秀才愛余小劍因贈〉），劉禹錫所贈兩首（〈寄陝州
　姚中丞〉、〈唐侍御寄遊道林岳麓四二寺詩并沈中丞姚員
　外所和見徵繼作〉），唐扶所贈者一首（〈使南海道長沙
　題道林嶽麓寺詩〉），沈傳師所贈一首（〈次潭州酬唐侍
　御姚員外遊道林嶽麓寺題示詩〉），張籍所贈三首（〈贈
　姚合少府〉、〈寒食夜贈姚侍御〉、〈贈姚合〉），當然
　這些資料並不完全，透過這些有限的交往詩，無法管窺姚
　合在詩壇交遊全貌。而吳汝煜、胡可先《全詩人名考》、
　陶敏《全唐詩人名考證》兩書的資料，則多少可以補充交
　往詩所見之不足。
　　吳汝煜、胡可先《全詩人名考》，自《全唐詩》卷497〈寄
絳州李使君〉起，至《全唐詩》卷502〈崔少卿鶴〉止，一共考
出45位姚合酬贈者之名字、生平、或履歷資料。中間有見單敘述
人名者，如：謂〈寄題蔡州蔣亭兼簡田使君〉一詩中之「田使君
為田群」；亦有引述史料作詳細考證者，如謂：〈和李舍人秋日
臥疾言懷〉之「李舍人為李褒」。則謂：

姚合有《和李十二舍人直日放朝對雪》等，岑仲勉《唐人
行第錄》均以為李褒。《翰苑群書》上《重修承旨學士壁
記》：「李褒，開承五年三月二十日自考功員外郎集賢院
直學士充，其年六月，轉庫部郎中知制誥。十二月十二日
賜緋。會昌元年五月，拜中書舍人。十二月，加承旨。六
日賜紫。二年五月十九日出守本官。」

這樣的考據，當然深具說服力。至於陶敏《全唐詩人名考
證》在性質上與前書相近。陶敏教授自〈送狄尚書鎮太原〉至
〈崔少卿鶴〉，共計考出108位姚合詩相涉之人物。

陶敏考證與前書，有結論相同者，也有結論相異者。舉例來
說，如：姚合〈送楊尚書祭西嶽〉詩：

報功嚴祀典，寵詔下明庭。酒氣飄林嶺，香煙入杳冥。樂
清三奏備，詞直百神聽。衣拂雲霞溼，詩通水石靈。何因
逐驥騎，暫得到巖扃。（本集卷一）

據吳汝煜、胡可先《全唐詩人名考》云：

楊尚書為楊嗣復。《舊唐書》卷一七六、《新唐書》卷
一七四有傳。據《唐僕尚丞郎表》卷十一：「楊嗣復，
開成二年十月二十九己未，由檢校戶尚、西川節度使入遷
戶尚、充諸道鹽鐵轉運使。三年正月九日戊辰，以本官同

中書門下平章事。」姚開成元年春由杭州刺史入為諫議大
夫，轉給事中，四年出鎮陝虢，見郭文鎬〈姚合仕履考
略〉（《浙江學刊》1988年第3期）。是楊嗣復為戶部尚
書時，姚合正在京，故得送其祭岳。

　　然而陶敏《全唐詩人名考證》則謂：「楊尚書，楊汝士。開
成五年五月楊嗣復官禮尚，但為時甚暫，且前此嗣復已為相，不
得僅呼之為『尚書』。」

　　按：陶證誠是。雖然如此，吳、胡所考，對《姚合詩集》牽
涉人物之極力耙梳史料、發掘真相，仍具有極高度之價值，未可
以此而有所輕忽。

二、詩歌選本資料

　　歷代的重要選本，則是另一項重要的資源。歷代選家對於姚
合詩之愛憎不一，所選姚合詩篇或多或寡。檢索孫琴安《唐詩選
本六百種提要》[16]，除了一般常見唐詩選本，所列元・方回《瀛
奎律髓》、清・劉雲份《十三唐人詩選》、清・李懷民《重訂中
晚唐詩主客圖》等書，都極有參考價值。

　　其中值得注意的是元・方回《瀛奎律髓》，此書選了姚合
律詩作品42首。其卷六「宦情類」，收姚合五律詩17首。其卷八

---

[16] 參見孫琴安《唐詩六百種提要》（陝西人民教育出版社，1987），再版
　　改名為《唐詩選本提要》），所載歷代唐詩選本，至少十種具有研究價
　　值之選本選錄姚合詩。

「宴集類」，收姚合詩1首。其卷十「春日類」，收入姚合五律詩2首、七律詩1首。其卷十一「夏日類」，收姚合1首。其卷二十三「閒適類」，收姚合詩9首。其卷二十四「送別類」收姚合五律詩3首。其卷三十三「山巖類」，收姚合七律詩1首。其卷三十四「川泉類」，收姚合五律詩1首、七律詩1首。其卷四十二「寄贈類」，收姚合五律詩2首。其卷四十七「釋梵類」收姚合詩2首。其卷四十九「傷悼類」收姚合五律詩1首。以選詩數量言，《瀛奎律髓》所選不是最多，但是方回所作批語，深入肯綮，點燃後世深入討論姚合詩的火種。例如方回《瀛奎律髓》卷之十對姚合〈遊春〉所作批語云：

> 姚少監合，初為武功尉，有詩聲，世稱為姚武功，與賈島同時而稍後，似未登昌黎之門。白樂天送之杭州有詩。劉白以後詩人，集中皆有姓名，詩亦一時新體也。而格卑於島，細巧則過之[17]。

紀昀對此評語，立表贊同，認為「格卑於島，武功定評。」[18]同詩方回又有評語謂：

> 予謂詩家有大判斷、小結裹。姚合之詩專在小結裹，故四靈學之，五言八句皆得其趣，七言律及古體則衰落不振；

---

[17] 見李慶甲集評點校《瀛奎律髓彙評》上冊，頁340。
[18] 同前書，頁340。

又所用料不過花、竹、鶴、僧、琴、藥、茶、酒，于此凡物，一步不可離，而氣象小矣。是故學詩者必以老杜為祖，乃無偏僻之病云。

紀昀也對此表示分讚賞，盛稱為「精確之論」[19]。方回的評語，不僅在清代引發進一步討論，後世解讀姚合詩，也往往列為重要論點。

1983年上海古籍出版社，出版復旦大學李慶甲教授《瀛奎律髓彙評》三冊[20]，這部書除了運用各種善本，作精確的校點，還彙集清人馮舒、馮班、陸貽典、查慎行、何義門、紀昀、無名氏、許印方等十多家的評語，如紀昀《瀛奎律髓彙刊誤》之內容，均收入該書。運用起來十分方便。

此外，清‧李懷民《重訂中晚唐詩主客圖》，仿效晚唐張為《詩人主客圖》之作法，區別中晚唐律詩作者之體派。本書對於中晚唐文學研究，獨具價值。

李懷民重申「中晚唐詩兩派」之主張，不僅較張為「六派說」更為精確；中晚唐重要五律作者，幾乎都有作品收錄；此一時期五律創作之面貌，不難由此獲知梗概。李懷民倡導「學詩當自五律始」、「由中晚唐以造盛唐之堂奧」不僅打破明代前後七

---

[19] 同前書，頁340。

[20] 李慶甲集評點校《瀛奎律髓彙評》有上海古籍出版社2005年新版，全書三大冊。其卷六宦情類、卷八宴集類、卷十春日類、卷十一夏日類、卷二十三閒適類、卷二十四送別類」、卷三十三山巖類、卷三十四川泉類、卷四十二寄贈類」、卷四十七釋梵類、卷四十九傷悼類收姚合詩作。

子宗奉盛唐之風氣，也適時對「中晚唐詩淺俗」之偏見，有所糾
偏，極具理論意義；尤其強調「學詩先求為古之豪傑」，對於不
能升之廊廟之貧寒詩人，往往能給予適切評價；對其人格風範，
不吝肯定。此書收錄姚合〈武功縣中作〉三十首，所作評語，相
當值得參考。

再如今人袁閻琨主編《全唐詩廣選新注集評》[21]、陳伯海主
編《唐詩彙評》[22]都在編選之時，建立嚴謹的評選標準，廣泛搜
集相關詩論，因而能夠達到一定程度的學術水準。上述古今唐詩
選本，當然也是從事《姚合詩集》校注工作者所需留意並參考。

三、古代詩論資料

姚合為中晚唐時期突出的詩人，歷代雜史、筆記、序跋、
詩話著作中，載有不少相關資料。這些資料內容駁雜，不乏對姚
合詩作的深究與評騭。現存詩話資料甚多，除常見的何文煥、丁
福保、郭紹虞所編選之詩話著作；晚近以來大部頭之詩話叢編陸
續出版，提供唐詩研究者不少方便。例如程毅中主編《宋人詩
話外編》[23]、吳文治編《遼金元詩話全編》[24]、吳文治編《宋詩

---

[21] 參見袁閻琨主編《全唐詩廣選新注集評》全10冊（遼寧人民出版社，
1994年8月）。

[22] 參見陳伯海主編《唐詩彙評》（上中下冊）（浙江教育出版社，1995年5
月）。

[23] 參見程毅中主編《宋人詩話外編》上下冊（國際文化出版公司，1996年3
月）。

[24] 參見吳文治編《遼金元詩話全編》（全4冊）（南京，鳳凰出版傳媒集
團、鳳凰出版社（原江蘇古籍出版社），2006年12月1版）。

話全編》[25]、吳文治編《明詩話全編》[26]、周維德集校《全明詩話》[27]、張寅彭主編《民國詩話叢編》[28]，均載有姚合資料，值得進一步耙梳搜羅。

另外像臺靜農主編《百種詩話類編》[29]、陳伯海編《唐詩論評類編》[30]，所收姚合詩論資料雖不完全，但較為集中。這些詩論資料，有體派之討論、有摘句批評、還有就各體詩提出評騭。不少詩論家還深入論析姚合詩之體製、用意、用韻各層面，頗多慧見。

晚近學界對姚合之研究，尤有大量成果，例如劉衍《姚合詩集校考》對姚合詩集之版本異文之校考，徐玉美碩士論文已初步寫成姚合年譜。簡貴雀、張振英之博士學位論文，內含豐富之資料，尤可採擷運用。

---

[25] 參見吳文治編《宋詩話全編》（全10冊）（南京，江蘇古籍出版社，1998年12月1版1刷）。

[26] 參見吳文治編《明詩話全編》（全10冊）（南京，江蘇古籍出版社，1997年12月1版1刷）。

[27] 參見周維德集校《全明詩話》（全6冊）（濟南，齊魯書社，2005年6月1版）。

[28] 參見張寅彭主編《民國詩話叢編》（全6冊）（上海，上海書店出版社，2002年12月1版1刷）。

[29] 參見臺靜農主編《百種詩話類編》上中下冊（臺北：藝文印書館，民國63年5月）。

[30] 參見陳伯海編《唐詩論評類編》（山東教育出版社，1993年1月）。

伍、考釋《姚合詩集》之體例

唐人別集校注之體例，詳略不一。清‧仇兆鰲《杜少陵集詳注》卷首列有凡例二十則，以言其箋注體例，堪稱有史以來，最為周詳。胡可先《杜詩學引論》引述此二十則體例謂：

> 一、杜詩彙編，主要將杜詩按年編次。二、杜詩勘誤，即訂正傳本錯亂之處。三、杜詩編年，即依年編次。四、杜詩分章，即分章註釋，以提示本意。五、杜詩分段，即將長篇分為數個段落，以見體例嚴整。六、內註解意，先提總綱，次釋句文。七、外注引古，即在詩後引證典故出處。八、杜詩根據，即每體之後，備載名家評論，以見詩法來源脈絡。九、杜詩褒貶，取其羽翼杜詩者，凡與杜為敵者，概削不存。十、杜詩偽注，凡偽注皆行勘削。十一、杜詩謬評，無精實見解者，所採甚稀。十二、歷代注杜。十三、近人注杜。十四、杜賦註解。十五、杜文註解。十六、詩文附錄。十七、少陵大節。十八、少陵曠懷。十九、少陵諡法。二十、少陵軼事[31]。

---

[31] 詳見胡可先《杜詩學引論》（安徽大學出版社，2003.3出版）頁52至53。又詳見仇兆鰲《杜少陵集詳注》（又名《杜詩詳注》）（台北，里仁書局1980.7）頁21至26。

此為仇兆鰲耗費二十多年光陰，詳注杜甫詩文所使用之體例。這種體例，繁複周詳，是仇兆鰲之創舉；當代學者從事校注工作，可能延續其內涵精神，但是不會襲用這個體例。

學界所用的體例，較可參考者，且以手邊常用的三本書：錢仲聯《韓昌黎詩繫年集釋》[32]、華忱之、喻學才《孟郊詩集校注》[33]與謝思煒《白居易詩集校注》[34]為例。錢仲聯《韓昌黎詩繫年集釋》，係以方世舉《韓昌黎詩編年箋注》十二卷（清乾隆德州盧氏雅雨堂原刊本）為基礎，參閱數十種古今重要韓集的考證、箋注及近三百種古代詩論資料而成。錢仲聯在箋釋每一首詩篇時，採取「校」、「注」合一模式。校文注文之中，包含古今大家意見，然後以「補釋」表示錢氏自己的意見。每一首詩都附「集說」，以供讀者參考。全書附錄「本書所據各本韓集目」、「本書所輯諸家姓氏書目」、「新舊唐書本傳」及「諸家詩話」五種。

華忱之、喻學才《孟郊詩集校注》之校注體例，在大方向上雖與錢仲聯《韓昌黎詩繫年集釋》之精神相同。兩者差異在《孟郊詩集校注》實際操作時，是採「校」、「注」分離模式。每一首詩，都有「校記」、「解題」、「註釋」三個項目。「校記」專記各種版本異文，並盡可能依照作者的理解，加以勘改。「解

---

[32] 筆者所據之錢仲聯《韓昌黎詩繫年集釋》，為民國74年（1985）台北：學海出版社所印行之臺灣版，精裝兩大冊。

[33] 華忱之．喻學才《孟郊詩集校注》（北京：人民文學出版社，1995年12月）。

[34] 謝思煒《白居易詩集校注》（北京：中華書局，2006年7月）。

題」附有作品繫年，寫作背景、儘可能揭示作品寫作用意。「註
釋」則訓釋字詞，不僅解釋字句本義，對孟郊此詩意匠經營也有
所揭示。附錄「孟郊年譜」、「孟郊遺事」（又分傳志、題贈、
遺跡、雜記）、「年譜引用書目」、「歷代孟郊詩評」、「孟郊
詩集刊刻序跋」五種，資料豐富，體製更為完善。

至於謝思煒《白居易詩集校注》，是在朱金城《白居易集
箋校》之後所作的全集新校注本，代表新一代的校注模式。謝思
煒是以1955年文學古籍刊行社影印的宋紹興刻本《白氏文集》71
卷為底本。參校的版本，擴及敦煌文書、日本翻刻朝鮮本、北京
國家圖書館宋刻殘本及其他共34種。可謂超越前修，見到許多前
人所未見的資料。實際操作，也是採「校」、「注」分離模式，
文末附錄《白居易精簡年譜》。謝氏校注內容，儘量汲取或參酌
歷代以至近期與白詩有關研究成果。至於該書所附之歷代評論資
料，擇取關乎題旨理解的代表性意見，附於各篇之後。前輩學者
對於校注，往往謹守「簡約原則」，注文都不會太長；謝注則不
自我設限，注文可常可短，全依需要而定，往往有十分冗長者。
因此《白居易詩集校注》雖是一本別集的校注，卻頗能與白居易
的研究現狀同步呈現。

筆者理想中的《姚合詩集校注》，是一部匯集所有姚合「存
世詩」、「佚詩」的總匯。使用上海涵芬樓景印明抄宋本《姚少
監詩集》（即四部叢刊本）為底本，參校1979年由台北聯經出版
事業公司景印原藏台北國立中央圖書館（現更名為國家圖書館）
之清錢謙益、季振宜遞輯《全唐詩稿本》及前代較早總集。實際

操作，也是採「校」、「注」分離模式，文末附錄：《歷代評論
資料彙編》、《姚合年譜》兩種。

在字句考校方面，特別關注姚合詩錯漏、衍文、異文之考校
勘改。劉衍所撰的《姚合詩集校考》可以成為筆者重要的參考。
在詩義訓解方面，詞義、句意、篇意都在筆者關顧範圍，注文應
長則長，可短則短，不自我設限。在史料考證方面，特重里籍、
家世、生涯履歷、仕宦更迭、往來人物。至於年譜之編纂面，涵
蓋作品繫年、作者動態，同時期其他詩人之活動。每一首詩之注
文，儘量涵蓋詩鏡詮評、詩論要旨、詩歌形式、題材內容、表現
技法、美學成就等內涵。在資料彙編方面，涵蓋歷代詩話、選
集、詩評中所有論及姚合之資料。筆者希望透過這樣的體例，完
成一個既能保留傳統字義訓釋，又能呈現最新研究狀況、具有現
代學術意義的新校注本。

陸、結語

唐人別集的整理，在往昔是一件吃力不討好的工作。作為別
集的校注者，除了學問功底需深厚、文獻方法要嫻熟，還得有掌
握特定資料的能力。版本、目錄、校勘、辨偽的本事固不能少；
文字、聲韻、訓詁的修養尤不可缺。

唐代詩人別集校注的困難，也非掌握古代文獻資料難易的問
題，而在能否完整掌握詩人所處的背景、洞悉作者特殊的寫作個
性、正確而深入理解作品語境的能力。理想的文本校注工作者，

除了必須扮好「文獻導航」的角色,擔當古今溝通理解的橋樑,還需有引領專業讀者進一步「尋幽訪勝」的能力。

當古代文獻方法也在日新又新、當代詩歌詮釋理論更是飛快進展的此時,如何掌握最佳的考釋方法,同樣考驗著筆者,這也是眼前工作踟躕不前的主因。

所幸在網際網路暢通無阻的此刻,各類電子文本與資料庫越來越充裕;對古代文獻未必內行的學人,已能透過電子文本或各種資料檢索系統輕易彌補不足;而團隊諮詢與合作的方法,尤能解決對當代特定知識領域不熟的問題。放眼當前的中文學術環境,已是全面整理古代文獻的好時機,而經過數年的沈潛積累,或許也正是筆者逐步解決問題、勉力完成寫作的時候了。

本文曾刊登於東海大學圖書館編印《東海大學圖館館刊》2016年第四期,(2016年4月15日出版),頁1-12。

《韓詩臆說》
之論詩要旨與批評成就

壹、前言

　　《韓詩臆說》是一本採用「詩話體制」所作的韓愈詩學專著，1934年11月由上海商務印書館出版，列入該館所編「國學小叢書」。作者署名程學恂，全書兩卷，論及韓愈190首詩，重要篇章，皆無遺漏；說詩深入肯綮，頗有見地；片言隻語，足資參考，長期為韓詩研究者所崇重。前輩學者錢仲聯在其《韓昌黎詩繫年集釋》一書，即大量抄錄《韓詩臆說》入其《集說》中，可知此書之分量。

　　此書流傳，已逾66年，作者身分，向無疑義；直至1995年，大陸學者郭雋杰先生在《首都師範大學學報》發表論文，提出若干證據，質疑程學恂之作者身分[1]，《韓詩臆說》之作者歸屬，

---

[1]　見郭雋杰〈《韓詩臆說》之真正作者為李憲喬〉，文載《首都師範大學學報》1995年第3期（總第104期），以下網址：http://blog.sina.com.cn/s/　blog_49871e720100az61.html全文轉載。

始成學術公案。

　　《韓詩臆說》在論析韓詩之際，所持理論與實際批評，有其一定成就，絕不會因為作者歸屬，而損其聲價。在此打算對該書論韓精義，提出評析，一得之愚，就正於學界方家，或可作為韓詩同道之參考。

貳、《韓詩臆說》之作者問題

　　臺灣學界流傳之《韓詩臆說》，是臺灣商務印書館於民國59年7月所印行之臺一版，列入「人人文庫1401號」，書前附有散原老人陳衍毛筆書寫之〈前序〉影本。序曰：

　　　韓公詩繼李杜而興，雄直之氣、詼詭之趣、自足鼎峙天壤、模範百世，不能病其以文為詩，而損偏勝獨至之光價也。宋賢效韓以歐陽永叔、王逢原為最善。永叔變其形貌，為得其魂；逢原合其其糟粕，為得其魄。大抵取徑師古，殆不出此二者矣。伯臧所詣，近頗務歛氣藏味，疑與韓不甚近。乃觀其所為《韓詩臆說》二卷，探微觀奧，頗多創獲，大者既不淆本原所在，即訓詁偶及，如辨正聖處為言酒、喚起催歸非鳥名，亦犁然有當人心之一也。所謂好學深思，心知其意者歟！癸酉伏日，散原老人陳三立題記。年八十有一。

　　序中有「癸酉伏日」字樣，「癸酉年」即民國22年（西元
1933年）。序末自稱「年八十有一」，可知此序是陳衍於耄耋之
年所作。原署作者程學恂（1873－1950），江西新建人，字公
魯、伯臧、采孫、福培子、北莊，號龕堪，又作龕庵，世稱「江
西名宿」。清光緒23年（1897）舉人，工詩詞，善書畫。曾祖父
程口采與林則徐同榜進士，曾任兩湖總督。程學恂之父早逝，賴
母許氏撫育成人；外祖父許仙屏曾任河道總督。程學恂之女程
秀，曾任國民黨籍立法委員；其族人程天放，曾任中國首任駐德
大使，其後隨國民政府米台灣，曾任教育部長。

　　程學恂以父於清季為太平軍所殺，世襲奉天知府，財貲甚
厚，才學亦佳。民國成立，供職於中央政府，其後還曾任江西省
政府秘書。著有《鶼恨集》（民國13年（1924）刻本）、《影史
樓戊己詩存》（不詳出版年代，鉛印本）等書[2]。

　　據胡迎建《一代宗師陳三立》一書所陳，散原老人一生之
交遊廣闊，有學界、詩界名士，如：王先謙、沈曾植、文廷式、
繆荃孫、鄭文焯、朱祖謀、鄭孝胥、馮煦；有倡導「詩界革命」
之黃遵憲等人；有桐城派後期人物如：吳汝綸、易順鼎等，更有
「變法維新」之人物如：康有為、譚嗣同、梁啟超、張之洞、樊
增祥、嚴復等人，此外也有方外之人如：八指頭陀、歐陽竟無
等，均為一時俊彥。陳衍早年還提拔過章士釗、楊樹達、蔡鍔等
政治人物；獎掖夏敬觀、陳寅恪、蘇曼殊、徐悲鴻、龍榆生、古

---

[2]　以上資料，詳見網址：http://www.2cheng.com/bbs/archiver/?tid-32957.htm

直等學人，其後都成知名之士[3]。

　　至於程學恂與陳衍之關係，據王令策〈新風樓藏陳三立佚文一則〉[4]、王咨臣〈程學恂其人其事〉[5]所載，早在咸豐、同治年間，陳衍之父陳寶箴即與程學恂祖父許仙屏書信往來。清光緒初年，陳衍仍與許仙屏互通書信[6]；程學恂之母許老夫人辭世，〈程母許太夫人墓誌銘〉[7]即為陳衍所撰，可見陳衍與程學恂有兩代世交之關係。此外，兩人也時有詩詞往還。王令策〈新風樓藏陳三立佚文一則〉、王咨臣：〈程學恂其人其事〉曾舉一例云：

　　　　民國九年（1920）庚申初，陳三立、程學恂、胡宗武、梁公約、蒼岩上人（名字里籍俱失考）五人同客金陵（現南京）。三月三日是我國古代文人的傳統節日上巳節。這天恰好冒廣生亦過金陵往京口，陳三立老人乃出面邀集這五人仿蘭亭修禊故事，泛舟秦淮，作詩歌唱酬之遊，舟過

---

[3]　以上資料，詳見胡迎建《一代宗師陳三立》，「詩歌的成就與地位」一節，（江西高校出版社，2005版）。

[4]　崑按：此說得之於王令策先生〈新風樓藏陳三立佚文一則〉一文，（原載「中華文史網」http://www.historychina.net/dodemo/inner.jsp?sid=339&cid=704&infoid=11246，又載於http://blog.yam.com/cbenpu/article/11934931）特此致謝。

[5]　王咨臣〈程學恂其人其事〉（收入《南昌文史資料輯》1989年第六輯）崑按：本資料見王令策先生〈新風樓藏陳三立佚文一則〉一文，特此致謝。

[6]　見李開軍點校《散原精舍詩文集》（上海古籍出版社，2003年版）下冊，頁1171。

[7]　見李開軍點校《散原精舍詩文集》，頁1116。

蒼園，各人賦詩一首，蒼崖上人則為繪〈秦淮修褉圖〉一張[8]。

又陳衍開闢之同光體，在夏敬觀、胡先驌、汪辟疆、程學恂、王易、王浩、胡朝梁等人繼承發展下，在江西地區也有所謂「贛派」存在；程學恂即屬於陳衍在江西之追隨者。經由上述資料，或可說明程學恂求序時，八十一高齡之散原老人仍予首肯之故。

學界首先對於《韓詩臆說》之內容提出討論的其實是陳邇冬。陳先生在其《韓愈詩選》，〈利劍〉一詩之題解中，說：

這首詩格調高古，清代李憲喬批云：「古情古味古調，上凌楚騷，直接三百篇也。」近人程學恂《韓詩臆說》襲其語[9]。

這一段話，引發了當時任職人民文學出版社古典文學編輯室之郭雋杰先生之注意。郭先生當時正在審閱陳邇冬之《韓愈詩選》，承陳邇冬提供一本過錄有李憲喬批語之《昌黎詩集繫年箋注》（清乾隆23年（1758）盧氏雅雨堂刊本）供作參考，此書為陳邇冬讀中學時期在桂林舊書攤所購。不料詳細比對下，竟發現程學恂《韓詩臆說》之內容，與高密詩派重要詩人李憲喬

---

[8] 參見王令策先生〈新風樓藏陳三立佚文一則〉。

[9] 參見陳邇冬《韓愈詩選》（人民文學出版社，1984年1月出版）頁9

（1746-1799，字少鶴）之批語完全相同。郭先生為此下了一個
十分確定的結論：

　　《韓詩臆說》全部皆抄襲李憲喬的批語。

　　為了補強證據，郭雋杰分從李憲喬歷官廣西歸順知州、李憲
喬酷好韓愈詩、陳邇冬所藏「過錄本」末卷封底有李憲喬〈為正
孚考定韓集書後兼呈敬之郎中錫蕃秀才〉詩二首；詩後又附記：
「高密李少鶴先生手評韓詩，壬申春莫，借于韋盧照錄。」驗證
陳邇冬所藏之過錄本，「真實可靠，絕無作偽之可能[10]。」

　　此外郭雋杰又詳細比對「過錄本批語」與程學恂《韓詩臆
說》之內容，還發現：

　　李憲喬「手評韓詩」，據過錄本看，有圈、有點，有行
　　批、有眉批、有針對韓詩者、有針對箋注者、亦時有抒懷
　　紀事之語，內容遠遠超過《韓詩臆說》，這又是程學恂係
　　為抄襲的又一有力證據[11]。

　　郭雋杰舉韓愈〈忽忽〉、〈宿龍宮灘〉、〈南溪始泛〉為
例，說明過錄本附有具體人名（如：「喬按」、「李子喬」等字

---

[10]　按：此為郭雋杰〈《韓詩臆說》之真正作者為李憲喬〉文中之語，文載
　　《首都師範大學學報》1995年第3期（總第104期）
[11]　同上。

眼），程學恂《韓詩臆說》自不敢選錄。又在一些詩例中，添注
若干字句，使文意暢通。比對原文，往往見到過錄之批語，更為
貼近原著。郭雋杰先生揭示之證據，雖是獨門資料，證據力卻十
分堅實，因此晚近學界提到此書，已多署名為李憲喬。最新的例
子如：李丹平〈高密詩派領袖「三李先生」著述一覽表〉提及李
憲喬著作，已包含《韓詩臆說》一書[12]。筆者深有同感，也認為
《韓詩臆說》之著作權，應歸還李憲喬。

　　說起李憲喬，是清代「高密詩派」之三大代表人物之一。
「高密詩派」是清代乾隆、嘉慶年間緣起於山東高密的地域性詩
歌流派。「高密三李」指：清代翰林編修、監察御史、李元直之
次子、三子、四子：李懷民、李憲暠、李憲喬。「高密三李」之
聲名，自乾嘉至今，持續不墜，至今已逾二百年。三李著作絕大
多數是清刻本、清抄本，分藏在山東博物館、山東省圖書館等單
位，取得並不不易。據聞山東大學編纂、由政府資助出版之大
型地方文獻《山東文獻集成》自2007年1月24日出版第一輯起，
至2009年12月為止，已出版四輯，《山東文獻集成》200冊近將

---

[12] 詳見高密詩人李丹平先生〈高密詩派領袖「三李先生」著述一覽表〉，
文刊李丹平網路部落格：http://blog.sina.com.cn/s/blog_49871e720100dmsy.
html;http://blog.sina.com.cn/s/blog_49871e720100fobd.html
（2009/10/1709:25:17）所載：〈《山東文獻集成》第三輯目錄——高密
部分〉

出齊[13]。根據已出版之《山東文獻集成》第三輯目錄[14]，第32冊
收錄李懷民《石桐先生詩鈔十六卷》、李憲喬《少鶴先生詩鈔
十三卷》、第47冊收錄山東省博物館藏稿本《高密三李詩話》
三種[15]。李懷民《石桐先生詩鈔十六卷》在台北南港中研院傅斯
年圖書館收錄一件影印本，其餘筆者未能見到。高密詩派較具系
統之論詩著作，還有《重訂中晚唐詩主客圖》、《偶論四名家
詩》、《拗法譜》等。其中李懷民《重訂中晚唐詩主客圖》兼具
詩選與詩評與流派專著，在三李詩學理論中位居指導地位；而
李憲喬《韓詩臆說》對韓愈詩之批點，更能突顯三李宗奉「中晚
唐」之總體傾向。

參、《韓詩臆說》之內容與方法

　　學界研讀韓愈詩，最常採用之文本，是錢仲聯所撰《韓昌黎
詩繫年集釋》或屈守元、常思春主編《韓愈全集校注》，這兩本
書已盡可能蒐羅論評資料，堪稱集大成之作。然而乾嘉時期閱讀
韓詩，仍以顧嗣立集註、朱彝尊、何焯評之《昌黎先生詩集註》

---

[13] 詳見中華人民共和國政府網站：http://www.gov.cn/fwxx/wy/2007-01/25/
content_507094.htm（2010/4/11）〈大型地方文獻叢書《山東文獻集成》
出版〉（王桂利、王原、張青）

[14] 詳見「徐泳博客」網址：http://blog.sina.com.cn/s/blog_49871e720100fobd.
html（2009/10/1709:25:17）所載：〈《山東文獻集成》第三輯目錄─高
密部分〉

[15] 《高密三李詩話》子目為：李懷民《紫荊書屋詩話》不分卷、李憲嵩《定
性齋詩話》一卷、李憲喬《凝寒閣詩話》一卷。然筆者尚未見及該書。

或方世舉箋注之《韓昌黎詩編年箋注》最為常見。而李憲喬當年所用的本子，正是方世舉「編年箋注」本。

《韓昌黎詩編年箋注》作者方世舉，字扶南，號息翁，桐城人。性閒放，絕意仕進，乾隆初，以博學鴻辭薦之，推去不就。晚年專力於韓詩之箋註。書室名「春及堂」，著有《春及堂集》。此書為「雅雨堂」於乾隆23年（西元1758年）所刻，適與李憲喬歷官及生活之年代接近。《韓詩臆說》一書，如非程學恂於1934年抄撮成書，交付商務印書館出版，或許不是以目前之形態面世；有可能僅僅附在方世舉《韓昌黎詩編年箋注》中，以批點本形式呈現。

《韓詩臆說》基本上就是李憲喬閱覽韓詩、隨手批點之心得。因此《韓詩臆說》之論述，也無法避免一般詩話著作常見之弊病。比如：「隨機發議」、「隨興詮評」、「簡短零碎」、「缺少明顯論述框架」諸特性。少鶴在論述的方法上，也大致採行「摘句評點」、「闡析衍伸」、「技巧發揮」等傳統方法；但深入來看，頗能提出有用的賞鑒角度、揭示韓愈獨特之詩境。因此，《韓詩臆說》就性質而言，一如清人黃生之論杜名作《杜詩說》；也是論析韓詩之「專家詩話」。

臺灣商務印書館版之《韓詩臆說》，分為兩卷。卷一論及韓愈〈出門〉至〈感春五首〉等88首詩；卷二論及韓愈〈盆池五首〉至〈翫月喜張十八員外以王六祕書至〉，等102首詩，合計190首。其中〈酬別留後侍郎〉、〈宿神龜招李二十八馮十七〉、〈同李二十八夜次襄城〉、〈路旁堠〉四首，作者雖列出詩題，

卻無批語留存。所以《韓詩臆說》實際論及韓愈186首詩。

　　展讀《韓詩臆說》，首先不難見到少鶴論詩，批語均十分簡短，卻往往發人省思。例如韓愈〈出門〉一詩，批語僅一句：

　　　　此等詩即見公安身立命處。[16]

　　按〈出門〉為韓愈十九歲所作。詩云：「長安百萬家，出門無所之。豈敢尚幽獨，與世實參差。古人雖已死，書上有遺辭。開卷讀且想，千載若相期。出門各有道，我道方未夷。且於此中息，天命不吾欺。」（《集釋》卷三），此時韓愈初入京師，能否施展抱負，猶未可知，但已將發揚古道作為終身事業。少鶴謂此詩可見及論韓愈「安身立命處」，可謂目光如炬。再如韓愈〈別盈上人〉一詩，少鶴之批語僅兩句：

　　　　竟不似闢佛人語。此公之廣大也。（頁13）

　　按〈別盈上人〉為一首七絕，全詩為：「山僧愛山出無期，俗士牽俗來何時。祝融峰下一回首，即是此生長別離。」（《集釋》卷三）作於順宗永貞元年。盈上人即誠盈，居衡山中院。柳宗元〈衡山中院大律師塔銘〉云：「誠盈，蓋衡山中院大律師希操之弟子也。」本詩是韓愈由陽山赦還，赴江陵、衡州，次衡山

---

[16] 在《韓詩臆說》（臺灣商務印書館版，頁1），以下之徵引，僅標注頁碼，不另注出處。

時所作。首句「山僧」指誠盈，次句「俗士」為韓愈自稱；山僧愛山，自無離山之可能；俗士牽俗，自亦不知何時再訪衡山。兩句暗示別後已難相見。三四句重複此意，為此番衡山祝融峰下一回首，恐即是終身之別矣。韓愈一生好作山水之游，所接觸之名僧大德應不在少，類似〈別盈上人〉之詩作，宜視為韓愈受到山僧接待之後，禮貌回報，與其原有之闢佛立場未必牴觸。少鶴之批語謂：「竟不似闢佛人語，此公之廣大也。」所論甚是。

其次，少鶴論詩之態度十分客觀，不願強作解事。如韓愈〈龍移〉一詩，少鶴之批語也僅兩句：

畢竟不知此詩是何意思，不必強作解事。（頁8）

按此以「不評」為評。其實清人對此詩主旨已有說明。如方世舉注云：「以余推之，此是寓言，乃為順宗傳位而作。『天昏地黑』，謂永貞朝事，『狡龍移』，謂內禪，『於鷔枯死』謂伾、文以及黨人皆斥逐也。」少鶴或許不以為然，卻不願強作解事，而以更為客觀的態度表示意見，因此出現這種「不評之評」。

但由於韓詩性質特殊，非三言兩語所能盡，因此《韓詩臆說》之批語也有字數較長者，如評及韓愈之五古長篇〈此日足可惜〉云：

凱然而起，與〈醉贈張秘書〉同。「聞子適及城」下：

「及城」一作「及牆」，「牆」門牆也，後魏立學於四門，至隋改隸國子。及牆者如今入監肄業，同在國學門牆之中也，公亦嘗為四門博士。「孔丘歿已遠」數語著眼，可知文昌為學根柢。非第以詩律微婉為世稱道也。「從喪朝至洛」一段，序次妙處，真得老杜〈北征〉、〈彭衙〉遺意。「甲午憩時門」、「臨泉窺鬪龍」云云，百憂中有此古興，妙絕。公云：「上與甫白感至誠」如〈南山詩〉乃變杜之體與相抗者也。如此篇，乃同杜之體而與相和者。（頁3-4）

〈此日足可惜〉為韓愈仿傚杜甫〈北征〉所作之五古長篇，全詩140句、700字，與〈北征〉完全相似。少鶴論及此詩，涉及許多層面；首論此詩之「起筆」，謂其「凱然而起，與〈醉贈張秘書〉同。」次論此詩之「異文」，如謂：「聞子適及城」中，「及城」一作「及牆」，「及牆者，如今入監肄業，同在國學門牆之中也，公亦嘗為四門博士。」再論文昌「學問之根柢」、末論「韓詩學杜」，如謂：「〈南山詩〉乃變杜之體與相抗者也；如此篇，乃同杜之體而與相和者」，均甚有見地。再如少鶴評韓愈〈謁衡嶽廟遂宿嶽寺題門樓〉之批語云：

七古中此為第一，後來惟蘇子瞻解得此詩，所以能作〈海市詩〉。「潛心默禱若有應，豈非正直能感通。」曰若有應，則不必真有應也。我公至大至剛，浩然之氣，忽於

遊嬉中無心現露。「廟令老人識神意」數語，純是諧謔
得妙。「云此最吉餘難同」，「吉」猶「靈驗」也。猶
《左傳》「是何詳」「詳」字，兼吉凶二條。末云：「王
侯將相望久絕，神縱欲福難為功」我公富貴不能移、威武
不能屈之節操，忽於嬉笑中無心現露。公志在傳道，上接
孟子。即〈原道〉及此詩可證也。文與詩義自各別，故公
於〈原道〉、〈原性〉諸作，皆正言之，以垂教也。而於
詩中，多諧言之，以寫情也。即如此詩於陰雲暫開，則曰
「此獨非吾正直之所感乎？」所感僅此，則平日之能感者
多矣。於廟祝妄禱，則曰「我已無志，神安能福我乎？」
神且不能強我，則平日之不能轉移於人，可明矣。然前則
托之開雲，後則以謝廟祝，皆跌宕遊戲之詞，非正言也。
假如作言志詩云：「我之正直，可感天地；世之勳名，我
所不屑」，則膚闊而無味矣。讀韓詩與讀韓文迥別，試按
之，然否？（頁12-13）

　　按此條批語相當長，內容相當豐富。涉及之議題包括詩體、
字義、作法與後世之仿作。首先稱譽此詩為「七古第一」，繼論
中間數語之要旨與《孟子》、〈原道〉並無異同；末段論「諧
言」之表現效果。少鶴認為韓愈若在詩以「正言」表述，則必索
然無味矣。由以上之舉述，可以了解少鶴批語之可常可短，全依
作品性質而定。
　　再者，少鶴論詩，常以詩聯為單位，作字句修辭之探討。如

少鶴在〈答孟郊〉批語中舉出:「纔春思已亂,始秋悲又攪。」二語,認為最能顯現「東野致功之苦。」(頁3);在〈駑驥贈歐陽詹〉批語中指出:「因言天外事」二語,最能「盡比興無端之妙。」(頁5);在〈歸彭城〉批語中,指出「『不到二雅不敢捐』,似此真是矣」(頁6)此外應自:「『到口不敢吐,徐徐俟其爨;此等處看古人真處。」;在〈春雪〉批語中指出:「『灑篁留密節,著柳送長條』、『留』字、『送』字絕妙。如『入鏡鸞窺沼,行天馬度橋』,狀景奇確。」(頁16);在〈答張徹〉批語指出:「『肝膽一古劍,波濤兩浮萍』,二句比樂天贈微之『無波古井水,有節青竹竿』,何如?」(頁20)都深造有得,極具參考價值。

少鶴論詩,甚至僅以單純之比較法,評比韓詩。試看以下數例:

　　△此及〈忽忽〉等篇,古情、古味、古調,上凌楚
　　《騷》,直接《三百篇》也。(〈利劍〉批語、頁2)
　　此與〈苦寒歌〉、〈苦寒詩〉並讀。(〈重雲一首李觀
　　疾贈之〉批語、頁2)

或者與其他詩家對照比較,試看以下數例:

　　△李、杜〈登太山〉、〈夢天姥〉、〈望岱〉、〈西嶽〉
　　等篇,皆渾言之,不盡遊山之趣也。故不可一例論。子

瞻遊山諸作，非不快妙。然與此比並，便覺小耳。此惟
子瞻自知之。（〈山石〉批語、頁7）

△退之七律，只十首。吾獨取此篇，為能真得杜意。
（〈答張十一功曹〉批語、）頁12）

△與王右丞同衍一篇〈桃源記〉，而各成其妙。惟能變
之，克與相當也。起結題破，中間乃詳為衍敘，此詩之
異於文也。（〈桃源圖〉之評語、頁28）

按：按少鶴僅使用簡單之比較法，比論韓愈與王維詠桃園之
作，以為各成其妙。

此外，也將〈山石〉與李、杜〈登太山〉、〈夢天姥〉、
〈望岱〉、〈西嶽〉及子瞻「遊山諸作」相比，認為韓愈雖學李
杜，卻仍有其獨造之處，凡此皆有詩學批評之見地。

第四，少鶴論詩，喜就起結、接續等方面，論析韓詩之構
造。如在〈天星送楊凝郎中賀正〉一詩批語提及：起興最妙。此
並是公應酬之作，所以可存者，中無膚濫語耳。（頁3）

按楊凝為韓愈好友，以戶部郎中為宣武軍判官，韓愈當時與
楊凝同佐宣武軍節度使董晉。貞元十四年冬，韓愈送楊凝赴京朝
正。詩云：「天星牢落雞喔咿，僕夫起餐車載脂。正當窮冬寒未
已，借問君子行安之。會朝元正無不至，受命上宰須及期。侍從
近臣有虛位，公今此去歸何時。」題議本淺，起首兩句，卻寫得
奇峭，中間也寫得綿邈有致、「無膚濫語」，此所以少鶴認為此
詩可存。再如〈燕河南府秀才〉之批語謂：

起得鄭重得體。「此都自周公，文章繼名聲」二語勉諸生，有深意。非第取切河南也。「文章」一本作「文物」。「文人得其職」，「文人」一本作「丈人」。語語端嚴，字字真樸；不膚闊，不客氣。與韋使君郡齋燕集詩文，各有至處。（頁32）

按：此亦就其起筆之特出，提出批評。其後則語韋應物之「郡齋詩」加以比較。又如少鶴在韓愈〈齪齪〉一詩之批語論及：

一起直詆得妙。「願辱太守薦，得充諫諍官」，是公之素願。後公為御史，即上〈天旱人饑疏〉，其志事已定於此。可知古人立言，皆發於中誠，非僅為口頭伎倆也。（頁4）

按韓愈〈齪齪〉一詩最精采部分在前八句：「齪齪當世士，所憂在飢寒。但見賤者悲，不聞貴者歎。大賢事業異，遠抱非俗觀。報國心皎潔，念時涕汍瀾。」由於直捷譏詆執政者，絲毫不作迴避。此所以深得少鶴激賞，謂其：「一起直詆得妙。」至於少鶴所摘引：「願辱太守薦，得充諫諍官」二句，見諸詩末。這兩句的確透露出韓愈一生志事；不久之後，韓愈得到諍諫機會，便向最高執政者發出「天旱人饑」之建言。少鶴盛讚韓愈立言有度，絕非只是口頭說說而已。再如少鶴對韓愈〈贈侯喜〉之批語

認為：

> 此詩本旨在結句，而以上橅寫處，亦有意致。（頁7）

按侯喜在貞元十九年中進士第，是韓門弟子中最早及第者。這一首贈詩，前幅寫釣魚，後幅轉入求官以來心境之描述。此詩以「君欲釣魚須遠去，大魚豈肯居沮洳」作結，由於結語是個重要的隱喻，揭示全詩本旨，有此兩句，前幅略微繁瑣之釣魚書寫，頓生意致。故少鶴之提示，頗有見地。

總結而言，少鶴在《韓詩臆說》所作之批語，內容涵蓋「規式」、「意匠」、「詩結構」、「利病」等方面，這些批語涉及之議題，基本屬於「義法說」之範疇。這些意見，對於後世讀者賞鑒韓詩，自然是極具參考價值的。

肆、《韓詩臆說》之論韓要旨與批評成就

一、彰顯韓愈襟懷抱負

韓愈以儒家道統繼承者自居，不惜付出生命代價，也要維護儒家正統思想。有關韓愈之胸襟氣度，向為後世論者所樂道。少鶴在批點韓詩，亦多著墨於此。

韓愈之〈雜詩〉，多神仙之語，頗似遊仙之作。少鶴在韓愈〈雜詩〉批語特為辨正云：「此公寓言。中所得者，即〈原道〉

之旨。當是無可與言者,故託之無言子。夸奪子即指世俗之人,惟知以勢利相競,而於道德懵然無所知識,倏忽之間,已漸滅無存,誠為可憐也。」(頁21)對於〈雜詩〉之詮釋,十分確當。

　　韓愈之樂府〈馬厭穀〉,借用劉向《新序》所載「燕相出亡」事,述其不得志之意。用樂府之詩語,抒難掩之抑鬱。詩云:「馬厭穀兮,士不厭糠籺。土被文繡兮,士無短褐。彼其得志兮,不我虞。一朝失志兮,其何如。已焉哉,嗟嗟乎鄙夫。」(集釋卷一,頁38)少鶴批云:

> 集中如此等詩,皆直氣徑達,無半點掩飾。非以孟子自
> 任者,不能為之;非真信韓子是孟子者,亦不能讀之。
> (〈馬厭穀〉批語、頁2)

　　也就是說,韓愈如此激烈吐訴憤怨,是心志迥異常人;若非以孟子自任,勢必無法寫成這種奇崛而幽憤之作。類似之作品還有〈利劍〉、〈忽忽〉等,皆有「直氣徑達,無半點掩飾」之特色。

　　再如德宗貞元初,高士陽城,尚未接受李泌之薦,隱於中條山。韓愈兩度到河東,仰慕陽城,寫下此詩。詩云:「條山蒼,河水黃。浪波沄沄去,松柏在山高岡。」此詩寫得簡淡有餘興,真如少鶴批云:「尋常寫景,十六字中,見一生氣概。」必有聖賢抱負,方能臻此境界。

　　少鶴在〈苦寒〉批語建議讀者:「此當與東野〈寒地百

姓吟〉並讀。然此才力,尤加奇肆。『天乎苟其能,吾死亦無厭。』少陵自比稷、契處,亦同此懷抱。」(頁8)理由是孟郊〈寒地百姓吟〉與杜甫〈前苦寒行〉均曾強烈展現「人飢己飢,人溺己溺」之精神,正與韓愈之胸襟懷抱相似。

二、揭示各體詩歌之特色

韓愈承李杜之後,崛起於中唐,各體詩歌,皆有特色。誠如清·方東樹《昭昧詹言》所言:「韓公詩,文體多,而造境造言,精神兀傲,氣韻沉酣,筆勢馳驟,波瀾老成,意象曠達,句字奇警,獨步千古,與元氣侔。」而其詩歌體式方面之承襲與創新,也是少鶴批語矚目之處。如其〈鳴雁〉批語云:「平韻柏梁體。入後仍轉平韻,唯公多有之。」(頁5)此條論韓詩體式與用韻,此詩就形式言,為「柏梁體」;就押韻言,亦有特色。再如〈答張徹〉之批語云:

> 此即公之排律,不得以常調律之。「肝膽一古劍,波濤兩浮萍」,二句比樂天贈微之「無波古井水,有節青竹竿」,何如?此與〈城南聯句〉同一格韻。(頁20)

少鶴指出此詩為韓愈少數之排律,不宜以「常調」來規範韓詩。在這一則短短的批語中,既與白居易名句相比,又提示〈城南聯句〉也是排律之格,可謂言簡意豐。在〈會合聯句〉之批語中,還討論到張籍:

張籍云：「瘴衣常腥膩，蠻器多疏冗」，文昌句較本集似
少變，然細味卻是一路，猶之本集〈祭韓吏部〉長篇，亦
變體也。（頁22）

張籍詩與人淺俗之印象，少鶴卻指出指出張籍在此詩中，
也有拗澀之句，參酌〈祭韓吏部〉一詩，可以見及張籍詩常態之
外的「變體」。從這個例子，不難看到韓愈與張籍在詩體上的關
係。此一意見，少有論者提出，堪為獨到之創見。

韓愈以才大，不肯遷就格律，好作古體。其賢對於韓愈近
體，多有「不工」之評。少鶴在〈祖席〉之批語中亦有類似看法：

中唐以後，得律格者，端推張、賈，而公以才大不肯置
意，故小律多不能工。然張、賈擅長處，公亦未嘗不知。
此〈祖席〉二詩，似擬體格而為之者，然終不肖也。如
〈前字〉「淮陽知不薄」，便非張、賈語。〈秋字〉詩
似有格，而實滑率，時俗所謂章法一氣者，從此誤入。
（頁26）

韓愈之〈祖席〉，又分〈前字〉、〈秋字〉二首。少鶴認為
韓愈不工小律，卻非不知小律。尤其對於韓愈之七絕，還是加以
肯定。如其〈盆池五首〉批語云：

韓律詩誠多不工，然此五首卻有致。貢父以老翁、童兒句
少之，鄙矣。（原注：劉貢父詩話：「退之古詩高卓，至
律詩雖可稱善，要有不工者。『老翁真個似兒童』，直諧
戲語耳。」）若獨取拍、青蛙二句，亦無解處。（原注：
或雲盆池詩有天工，如：「拍岸纔添水數缾」、「一夜
青蛙鳴到曉」，非意到不能作也。）予謂「忽然分散無蹤
影，惟有魚兒作隊行。」「且待夜深明月去，試看涵泳幾
多星」乃好句也。（頁31）

少鶴在此批語中，除反駁劉貢父之疵議，還特別舉述〈盆池
五首〉：「忽然分散無蹤影，惟有魚兒作隊行。」、「且待夜深
明月去，試看涵泳幾多星」為難得之好句。少鶴在〈奉和虢州劉
給事使君三堂新題二十一詠〉之批語中，再次論及韓愈五絕，
認為：

五絕王、李之外，專推裴、王，老杜已非擅長，至昌黎諸
作，多率意為之，不足以見公之本領。即求其好處，亦只
平實說去。不矜張作意。後來文湖州與蘇潁濱倡和詩，似
祖此種。

但是，少鶴認為：「中惟〈鏡潭〉一首，非公莫能為也。」
此詩全文為：「非鑄復非鎔，泓澄忽此逢。魚蝦不用避，只是照
蛟龍。」寫得十分幽默，卻不乏理趣。少鶴甚至韓愈〈竹逕〉與

杜甫〈一百五日夜對月〉之名句相比，認為：

> 〈竹逕〉一首用意與老杜：「新斫月中桂，清光應更
> 多。」略同。彼警此平；彼新此熟；彼高興此掃興；彼曲
> 折此直致。慧心人參看，當自知之。（頁39-40）

按老杜〈一百五日夜對月〉是一首五古，詩云：「無家對寒
食，有淚如金波。斫卻月中桂，清光應更多。仳離放紅蕊，想像
嚬青蛾。牛女漫愁思，秋期猶渡河。」而韓愈〈竹逕〉確是一首
絕句，詩云：「無塵從不掃，有鳥莫令彈。若要添風月，應除數
百竿。」透過簡潔之比論，韓杜意興之別，釐然可辨。

三、闡發韓詩之意匠經營

韓愈挾其雄厚之才學，超凡之筆力，造就卓犖之詩境。作
詩每不循常軌。少鶴深味細讀，往往有得。其批語常就韓詩之句
法、敘次、篇章結構等層面論評韓詩之意匠經營。如其〈送區宏
南歸〉之批語云：

> 一起寫出荒遠。「蜃沈海底氣昇霏」、「彩雉野伏朝扇
> 翬」、「處子窈窕王所妃」三句，比而興也。句法之
> 變，此篇濫觴。如「落以斧引以纆徽」、「子去矣時若發
> 機」，是也。（頁20）

　　按中國古典詩以五七言為主，其句式安排原有常則。即：五言以上二下三為主，七言以上四下三為主。韓愈絕大多數詩篇，都能遵循此種規範。然而亦在一些詩中，刻意加以更改。少鶴認為類似「落以斧引以縲徽」、「子去矣時若發機」這種句法，即由〈送區宏南歸〉一詩開始。再如少鶴〈送侯參謀赴河中幕〉之批語，也論及韓詩之句法：

> 「雪徑抵樵叟，風廊折談僧。」於此等處，見公鍊句之法。坡公：「潛鱗有饑蛟，掉尾取渴虎。」等句，尚未足以臻其妙。（頁29）

　　少鶴在此持與蘇軾詩句比較，見韓愈鍊句之工，連東坡皆未能及，頗能凸顯韓愈作詩刻意求變之苦心。韓愈作為文章宗師，在詩歌敘事方面，也有值得注意之處。少鶴在〈永貞行〉之批語，即提及此。少鶴謂：

> 直敘起，此詩史也。視《順宗實錄》中所書，則劉、柳實與伾、文同黨濟惡矣。而公〈赴江陵途中〉詩云：「將疑斷還否」，此詩「匪親豈其朋」，皆多為原諒，不忍直斥之。蓋作史者朝廷之公義，作詩者朋友之私情也。二者不可偏廢。公於二子，不惟不憾之，蓋深惜之，惜其為小人所誤也。然此難於明言，而情有不能自已，故托言之。蛇蠱毒物皆陰險之類，既懲於前，當戒於後，懇懇款款，敦

厚之旨，友朋之誼，於斯極矣！所敘蠻嶺之俗，與〈赴江
陵途中〉詩似相同而不同者，此中有寄託在也。（頁15）

　　按：〈永貞行〉涉及韓愈對於「永貞革新」人物王伾、王
叔文、劉、柳等人之態度。前賢之討論甚多，如王應麟曾提及：
「少陵善房次律，而〈悲陳陶〉不為之隱；昌黎善柳子厚，而
〈永貞行〉一詩不為之諱。」此詩前半言小人放逐之為快，後半
言數君子貶謫之可矜。曾使許多人不諒解韓愈。甚至不喜〈永貞
行〉一詩（如清人譚獻即坦言如此）。少鶴之批語謂本詩為「詩
史」，指出「作史者朝廷之公義，作詩者朋友之私情也」，故以
「託言」方式，指斥「蛇蠱毒物皆陰險之類，既懲於前，當戒於
後」，仍以誠懇之態度，表達哀矜之意。少鶴之批語，對解讀
〈永貞行〉一詩，提供極佳的角度。少鶴在〈憶昨行和張十一〉
之批語，也對韓詩之「敘法」提示寶貴之解讀方法：

　　「飛詔從天來」以下數語，乃通首關鍵。蓋張之貶官以
　　群姦故，故群姦敗疾自當愈也。至「無妄之憂」云云，
　　竟同世俗慶祝諛詞矣。然細思之，卻先為群姦破碎而發，
　　故不嫌恣意言之，使千古正人吐氣。讀此詩，須知全是傲
　　岸滑稽，嘻笑怒罵。前言危疾可憂，非真憂也。後言病癒
　　可慶，非真慶也。總對三姦言耳。若認真作愁苦語、吉祥
　　語，則此詩俗澈骨矣。（頁18）

　　少鶴指出〈憶昨行和張十一〉之關鍵句為「飛詔從天來」以下數語。又提示閱讀本詩,「勿為表面之滑稽、嘻笑所惑」,否則此詩將成俗作。再如少鶴對韓愈〈陪杜侍御遊湘西兩寺獨宿有題一首因獻楊常侍〉之批語云:

> 此詩先敘寺,再敘陪遊,再敘獨宿,後贊常侍之賢,惜未同遊,而自鳴作詩之旨。此一定章法,唐人多有之。妙在因獨宿而述所感,因夜風而疑波濤,因波濤而思屈、賈,因屈、賈而恨群小之妒忌讒諂。不覺觸動自己平生遭遇,茫茫交集,其運思也,如雲無定質,因風卷舒。《毛詩》三百篇,都是如此,《離騷》二十五卷,都是如此。(頁13-14)

　　按韓愈於永貞元年自連州貶所量移,由衡州赴譚州。時楊憑為湖南觀察使,連州屬其管轄。韓愈〈陪杜侍御游湘西兩寺獨宿因獻楊常侍〉是一首五古長篇,少鶴之批語提及此詩:先敘湘西兩寺,再敘陪游,再敘獨宿,後讚湖南觀察使楊憑禮賢節儉,惜未同遊。而本詩最動人之處在獨宿抒感之部分。在此,因夜風而疑波濤,因波濤而思屈、賈,因屈、賈而恨群小之妨功害能,妒忌讒陷,從而觸動自身之遭遇,百感交集,韓愈詩之以「敘寫兼行」之章法為之。藉由少鶴之批語,讀來益增趣味。

四、創新韓詩賞鑑觀點

前賢論及韓詩，最大之爭議在〈南山詩〉、〈元和盛德詩〉、〈城南聯句〉、〈月蝕詩效玉川子作〉之類「奇崛險怪」之作。少鶴對此，往往提出許多有益之觀點。首先看少鶴如何看待〈南山詩〉：

> 宥、售等韻，似乎強押，然中有妙趣，非習於遊山者不知。讀〈南山詩〉，當如觀《清明上河圖》，須以靜心開眼，逐一審諦之，方識其盡物類之妙。又如食五侯鯖，須逐一咀嚼之，方知其極百味之變。中間形容比擬，窮神盡變至矣。然其他似乎漢唐人集中尚或見之。至「雖親不褻狎，雖遠不悖謬」頓覺揚、馬、李、杜皆當閣筆瞠視。昔人云「賦家之心，包羅天地」者，於〈南山詩〉亦然。《潛溪詩眼》載山谷語，亦未盡確，然則〈北征〉可謂不工乎？要知〈北征〉、〈南山〉本不可並論；〈北征〉，詩之正也，〈南山〉乃開別派耳。公所謂與李、杜精誠交通，百怪入腸者，亦不在此等。（頁19）

按方世舉曾評此詩云：「古人五言長篇，各得文之一體。〈焦仲卿妻詩〉傳體、杜〈北征〉序體、〈八哀〉狀體、白〈悟真寺詩〉記體、張籍〈祭退之〉誄體、退之〈南山〉賦體。賦本

六義之一，而此則〈子虛〉、〈上林〉賦派。」[17]少鶴在此，顯然接受「〈南山〉賦體」之看法。對於〈南山〉詩之用韻、意匠與正確讀法提出看法之後，認為：「兩者無須並論」。理由是：「〈北征〉，詩之正也，〈南山〉乃開別派耳。」而讀南山詩應如觀賞《清明上河圖》，「靜心閒眼，逐一審諦」如此才能認識南山詩「體物之妙」。這是一個賞鑒〈南山詩〉極佳之方法。

又如〈元和盛德詩〉，前人之評箋資料甚多，意見亦相當不一。試看少鶴之批語云：

> 後石介作〈慶曆盛德詩〉，即本此。「婉婉弱子，赤立傴僂。牽頭曳足，先斷腰脊。」一段，乃紀實之詞，無庸諱之。誠不必如子由所譏（崑按：下引蘇轍〈詩病五事〉刪節）然如南軒所說，又恐近於宰我之言周社也（崑按：下引張栻語刪節）。「紫燄噓呵」，「紫」一本作「柴」，燔柴也。此詩雖頌武功，而其意則在憲宗初政，貶斥伾、文、執誼等，故序中即從「誅流姦臣」說起，而詩中於「別白善否」一段，猶切切言之。可知主意所在，非只臚成功告廟之詞。（頁24）

按：韓愈元和二年所作之〈元和盛德詩〉，是被宋穆修稱頌為：「製作如經」之四言詩，詩長265句，1024字。清沈德潛

---

[17] 轉引自錢仲聯《韓昌黎詩系年集釋》卷四，〈南山詩〉〈集說〉（台北：學海出版社，1985）頁460。

《說詩晬語》甚至認為：「雖司馬長卿亦當斂手」。但是，有關詩中描述劉闢一家受刑之細節，曾引起蘇轍之不滿。在其《欒城集》〈詩病五事〉中提出異議。認為：「此李斯頌秦所不忍言，而退之自謂無愧於雅頌，何其陋也。」[18]少鶴認為蘇轍之說不確，韓愈可以如此細寫，無庸忌諱。但特別提醒「皇帝正直，別白善否」一段，韓愈切切言之，是其「主意所在」，這是前所未曾言及之意見，相當寶貴。

又如韓愈〈城南聯句〉，是一首韓愈與孟郊合作之「聯句詩」。論其性質，實為一首長達150韻、1500字之長篇排律。意深語晦，人莫能誦。少鶴對此詩之批語云：

> 二人聯句，較其自作又各縱情變怪，相得之興，確有此理。觀後〈鄖城聯句〉，李正封詩語雖亦老重，然與韓、孟家法迥別，可知韓門諸子都是本色，無煩點竄。「寶唾拾未盡」（郊）玉啼墮猶鎗。窗絎疑閡豔（愈）窗絎疑閡豔（愈），妝燭已銷槃」（郊）數語，寫來荒慘，不減〈蕪城賦〉。韓云：「精神驅五兵」，觀此，知以文章名世，非公本志也。「隱伏饒氣象（愈），興潛示堆坑。擘華露神物（郊）」「擁終儲地禎。訏謨壯締始（愈），輔弼登階清。坌秀恣填塞（郊），呀靈滴湴澄。益大聯漢魏（愈）」寫皇都雄概，全以神舉，覺班、左猶多詞費。

「嬌應如在竉（愈），頹意若含醒（郊）。」飛卿、致
堯摹寫不盡者，不謂於二公見之，大奇。「順居無鬼瞰
（愈），抑橫免官評（郊）。」二語寫盡豪橫。「殺候肆
凌翦（郊），籠原匝置縱（郊）。」言畋獵，直用〈上
林〉、〈子虛〉筆法。「歲律及郊至（愈），古音命韶韺
（郊）。」一段看郊祀極典重。「掘雲嶙嵲（愈），采
月漉坳泓（郊）。」嚮以「掘雲」二句為上，今按：當
屬下。蓋至「孝思」句，郊祀事已完，「掘雲」、「采
月」，乃遊山以及寺也。或謂此聯句似〈三都〉、〈兩
京〉，予謂並學《離騷》。觀「腥味空奠屈（郊），天年
徒羨彭。驚魂見蛇蚓（愈），觸嗅值蝦蟆。幸得履中氣
（郊），忝從拂衣桹（愈）。」數語，知所感者深矣。
豈徒事誇靡者哉？故詞雖奧衍，中有清絕。呂氏《童蒙
訓》：「徐師川問山谷曰：『人言東野聯句，大非平日所
得，恐是退之有所潤色。』山谷曰：『退之安能潤色東
野，若東野潤色退之，卻有此理。』」餘謂凡如師川此等
論者，都是眼中原不識得東野詩；至山谷亦矯枉過正之
言，退之亦自具錘鑪，豈能為東野所變。（頁22-22）

　　崑按：韓愈之聯句詩，前賢之批評，以泛論為多。少鶴卻
一一討論，而且提供不少有用意見。在這一段批語，首先對於韓
孟聯句詩縱情變怪，提出解釋，認為是「彼此相得」，所以詩
興大發。其次對其寫景之勝處，與前代賦家相比較；甚至在一些

細微處，看穿韓、孟心曲。至於寫及「皇城」之殊勝，少鶴認為韓、孟兩人，全用「虛寫風神」之法，比起班固、左思猶勝一籌。兩人細寫「情思之處」，猶勝溫庭筠、韓偓。述及「畋獵」之處，直用〈上林〉、〈子虛〉之筆法。述及「郊祀」之處極為典重。從而認定：兩人以聯句競勝，並非徒事誇靡，其內在仍有深刻感興。最後辨正《呂氏童蒙訓》「退之潤飾東野」之論。認為退之「自具錘鑪」，不是東野所能變改。

伍、結語

筆者接觸《韓詩臆說》為時甚早，原對此書並無印象。其後因研究之需，精讀錢仲聯《韓昌黎詩繫年集釋》，見前輩學者錢仲聯如此看重《韓詩臆說》之意見，詳細閱讀，始深刻體會此書之價值。

此書雖因程學恂之好事，以薄薄兩卷、不足兩萬字之詩話型態面世，實為高密詩人李憲喬（少鶴）對韓愈詩所作之批點。吾人展讀這些批語，必然發現少鶴先生本其淵深之腹笥，信手拈來，處處煥發睿見，值得後學深入學習參考。

少鶴對於學界經常論及之韓詩名篇，大致都有批語。這些批語雖不免零碎、隨興；卻是少鶴恬吟密詠、深造得之；筆者撰寫本文，尋思少鶴批語「後設論述框架」，吃盡苦頭。但也體會研究古典詩，與其運用自己並不熟悉之外來理論工具，不如長抱較佳文本，深細研讀，所獲可能更多。

　　綜觀《韓詩臆說》一書，筆者以為少鶴論詩客觀，不強作解事，一切遵循韓愈之思路，評論韓詩，這是首先值得學習的態度。少鶴在批語中盡力彰顯韓愈之襟懷抱負，人格特質；對其各體詩篇之特色，細致揭示；對韓詩之意匠經營，細細闡發；對前賢有爭論之詩篇，勇於提出創新看法。其論詩意見看似平實，卻並不平凡；也許正是這個原因，使後世韓詩同好，無法忽略。

參考資料

專書

錢仲聯《韓昌黎詩繫年集釋》上下冊，（台北：學海出版社，1985）

陳邇冬《韓愈詩選》（人民文學出版社，1984年1月出版）

期刊論文

郭雋杰〈《韓詩臆說》之真正作者為李憲喬〉文中之語，文載《首都師範
　　大學學報》1995年第3期（總第104期）

趙黎明、漆福剛〈李憲喬（少鶴）的詩學思想評析〉《湘樊職業技術學院
　　學報》第2卷第1期（2003年2月）

漆福剛〈李憲喬（少鶴）的詩學思想評析〉《臨沂師範學院學報》第27卷
　　第2期（2005年4月）

同題又見：漆福剛〈李憲喬詩學評析〉《湖北師範學院學報》（哲學社會
　　科學版）第26卷第3（2006年2月）

王恆柱〈從〈偶論四名家詩〉看李憲喬的詩學觀〉《山東師範大學學報》
　　第51卷第5期（2006年）

張維、唐潔〈試論李憲喬在廣西詩壇的地位〉

網路文本

王令策先生〈新風樓藏陳三立佚文一則〉文刊「中華文史網」http://www.
　　historychina.net/dodemo/inner.jsp?sid=339&cid=704&infoid=11246

李丹平〈高密詩派領袖「三李先生」著述一覽表〉，載「李丹平網路部落
　　格」http://blog.sina.com.cn/s/blog_49871e720100dmsy.html; http://blog.
　　sina.com.cn/s/blog_49871e720100dmt0.html（2009-05-2512:34:25）
〈《山東文獻集成》第三輯目錄一高密部分〉文刊「徐泳博客」http://blog.
　　sina.com.cn/s/blog_49871e720100fobd.html(2009/10/1709:25:17)

本文曾刊登於國立彰化師範大學國文系主編《國文學誌》21卷，
（2010年12月）頁45-68。

別裁偽體親風雅
——試論王禮卿教授
《遺山論詩詮證》之詩學批評

壹、前言

元好問（1190-1257），字遺山，為十三世紀初金朝文壇代表人物。論其創作成就，元·脫脫《金史·文藝傳》有云：「為文有繩尺，備眾體。其詩奇崛而絕雕劖，巧縟而謝綺麗；五言高古沉鬱，七言樂府不用古題，特出新意。歌謠慷慨，挾幽、并之氣。[1]」元·杜仁傑在中統本《文集·後序》亦曰：「今觀其文集，又是天生爐鞲，比古人轉身處，更覺省力。不使奇字，新之又新；不用晦事，深之又深；但見其巧，不見其拙；但見其易，不見其難。[2]」評價不可謂之不高。

元遺山之碑銘文字，繩尺嚴密、雄奇自肆，錢基博在《韓愈志》一書，甚至以為可以直追韓愈。元好問身遭亡國之恨，隱

---

[1] 見元·脫脫《金史》卷一百二十六《列傳》第六十四〈元德明傳〉。
[2] 見清·施國祁《元遺山詩集箋注》〈序例〉引自（台灣中華書局版四部備要本）。

忍蘊蓄，所發文章，悲歌慷慨，有「《詩》人傷周，《騷》人哀
郢」之遺意。其敘記文字，簡約樸直，情致深厚，許多文學批評
觀點，均散見其間。元遺山之詩歌作品數量甚多，流傳後世約一
千三百六十餘首，大致可分為兩個創作階段來觀察：一為仕金時
期，此時詩篇，崇尚風華，不脫才子習氣。金亡之後，為第二階
段，此時詩風大變，悲壯蒼涼，有「亡國之音哀以思」之慨。其
詩深受時事影響，頗能反映金、元之際之史實。其詩一如杜甫，
可從中考察政治與社會變動之面貌。至於元遺山之文學理論，固
可由〈楊叔能小亨集序〉、〈陶然集詩引〉、〈杜詩學引〉、
〈東坡詩雅引〉等文，探知祈向。而其〈論詩三十首〉以絕句體
製，評論歷代重要詩人，眼光銳利，立場鮮明，抉微闡幽，頗多
慧見，成為金源最突出之詩學文獻。歷來之評箋與討論甚多，僅
就1936年至2009年間不完全之統計，即有近60篇論著[3]。王師禮
卿教授也在民國63年（1974年）12月完成《遺山論詩詮證》，該
書厚達204頁、文長14餘萬言，為相關著作中卷帙最鉅、闡釋最
精者。民國65年（1976）4月，國立編譯館中華叢書編審委員會
資助出版，並由台北市臺灣書店經售。

　　王禮卿教授任教中興大學中文系期間，持續開授「歷代文
選及習作」、「六朝文」與「詩經」等課；在東海大學中文研究
所碩士班兼任，也僅兼授「古文研究」一門課程，從不曾為諸生
講授詩學，長期予人「古文專家」之印象。實則王禮卿教授精於

---

[3]　詳見本文附錄二：〈元好問《論詩三十首》研究論著集目〉。

詩學，其著述即有四種與詩學相關，此即：《遺山論詩詮證》、
《唐賢三體詩法詮評》《四家詩恉會歸》、《誦芬館詩集》。王
禮卿教授之《遺山論詩詮證》曾於民國65年榮獲榮獲「第三屆國
家文藝獎」文藝理論獎[4]。《誦芬館詩集》，為王禮卿教授之古
詩創作集，也曾榮獲81年度「教育部文藝獎」；《唐賢三體詩法
詮評》（台灣學生書局，1998）榮獲民國87年行政院新聞局重要
學術專著作出版補助；至於《四家詩恉會歸》文長240萬言，由
台中市佛教蓮社、佛教蓮友慈益文教基金會、青蓮出版社，於民
國84年（1995年）10月出版；《四家詩恉會歸》一書，論其歸
屬是經學之作。國內經學界學人無不譽為傳統詩經學「最後巨
著」。

　　筆者忝為王禮卿教授之弟子，適逢　先師往生12週年，在此
盛大紀念研討會上；謹以虔敬、感念之情，對《遺山論詩詮證》
一書之詩學特識，闡幽抉微，冀望能夠彰顯先師之成就與貢獻；
倘有不當，還請諸位師友、學術先進不吝指教。

貳、《遺山論詩詮證》之寫作動機與詮證架構

　　王禮卿教授幼承家學，窮究經史、古文，其學術著作堅持採
用文言寫作，《遺山論詩詮證》自不例外。書前並以〈自題遺山
論詩詮證五章〉代序，詩云：

---

[4]　詳見行政院文化建設委員會網站。m

苦為元門撰鄭箋，痛心劫火漫騷壇；欲憑一縷存風雅，莫
作爐餘淚史看。

明昌大定逐輕塵，詩筆風流七百春。文運中銷與薰換，天
將雙恨付才人。

不入兩西（原注：江西派、西崑派）宗派圖，遑論東野玉
川盧；唐音杜格蘇神彩，始信北人氣韻殊。

少日曾為中晚驅，才輕寧敢騁驊騮；老來我亦循公矩，可
附詩家第幾流？

略同遭遇不同時，悵望千秋有所思，爰仿鍾嶸論翰藻，蘭
成辭賦定裏詩。

（原注：已評庾子山賦繼有此作。甲寅臘月既望王禮卿
題。）

〈序詩〉首章自道寫作之心境。略謂今之騷壇，瀰漫劫火，
思之沈痛；乃為遺山論詩，苦心詮證，一如鄭玄箋詩之用心，但
願憑此一縷詩魂，見證風雅；復望讀者，莫以爐餘、淚史相待。
〈序詩〉次章論遺山所處時代。先是世宗大定（1161-1189）、
章宗明昌（1190-1195），金朝盛世；旋即蒙古入侵，國運衰
頹；遺山曾舉家避難，馳逐風塵。而其詩文流傳至今，已歷七百
載（崑按：距遺山之辭世約717年）。深嘆上天，以文運中衰、
國家淪亡之雙重恨事，付予才人。〈序詩〉三章概述遺山論詩基
本態度。謂其不入江西派、西崑體，遑論孟郊、盧全之流。盛唐

之音、少陵詩格、東坡神彩，乃為其崇仰對象。因知北人崇尚氣節，風流異於時輩。〈序詩〉四章自述少日學詩，亦自中晚唐入；有如驂御，自知才輊，豈敢以驊騮之姿，掉弄詩筆？晚來有作，但循公矩而已，不知可附翼於詩家第幾流？此蓋自謙之詞。〈序詩〉五章感嘆遭遇略同遺山，悵望千秋史跡，深有所感；爰仿鍾嶸之例，品論翰藻；於論畢庾賦之後，續有此作。

　　甲寅年為1974年，是年臘月，即民國63年12月，完成此書。由五章〈序詩〉，不難看出王禮卿教授深感自身遭遇，與元遺山類似。白人陸易幟，輾轉來台，親見台灣社會，文言白話，各有所主；互不交涉，時起齟齬。古典文學教育，沈闇不明；王禮卿教授於文運中衰、國家淪亡，感慨極深。寫作《遺山論詩詮證》之際，多少懷有鄭玄箋詩之苦心，及遺山保全中州文獻類似之使命感，其寫作動機，令人肅然起敬。

　　《遺山論詩詮證》之結構，有總有別，可以釐為「總論」、「分論」兩部分。在總論之部，王禮卿教授分「主旨」（崑按：此謂遺山論詩判分「正體」、「偽體」之「核心主張」。）「時代」、「詩家」三目，詳述遺山論詩之體例。至於分論之部，又以「注解」、「迻譯」、「主旨」（崑按：此謂各詩之「論述主題」）、「詮證」四目，闡析各章精義。以下分為三點，說明王禮卿教授撰寫《遺山論詩詮證》之創意：

一、視〈論詩三十首〉為一篇，以「示正體」、
　　「裁偽體」為宗旨

　　有關「以詩論詩」之體製，唐前缺乏類似文獻，論其源流，
向以杜甫〈戲為六絕句〉為開端。王禮卿教授亦同此主張。清初
錢謙益將杜甫六詩視之為：「寓言以自況」、仇兆鰲則認為六
首：「為後生譏誚前賢而作，語多跌宕諷刺，故云戲也。」王禮
卿教授認為元遺山繼承杜甫之批評精神，「易戲為莊」、「易少
為多」；目的在「辨詩體之正偽，立詩家之史法，示後人以津
要」（《詮證》頁4）。王禮卿教授將論詩三十首視為一「完整
論體」，並深入關注遺山論詩意脈互通、埋伏照應、反正互見之
處，可謂立於更高層次，作更為深入之觀照與總體之理解。因能
張皇幽眇、補苴罅漏，見人所未見、發人所未發。其言曰：

> 此論詩三十首，猶一篇也。首章揭示總綱為總起，末章謙
> 詞束論詩，附述己作為總結。其間二十八首，各標一義，
> 自明其論詩一貫之見。初視之，若無條貫；深研之，幽愔
> 體例，皆具於詞外。若隱若顯之中，意注脈通，起伏照
> 應，反正互見，一完整之論體也。旨在明一家論詩之綱領
> 系統，示為詩之準繩，特藉歷代之詩以闡發，而詩家之長
> 短得失，從而見之。

　　在此見解下，三十首絕句有其一貫論據，而且義理互通；藉

由三十首論詩之「主旨」、「時代」、「詩家」得失，遺山論詩之系統，可以宛然如見。

王禮卿教授在闡述〈論詩三十首〉之主旨時說：「全篇之主旨維何？曰：示詩之正體而裁偽體也，首章已顯橥此綱領矣。」（《詮證》頁5）而「正體」有二：曰「氣骨」與「天然」。王禮卿教授先對「氣骨」一宗提出說明：

> 蓋自漢魏以來，氣骨之宗，以曹劉為主。李杜承而大之，益之以奇變。韓蘇黃又承李杜而演之，以極其致。故言詩者，率以李杜韓蘇黃為宗主，此主流中之一系也。若風雲之氣，晉代猶存；慷慨之風，北人猶著；嗣宗獨標高邁淵放之格；青蓮特具高華俊偉之致；昌黎別有豪宕健樸之奇；皆演此主流之風者，此其支流之派衍也。（《詮證》頁5）

由此可知，元遺山所謂「正體」，開始於建安詩人曹植、劉禎所構建之「氣骨興寄」傳統。尤其論及詩人來看，晉代張華、劉琨、阮籍、唐代陳子昂、杜甫之作，皆屬於此一系統。論及「天然」一宗時，王禮卿教授又說：

> 天然一宗，淵明為主，此又主流之一系也。大謝承而變之，衍以秀澀新迥之致；子厚又承大謝之靈秀清凝之境。此雖非天然之主幹，實主流之一宗也。他若子昂之雅正高

古，歐梅之韻深境淡，子美之古雅真神，義山精純，東坡
之精真，皆演此主流之風者，此其支流之派衍也。其閒
或一人而具主流之體，復兼支流之風者：蓋以詩之美境不
只一端；而大家源闊境宏，成就者廣，自其主體言之為主
流，自其別胝言之為支流；是以詩體為區分，非以詩人為
畛界，故一人可兼二者。然古今來，亦不過李杜韓蘇數人
而已。（《詮證》頁5）

由此可知，陶潛為「天然」一宗之宗主。其後謝靈運、陳
子昂、柳宗元、李商隱、歐陽修、梅堯臣、蘇舜欽，為其主要成
員。這些詩人或承流、或演變，各自開闢詩境。此外，杜甫為集
大成之詩人，自是正體。而由杜甫所開出的「奇變」的傳統，也
被視為正體，唐韓愈、宋蘇軾、黃庭堅之作，均屬此一系統。然
後，王禮卿教授由此論述角度，析探三十首之論見，認為可以納
繁於簡、理緒成緒，使千年正體之系統，見諸指掌。

二、揭示「偽體」之「十失」

「正體」之體系既明，於是續論「偽體」之形成因素。元遺
山在〈論詩三十首〉對所謂「偽體」，係採列舉方式。例如晉・
潘岳之「文行不一」、陸機之「鬥靡誇多」、初唐沈佺期、宋之
問之「不廢齊梁綺靡之風」、晚唐李商隱之「用事深僻，流於晦
澀」、唐・盧仝之「別尋險徑，流於鬼怪」、唐・孟郊之「窮
愁苦吟」、唐・陸龜蒙之「重名輕實」、宋・秦觀之「纖巧柔

靡」、宋・陳師道之「閉門覓句」、南宋江西詩派之「盡失古雅精真」均屬「偽體」。

王禮卿教授則將「不得詩之正格者」一概視為「偽體」，又依「偽體」之形成，歸納出十大缺失：一為弱之失。二為硬之失。三為晦之失。四為苦之失。五為冗之失。六為偽之失。七為因之失。八為俗之失。九為調之失。十為刺之失。茲依王禮卿教授之論述脈絡，引其原文，分疏如次：

　　一為弱之失。靡曼、綺麗、纖巧屬焉。（《詮證》頁6）

王禮卿教授認為：詩歌失之「靡弱」，乃因作者「氣骨」不存。雖其詩也能「靡麗工巧」，但格調已卑、氣概已屝。他認為：齊梁體首開「靡麗」之弊，流風波及初唐之沈佺期、宋之問，以及晚唐之溫庭筠、李商隱諸家。至北宋，秦觀演變為「纖巧」，形成「靡弱之流派」。其弊在於「清剛雅正之美不存」。

　　二為硬之失，險怪、生硬、斲硝屬焉。（《詮證》頁6）

王禮卿教授認為：詩作失之「盤硬」，是作者企慕「氣骨」之高，而缺乏「才力」，導致迷失坦途，步入曲徑。這些詩人既失「氣骨」之高渾，又傷「天然」之妙致。力行「盤硬、奇險」的結果，導致詩格變怪、氣象粗豪。他認為：盧仝創作險怪之詩，江西詩社諸家，轉為「生硬」；陳師道又益以「斲削」，而

形成「盤硬之流派」。其弊在於：「興象情韻之美不存」。

　　三為晦之失，僻澀屬焉。（《詮證》頁6）

　　王禮卿教授認為：詩作失之「晦澀」，也是作者仰慕「氣骨」之高而缺乏「氣魄」，只好在「運意之深曲」、「遣詞之生澀」、「隸事之隱僻」下功夫，力圖挽救柔靡之弊而提昇氣格。他們的詩作也許精工凝練，卻意旨難明。大違「辭達」之義。王禮卿教授認為：李商隱仿效杜詩而開剏此格，宋初西崑諸家繼之，形成「晦澀之流派」。其弊在於：「光明俊偉之美不存」。

　　四為苦之失，窮苦屬焉。（《詮證》頁6）

　　王禮卿教授認為：詩作失之「寒苦」，係因作者失落「氣骨」之康莊，走「險怪」之仄徑，藉此提昇格調。雖然瘦硬新奇，卻全失恬適之詩趣。孟郊效法韓愈而剏立此格，其後雖無嗣響之人，仍然形成「寒苦之流派」，其弊在於：「圓和敷愉之美不存」。

　　五為冗之失，鬥靡跨多屬屬焉。（《詮證》頁7）

　　王禮卿教授認為：詩作失之「冗蕪」，乃因作者「氣骨」不高，卻一味逞才侈藻、排比鋪張，以期競勝。雖其文彩紛陳，而

乏鎔裁,大違「辭尚體要」之義。前賢評論陸機「綴辭尤繁」、潘岳「輕敏鋒發」,若以文章比擬詩歌,正是「冗蕪之派」,其弊在於:「言簡意深之美不存。」

> 六為偽之失,文行相違,虛飾高格,盜名欺世,偽為高品;二者屬焉。(《詮證》頁7)

王禮卿教授認為:詩作失之「虛偽」,乃因由作者人品低、卻力求高境,於是虛情假意,掩飾卑鄙之性行,藉此竊取風雅之清譽。雖其表象高騫、情韻幽渺,實為文章家之「穿窬大盜」,人倫品鑒之「偽劣君子」。其弊在於違背「誠中形外」之義。潘岳偽飾高格,啟其濫觴;後代衍成「虛偽之流派」,其弊在於「真實之美不存」。

> 七為因之失,因襲屬焉。(《詮證》頁7)

王禮卿教授認為:詩作失之「因襲」,乃因企慕古詩之高妙,而才力卻不足以鎔陶變化、有以自見。只好句摹章擬,亦步亦趨,導致終生滯於模擬。所作雖形似古人之詩,全無自身之性情面目,大違「創新之義」。他認為:淺學者或許成為小家,實則大家亦所不免。例如高啟之摹擬李白、王世貞(空同)之摹擬杜甫,都是明顯例證。惟其摹擬之境界較高,非常人所及而已。此為「因襲之流派」,其弊在於「萬古常新之美不存」。

　　八為俗之失，鄙俗屬焉。（《詮證》頁7）

　　王禮卿教授認為：詩作失之「鄙俗」，乃因才學、襟識都十分卑下，無從窺探高雅之境；卻喜附庸風雅，所作惟以凡近、淺俗出之。這些詩人之作品，規格略具，而俳諧怒罵，大違「大雅不群」之義。此為十種缺失中之最下者，是為「鄙俗之流派」，其弊在於「雅人深致之美不存」。

　　九為調之失，聲病屬焉。（《詮證》頁7）

　　王禮卿教授認為：詩作失之「聲病」，乃因過於拘忌聲律，自囿人巧，致傷天然之故。雖宮羽相和，雙聲、疊韻皆能應節，但因拘忌過嚴，大違「詠歌嗟歎之義」。他認為：從齊、梁以來，酷好裁制「八病」，碎用四聲，而成「聲病之流派」。其弊在於「天然韶濩之美不存」。

　　十為刺之失，刺詩之違理者屬焉。（《詮證》頁7）

　　王禮卿教授認為：詩作失之「諷刺違理」，乃因違背寫作刺詩之正則，而作為非理之諷刺。雖然此種諷刺，在詩義仍屬比興之運用，但是主題詭異，詩理並不周全，大違「美刺」之本義。他認為：劉禹錫「玄都」兩絕，即屬不能通達世變之刺詩，而衍

成「刺詩違理之流派」。其弊在於「吟詠諷上之美不存」。

遺山論詩,受限於絕句之體制,只能點到為止,排拒「偽體」之故,並未明言。而王禮卿教授總論「十失」,一一點出「偽體」之缺失,堪為遺山異世之知音。如此不僅使遺山梳鑿詩體之舉,獲致理論依據,更使後世讀此詩者,了然於心。

三、推闡遺山論詩之「體例」

王禮卿教授在總述〈論詩三十首〉之正體、偽體之後,對遺山論詩之「體例」進行歸納。他認為第一首之主旨在判別詩之「正體」與「偽體」,攝起以下諸章,為全篇之「總綱」;至於第30首,論詩既竟,則為「總結」之章。其餘28首,以五種體例表現「主旨」(崑按:即判分正體、偽體之核心主張。):一為「單標正體」,二為「單標偽體」、三為「正體偽體互形」、四為「以文例詩」、五為「以名品例詩」,各在分章析論時,一一指明。

在處理時代先後方面,王禮卿教授認為元遺山亦有五種體例:一為「時代先後不拘,惟以興會出之」、二為「無可特指之時代,則以泛論出之」。三為「無可特舉之時代,則從渻略。」四為「一義須合論始明者,則合兩代為一首」、五為「一宗須分論始備者,則分一流派為數首」(《詮證》頁9至10)。亦在分章析論時,一一指明。

至於論及個別詩人方面,全詩始於曹劉,終於后山。凡所正論其詩者,二十有五人、附論其詩者一人、假其言論以論詩者

二人、假其所誦以論詩者二人、假其人品以論詩者一人，計共涉及三十四人。王禮卿教授也認為存在五種體例：一曰「以詳略明輕重」。二曰「以互見明短長」。三曰「以合論見源流」。四曰「以舉要而略餘」。五曰「以他稱代人物」。（《詮證》頁10至13）王禮卿教授本其「三十首為一篇」之「整體觀」，推闡遺山〈論詩三十首〉之體例，眼光獨到，創意十足，言人所未言！

參、《遺山論詩詮證》之內涵與特識

自《遺山論詩詮證》第15頁起至204頁止，王禮卿教授使用近190頁之篇幅，闡釋〈論詩三十首〉各章精義。每一章皆有「注解」、「迤義」、「主旨」、「詮證」四分項。其「注解」，充分註明遺山原詩關涉之人物、事件、與典實；「迤義」則以散體文言轉譯原詩之語意；「主旨」則交代原詩各章之主題。王禮卿教授在說解各章之內容時，嚴守注疏者之分寸，悉依遺山論詩路徑，不稍逾越；至於「詮證」部分，則乘機釐清該詩涉及之詩學議題；暢述原委、嚴覈古今，所以篇幅驟增，內容益豐，價值極高。

根據筆者之統計，王禮卿教授在《遺山論詩詮證》論及之詩學議題，大大小小有60多個，而且範圍十分廣泛[5]。這些議題：**有屬於文學史者**，如：第三章對「晉詩發展」所作之概述；第七

---

[5] 詳見本文附錄一「元遺山〈論詩三十首〉題旨、辨體、相涉議題示意表」。

章論「南北文學之異」、第二十五章論李杜韓蘇黃為正統法派。
有屬於個別詩人評論者，如第三章對於張華詩之概述、第八章論
沈宋、陳子昂之功績、第九章論潘、陸之短長、第十章論杜詩
之真賞、各體詩之妙、第十五章論及李白詩境格之高、變化之
妙、富於才氣仙氣、第十八章對於韓孟詩之比較觀、第二十章論
陶、謝、柳詩之特徵、第二十七章元祐時期論歐、梅詩之特色。
也有涉及文學流派者，如第十二章論及西崑之義界、第二十六章
論及「蘇門六君子」之風格、第二十八章論及黃庭堅詩之門派、
「江西詩社」之缺失。**有屬於正體、偽體之批評者**，如第四章論
陶潛為「天然」之體「不祧之祖」、論「品高性真」方得「天然
之體」、第五章論「高放」為「氣骨」之近宗、第六章對於品低
之人何以仍然有「情」、「境」具高之作提出說明、第十二章論
「晦澀」之失、第十四章論「居心為偽」之可鄙、第十六章論
「高華」之境必由「仙才」、「高格」而來、第二十章論「俳諧
怒罵」之失、第二十四章論「纖巧」、「靡弱」之失。**也有屬於
詩法及聲律之討論者**，如第十一章論「寫景」要訣、第十七章論
天然聲調之美、與六朝「聲律說」、第二十一章論「學古」之秘
訣、第二十五章論「刺詩」之義法、二十七章論諱學王介甫詩之
故、第二十九章論陳後山之「詩法」；都是極具見識、富於理論
意義。以下僅舉若干實例，以為驗證：

一、關於劉琨在「正體」一宗之位階問題

例如〈論詩三十首〉之第二章，遺山論及詩之「正體」時，

標舉曹植、劉楨,並將劉琨提升至曹、劉相等位階。王禮卿教授從古代文獻考察,認為鍾嶸《詩品・序》謂:「曹劉殆文章之聖。」《詩品》論曹植詩謂:「骨氣奇高,詞采華茂」;《詩品》論及劉楨說:「仗氣愛奇,動多振絕。真骨凌霜,高風跨俗。」而《詩品》論及劉琨詩,也說其詩「仗清剛之氣」,這正是遺山提劉琨昇至「建安位階」之論據。當然,遺山也對劉琨身為并州刺史,困於逆亂、哀憤兩集,所顯現之英雄氣概、末路之悲至為激賞。

　　《詩品》將曹、劉列於上品,將劉琨列於中品。而《文心雕龍・明詩篇》雖極稱曹、劉,卻不及於劉琨。因此王禮卿教授認:遺山等列三家,實為「異於前人之卓見。[6]」王禮卿教授不僅拈出「氣骨」為詩之最高境,更在其後之詮證,全面論述「氣」之類別與要義。

　　在論及「學養之氣」時,王禮卿教授引孟子、韓愈、蘇轍之相關論述為證;在論及「形神之氣」下,王禮卿教授引述《孟子》、《淮南子》、《宋書・謝靈運傳論》、《文心雕龍》「體性」、「養氣」諸篇、王充《論衡・自紀篇》等資料為證;在論及「文章之氣」下,王禮卿教授又引《典論・論文》、《抱朴子》、《顏世家訓・文章篇》、《文心雕龍》「定勢」、「聲律」、「麗辭」、「附會」、「才略」、「風骨」諸篇相關資料為據,然後列出五大證據,證明:「風」即「氣」、「風骨」即

6　詳見王禮卿《遺山論詩詮證》,(台北:國立編譯館中華叢書編審委員會出版,民國65年(1976))頁26。

「氣骨」之義，此為王禮卿教授通貫歷代「文氣論」，所提出之卓見，令人歎服。

二、關於遺山為張華平反之問題

例如〈論詩三十首〉第三章，遺山論及「不宜兒女情多，風雲氣少」，提及晉朝詩人王敦與張華；遺山之評，原即有為張華平反之意。

王禮卿教授則進一步說明王敦、張華之流，去建安詩法未遠，因此能存「建安氣骨」者尚多。他認為：若以言情篇什之多寡相較，張華僅二首，而溫、李集中則「指不勝屈」；再以詩歌體格之高卑相較，張華於「妍冶」之中，猶存「古茂」之致，此為張華優於溫、李之處。因此以「溫、李新聲」比論，更見遺山平反張華之得當。

三、關於人品低落，仍有「高情之作」之問題

例如〈論詩三十首〉第六章，論及遺山為「文高品低、偽而失真，為千古言行不一者致歎」時，王禮卿教授特別對於品低之人，仍然能有「情境具高」之作，提出一套合理、合情之解釋。他說：

> 余向主詩文風格本於性情之說。惟臨文之情，有真有偽：故所形成詩文風格，亦有真有偽。真格本真情，偽格本乎偽情，真偽雖異，本於性情之理則一也。此類偽情，蓋掩

其真情，而易以偽情。於是情以偽發，文以偽應，以若何
之偽情，顯若何之風格：如〈閒居賦〉以孝親樂志之偽
情，而現沖和恬適之逸致；〈秋興賦〉以結想東皋之偽
情，而成曠遠之風神。是其風格仍本情性，特其為偽耳！
並非悖乎本於情性之理則也！（《詮證》頁58）

由於作偽之情，十分真實，與之相映的詩文，仍是形於中、
誠於外，曠達高遠、儼然若真。此為王禮卿教授之特識，仍有精
湛之理論意義。

四、關於詩有「大道」與「別徑」之問題

如第十三章，遺山以盧仝為例，論「險怪」之失。王禮卿
教授認為「險怪」一派，起自昌黎，繼之孟郊、賈島、盧仝。雖
然嚴羽曾在《滄浪詩話》中列出「賈浪仙體」、「孟東野體」、
「李長吉體」，還說道：「天地間自欠此體不得」。王禮卿教授
認為：「遺山論詩，嚴正偽之辨別，明流派之得失。」故斥之為
詩道「窮途」。王禮卿教授，進一步論述詩有「大道」與「別
徑」。他說：

大抵一新體肇興，大道廣闊，勝境無垠。雖群才迭出，騁
智競能；而闢之不盡，探之益遠；故皆可安步康莊，持驟
坦途，並為雅正雄偉之音，俊偉光明之象，蔚成一家之正
體。大道之所由生也。迨行之既久，文運有升降之殊，文

　　風有遷流之變，而後之才士，既不甘躡前人後塵，自囿其
藩籬之中；又不能邁前人所長，而齊驅或居上。於是不得
不冥搜別徑，自創新格，發前人未發之美，闢前人未履
之途，求於萬古常新之詩域中，別開天地，獨據一尊。此
別徑之所由成也。……若其才不足以創新，心又不甘於躡
後，雖闢異境，實為顯陂之途，使人駭膽驚心，無美境之
領受。則詩中之歧途，非可語於別徑者。盧玉川之鬼怪，
頗近此類。因其為韓派重鎮，論者多尊為一格，讀遺山嚴
分正偽，不少假借。（《詮證》頁92至93）

　　學古人詩，好比行於長安大道，週行轉折，無不各隨其意；
如果刻意偏離大道、趨入別徑，難免自陷左支右絀、舉步維艱之
境。王禮卿教授就此一角度論析盧全「險怪」之失，說理洽切，
頗能厭服人心。

五、關於遺山為李白「飯顆之誚」辯誣之問題

　　再如第十五章論李白為詩中仙品，淺人不察，竟以「飯顆山
頭」鄙俚之作相誣枉。遺山認為李白不曾寫詩譏誚杜甫，已有
辯白。

　　王禮卿教授則進一步辨明遺山所以必為李白辯誣之故。王禮
卿教授認為，「飯顆之誚」，早在胡仔《苕溪魚隱叢話》已提及
《李翰林集》未載此詩，疑是後人所為。嚴羽《滄浪詩話》也引
數首李白贈杜甫詩，以為「其情好可想」；何況其詩庸俗，偏離

太白風格太遠，一望便知偽作。王禮卿教授進一步引用李白〈古
風〉詠魯連詩末句，驗證李白以魯仲連之高節為典範，不可能作
此詩。王禮卿教授並未舉出更多的證據，但憑對於李白性格之掌
握，冥感默會，即可斷言。則其知人之深、論事之切，實非常人
所能及。

六、關於韓、孟詩境之比較

再如第十八章先對韓、孟詩風詳細比較，再論孟詩「窮苦」
之失。

王禮卿教授認為韓愈從杜甫「奇險」之處別創一徑，然後
以沈雄之筆力、恢闊詩境，其作風豪邁奔放，排奡縱橫。其詩境
之氣象宏偉，足以繼承杜甫之大。然而孟郊之詩，苦澀窮僻，局
促枯槁，便只能算作「唐詩中之小徑」，嚴格說來，稍高於玉川
之歧途耳。故孟郊賈島，後世絕少嗣響；而韓詩之影響，直至北
宋，仍未停歇。因此王禮卿教授認為說：

> 韓公上繼少陵，下開北宋，為主流之宗子，別徑之大宗，
> 歐陽、蘇、黃繼之，以盛唐五七古之別調，蔚為詩中之大
> 國。以較韓、孟，百尺樓之別，自非過論。考東野、浪
> 仙、玉川輩，皆韓公友人，意其慕韓公之奇險，欲衍而甚
> 之。更從其中再創新徑。不知奇險已狹，狹中求狹，卒皆
> 流於怪癖。然韓公才大體大，奇險無害其雄闊；三子才小
> 體小，清奇遂入於僻苦。（《詮證》頁121）

這是從韓愈詩歌源流及其對北宋詩壇影響所作之評論，自有相當堅實之依據。對於奇險詩人之評騭，所謂「狹中求狹，卒皆流於怪癖」，真是深中肯綮。然而王禮卿教授對於孟郊詩之特性與缺失，另有精闢之分析。他說：

> 復考東野一生，境窮、詩窮、而心亦窮。至於天地之大，無所容其身，即其心窮之證。由此心之窮隘，致處窮不能達觀，故吟詠亦不能忘窮，於是心境亦反縛於窮，三者循環相糾，終其身不能脫出。加以作詩之法愁苦，詩之情境愁苦，而所以為詩心者亦愁苦，三者亦輾轉相引，於是窮苦之格成。故遺山以窮愁評之，以詩囚稱之，其意殆謂此歟！東野固遭際迍邅，然其科名晚達，生計困窘，詩人如此者亦多，不止其一人；何以歷來從無此體，獨東野構此一格？推其本因，將由性情局迫，心境窮隘故歟！是又詩格本於性情之一顯證，遺山之論，洞其微矣。（《詮證》頁121）

宋人評論孟詩，已有「陋於聞道」之譏；對其詩之憔悴枯槁，也大多歸諸「氣局不伸」而已。對孟郊詩之自陷於窮苦，論者鮮少自「境窮」、「詩窮」、「心窮」三者之循環關係切入，王禮卿教授所言，堪稱歷來評孟資料，最為深刻者。

七、論詩人不應窘束因襲，跟隨人後

再如第二十一章，本意是在評論「因襲」之失，詩人不應窘束因襲，跟隨人後，當自創風格。

王禮卿教授引姚姬傳〈題淮寧江七峰詩卷〉云：「學古人在得其神理，不可襲其面貌。」從而論及學古之奧秘。以為：「學古而得其神理為脫化，脫化者，自成一格，有所法而有所變也。」（《詮證》頁137），王禮卿教授認為：

> 詩之道大而境廣，宇宙之美無窮，故詩之美亦無窮。亙古以來，凡才學識第一二流之詩人，皆能探未發之美，成獨剏之體，詩之所以萬古長新，職此故也。古今詩格之殊，細區之則僕更難盡。就橫面言之，司空表聖之《詩品》，析為二十四類，要體已具。……凡此二十四品，橫互於每代之詩中，要皆錯綜往復，同時或先後顯現。（《詮證》頁137）

王禮卿教授特別舉以「雄渾」為例，漢魏之「雄渾」即與唐之「雄渾」不同；太白之「雄渾」亦與少陵有別。正如人之臉孔，皆具五官，而神貌變化，億兆不同。如果掌握「脫化」之理，不論學得一品或多品，都能自創一格，萬古長新。正當王禮卿教授寫作此書時，文言、白話文學之論爭、中文系教育能否培養作家之議題，成為當時學界之論爭議題。王禮卿教授對此現

象，特別感慨。他說：

> 宇宙不隳，則詩之美境不竭，新格永生。然文運或頹，人
> 才不出，則新格中絕。低佪今世六十年間，自成一家者，
> 屈指幾人？然此明為人才之匱，與詩無與；不幸反為流俗
> 口實，詆為詩之格境已窮，乃以俚語體所謂新詩者代之，
> 萬口附和，悠悠者漫不知察。安得宏識孤懷如遺山者，再
> 為振聾發聵之木鐸乎？申論至此，良用憮然。（《詮證》
> 頁139）

文運丕週，日新其業。人才不出，新格中絕；與語言媒介之
新舊，並無必然關連。然而當日有關文白教育之論爭，多半不願
理解對方立場，以致彼此論見扞格不入。王禮卿教授在當時作此
主張，雖曾遭受「保守」之譏，然師友之中，頑強堅守正統文學
立場，以「得古人神理」論創新，實為稀罕而且可敬；其所論述
之「創新觀」，今日看來，仍然經得起檢驗。

八、論詩歌創作「出奇變化」之妙，為大家之極則

再如第二十二章，此章「遙承曹、劉、李、杜主流之四宗
主，進論蘇、黃二大宗。」（《詮證》頁142），擁有豐富內容。

王禮卿教授在此章一邊「溯源」，一邊「窮流」。先自源頭
說到蘇軾、黃庭堅，認為兩家遙承曹、劉、李、杜之詩格，已達
「奇變」之極致；再從承流說到後代詩家，並無蘇黃才力，卻也

法其「縱逸」，馴致詩壇滄海橫流，盡失應有法度。

有關蘇黃之淵源與奇變，歷代詩家，本已論之甚眾。王禮卿教授大量引用歷代詩話資料，藉以驗證蘇黃風格雖殊，皆宗法李、杜、韓；惟蘇偏於李，黃偏於杜韓，而奇變之妙，則兩人並無不同。（《詮證》頁147）

值得注意的是王禮卿教授力圖說明蘇黃，雖窮盡於「奇變」，仍是「正體」。他認為：自漢魏樂府至曹、劉、阮籍諸家，並為「雄渾」之祖，天然渾成，從不曾以「奇變」著稱。至李、杜為求創新，不得不競相求變，以恢擴詩鏡。李、杜之所以堂廡特大、境界獨深，原因也在此。韓愈繼承李、杜之後，以「奇險」立格，因才力雄大，尚能承繼李、杜「奇變」之統緒，就「奇變」言之，亦為主流之宗主。王禮卿教授進一步認為：蘇黃之七言歌行，遙接三家之緒，蔚為大宗，此為「奇變」之統系。他說：

> 蓋以漢魏之雄渾沈鬱，氣骨高騫，為詩家不祧之祖。李杜承流而大之，為漢魏之正變。而奇變之宗成。韓又承李杜而變之，蘇黃又承三家而變之，皆為李杜之正變，而奇變之境益新。雖其間派衍嬗變，細別其體，不無齟齬之殊；而自雄渾拓為奇變，五家與漢魏一脈象傳，厥為主流之嫡系，皆其大宗也。（《詮證》頁148）

其實李杜韓蘇黃一脈象傳，同屬正統之說法，早在方東樹

《昭昧詹言》已言之。只是王禮卿教授講得更為細緻，他甚至將詩史上重要的詩人，牽連成一個統系。認為：陶潛之「天然真淳」，謝靈運之「靈秀清迥」、是「宗祧之昭穆」；阮籍之「豪放」、左思之「挺拔」、郭璞之「豪儁」、鮑照之「俊逸」、謝朓之「清綺」、子昂之「雅正」、高岑之「奇峭」、王維之「精警高華」、孟浩然之「自然奇逸」、韋應物之「古澹」、柳宗元之「峻潔」、歐陽修之「深韻」、王安石之「健拔」等等，都是「宗祧之裔胤」而為「別子之祖禰」（《詮證》頁148）。

王禮卿教授如同前代學者，慣於使用概括性極大之「狀語」描述各家詩風，無可否認，如此之描述，當有區隔詩風之功能。王禮卿教授基於正統文學之「宗法觀念」所作的連系，及觀照詩史總體發展所流露的文學史識，仍然深深值得後輩學人參考。

他如第五章論及「阮籍詩究竟源自〈小雅〉或〈離騷〉」之問題，王禮卿教授引述方東樹之意見，謂其「居小雅之世」，「存屈子之心」，泯除〈小雅〉〈離騷〉二者之畛域，即頗具說服力。又如第二十五章，藉劉禹錫「玄都觀二絕句」為例，說明「刺詩」之義法有「時世」、「標的」、「本因」、「法則」、「功效」五層面：以「私衷之怨」為刺時之詩，則大違「刺詩」之義，此即非常高明之見解。又如第二十四章，論及「纖巧」、「靡弱」之失時，為秦觀辨誣，認為遺山所斥，並非針對少游全集，僅斥其中之一格而已。凡此，皆為前人未見之卓識。

肆、結語

　　王禮卿教授寫作《遺山論詩詮證》時，已屆退休之齡，老成持重，學養功深，以十四萬言之篇幅，詮釋總字數僅八百四十字之〈論詩三十首〉，可謂空前絕後。王禮卿教授秉持客觀嚴謹之治學態度、不破原典之箋注原則，堅持使用文言作為寫作工具、謹持保守而不僵固之「正統文學觀」。職此之故，使本書顯得曲高和寡；如從箋釋規模來看，本書只是一部「小題大作」詩歌箋註；如就內容深度來衡量，則本書實為王禮卿教授自成一家之言的詩學專著。

　　王禮卿教授秉持正統文學之「宗法」觀念，暢論歷代詩家之「正體」與「偽體」，將遺山論詩之精義，一一彰顯；至於遺山論詩未及之處，也能一一闡明；深符少陵「別裁偽體親風雅」之詩論傳統。由於王禮卿教授採取「詮證」之論述體制，大幅拓展議題、暢所欲言，使本書之論述成果，已不僅是「詩歌詮釋」而已，而進昇至「詩學史論」性質。

　　王禮卿教授視〈論詩三十首〉為一篇，強調各章之微言大義與理論關係。對元遺山之原詩，固已作成精細闡析，顯現精湛之功底；更可貴的是詮證過程中，所論數十個詩學議題，都是元元本本、鉅細靡遺，在在煥發獨到之見識，深刻啟迪後學。

　　學界已存在60篇以上〈論詩三十首〉研究論著，然而王禮卿教授《遺山論詩詮證》，學術價值，至今不墜。不少相關議題，

早由王禮卿教授提出，並完整論述；其總體成就，值得後學深入
參酌。

本文於2009年05月02日在國立中興大學中國文學系主辦、財團法
人周大觀基金會、台中佛教蓮社贊助之「紀念王禮卿教授學術研
討會」上宣讀，正式刊登於《東海文學院學報》51卷，（2010年
07月）頁1-28。

附錄一

元遺山〈論詩三十首〉題旨、辨體、相涉議題示意表（據王禮卿教授《遺山論詩詮證》編製）

	原文	詩旨	辨體	相涉議題
1	漢謠魏什久紛紜，正體無人與細論。誰是詩中疏鑿手，暫教涇渭各清渾。	此論詩有正體偽體之殊，今欲為之判別。	攝起以下諸章之論。	總論漢魏以降，詩之流派紛紜，故為之判分清濁。
2	曹劉坐嘯虎生風，四海無人角兩雄。可惜并州劉越石，不教橫槊建安中。	此論詩以氣骨為主，而氣以高奇清拔為本。	舉正體也。	1.論詩以「氣骨」為高。2.論「氣」有多義。3.「風」即「氣」義。
3	鄴下風流在晉多，壯懷猶見缺壺歌。風雲若恨張華少，溫李新聲奈爾何。	此論詩不宜兒女情多，風雲氣少。	舉正體以裁偽體也。	1.晉詩概論。2.張華詩概觀。3.論遺山何以抑溫李、揚張華？
4	一語天然萬古新，豪華落盡見真淳。南窗白日羲皇上，未害淵明是晉人。	此論詩又以天然為主，而天然必出之以真淳。	舉正體也。	1.論「天然」之體。2.陶潛為「天然」之體不祧之祖。3.「品高性真」方得「天然」之體。
5	縱橫詩筆見高情，何物能澆塊壘平。老阮不狂誰會得？出門一笑大江橫。	此論高邁淵放之格，足以氣骨相媲。	舉正體也。	1.「高放」之體為「氣骨」之近宗。2.辨阮籍詩源自《小雅》或《離騷》？

	原文	詩旨	辨體	相涉議題
6	心聲心畫總失真，文章寧復見為人？高情千古閒居賦，爭信安仁拜路塵。	此論文高品低，偽而失真，為千古文行不一者歎。	裁偽體也。	論品低之人何以仍然有「情」、「境」具高之作？
7	慷慨歌謠絕不傳，穹廬一曲本天然。中州萬古英雄氣，也到陰山敕勒川。	此論北詩具天然之姿，英雄慷慨之氣。	舉正體也。	論南北文學之異。
8	沈宋橫馳翰墨場，風流初不廢齊梁。論功若準平吳例，合著黃金鑄子昂。	此論詩必廢綺靡之風，而復於雅正高古之體。	舉正體以裁偽體也。	論沈、宋、子昂之功。
9	鬥靡誇多費覽觀，陸文猶恨冗於潘。心聲只要傳心了，布穀瀾翻可是難。	此論文章不宜誇多鬥靡，詩之冗蕪。	裁偽體也。	論潘、陸之短長。
10	排比鋪張特一途，藩籬如此亦區區。少陵自有連城璧，爭奈微之識碔砆。	此論杜詩為詩中之大成，古今所罕睹，要妙難言，多不能識。	舉正體也。	1.論杜詩真賞所在。2.論杜詩各體之妙。
11	眼處心生句自神，暗中摸索總非真。畫圖臨出秦川景，親到長安有幾人？	此論詩之寫景，貴真貴神。	舉正體也。	1.論杜詩寫景之高境。2.論詩人寫景要訣。
12	望帝春心託杜鵑，佳人錦瑟怨華年。詩家總愛西崑好，獨恨無人作鄭箋。	此論詩用事深僻，流為晦澀之失。	裁偽體也。	1.論「晦澀」之失。2.論「西崑」之義界。3.〈錦瑟〉一詩之題旨。

	原文	詩旨	辨體	相涉議題
13	萬古文章有坦途，縱橫誰似玉川廬。真書不入今人眼，兒輩從教鬼畫符。	此論詩有康莊之坦途。別尋險徑，流為鬼怪之失，譁俗而害正。	裁偽體也。	1.論「險怪」之失。 2.論詩之大道與別徑。
14	出處殊途聽所安，山林何得賤衣冠。華歆一擲金隨重，大是渠儂被眼謾。	此論人品不以隱顯為高下，詩品亦然。然人有飾高行以邀宦達，詩亦有飾高情以博聲名，為千古居心為偽者一歎也。	裁偽體也。	論「居心為偽」之可鄙。
15	筆底銀河落九天，何曾憔悴飯山前。世間東抹西塗手，枉著書生待魯連。	此論李詩為詩中仙品，而淺人不察，以鄙俚之作相誣，功利之見相枉。	舉正體也。	1.論李白詩境格之高、變化之妙、富於仙才、仙氣。 2.為「飯顆之誚」替李白辨誣。
16	切切秋蟲萬古情，燈前山鬼淚縱橫。鑑湖春好無人賦，岸夾桃花錦浪生。	此論悽悲之詞易工，高華之作難得，惟太白能之。	舉正體也。	論「高華」之境，必由「仙才」、「高格」而來。
17	切響浮聲發巧深，研磨雖苦果何心；浪翁水樂無宮徵，自是雲山韶濩音。	此論詩中自有天然之調，無貴人為之音。	舉正體以裁偽體也。	1.論天然聲調之美、人為音律之非。 2.論六朝之「聲律說」。

	原文	詩旨	辨體	相涉議題
18	東野窮愁死不休，高天厚地一詩囚。江山萬古潮陽筆，合在元龍百尺樓。	此論窮苦之失，不可以敵雄豪之作。	舉正體以裁偽體也。	1.論「窮苦」之失。2.韓、孟比較觀。
19	萬古幽人在澗阿，百年孤憤竟何如。無人說與天隨子，春草輸贏較幾多。	此論世間名品之高下，無關實際，不足計較。詩之名品亦然，故應務實而略名。	辨正名實，舉正體也。	論詩有「名」、「實」之別，「實」高者乃為「正體」。
20	謝客風容動古今，發源誰似柳州深。朱絃一拂遺音在，卻是當年寂寞心。	此論詩有簡淡幽深，至味絕高之格，惟柳柳州志遙接謝康樂，卓成宗派。	舉正體也。	1.論陶、謝詩、柳詩之特徵。2.論柳之於謝，「異代同心」。
21	窘步相仍死不前，唱酬無復見前賢。縱橫正有凌雲筆，俯仰隨人亦可憐。	此論詩不應窘束因襲，隨人之後，當自創風格。	舉正體以裁偽體也。	1.論「因襲」之失。2.論學古之奧秘。3.論「脫化」與「因襲」之別。
22	奇外無奇更出奇，一波纔動萬波隨。只知詩到蘇黃盡，滄海橫流知是誰？	此論奇外生奇，波瀾變化，為主流之奇變，蘇黃盡之矣。	舉正體也。	1.論「出奇變化」之妙。2.論蘇詩之淵源與「奇變」。3.論黃詩之淵源與「奇變」。4.論李、杜、韓、蘇、黃為詩史「正統法派」。

	原文	詩旨	辨體	相涉議題
23	曲學虛荒小說欺，俳諧怒罵豈詩宜？今人合笑古人拙，除卻雅言都不知。	此論詩宜宗古人之雅，不可如今人之俗。	舉正體以裁偽體也。	1.論俳諧怒罵之失。 2.論古今嚴辨「雅俗」之故。
24	有情芍藥含春淚，無力薔薇臥晚枝。拈出退之山石句，始知渠是女郎詩。	論纖小之作，以勁健真朴者比之，直是女人詩。	舉正體以裁偽體也。	1.論「纖巧」、「靡弱」之失。 2.辨遺山所斥，僅為「少游之一格」。
25	亂後玄都失故基，看花詩在只堪悲。劉郎也是人間客，枉向春風怨兔葵。	此論刺時詩必當理，始合刺詩之義，不宜漫加譏刺。	裁偽體也。	1.論刺詩之失。 2.論刺詩之義法。 3.論劉禹錫「玄都觀二絕」之失。
26	金入洪爐不厭頻，精真那計受纖塵。蘇門果有忠臣在，肯放坡詩百態新。	此論詩如百鍊純金，峻潔精真，則體大用宏，百態常新，即及門亦難紹真傳。	舉正體也。	1.論蘇詩之「淳潔」、「精真」。 2.論「蘇門六君子」之風格。 3.論蘇門諸君子無人能得坡公之全。 4.論「蘇黃並稱」、古今無異議。
27	百年纔覺古風迴，元祐諸人次第來。諱學金陵猶有說，竟將何罪廢歐梅。	此論宋詩迴轉古風，功始歐梅之韻深境淡，實元祐之盛之前驅，義不可廢。	舉正體也。	1.歐、梅復「古雅」正體，為蘇、黃前導。 2.論歐、梅詩之特色。 3.論諱學王介甫詩之故。

	原文	詩旨	辨體	相涉議題
28	古雅難將子美親，精純全失義山真。論詩寧下涪翁拜，未作江西社裡人。	此論詩至古雅精真具失，如江西然。寧拜其宗主之涪翁，餘人則不可為也。	舉正體以裁偽體也。	1.論黃庭堅詩之門派。 2.論「江西詩社」之失。 3.論義山之「精真」者為何？
29	池塘春草謝家春，萬古千秋五字新。傳語閉門陳正字，可憐無補費精神。	此論詩貴天然，切戒斲削。	舉正體以裁偽體也。	1.論斲削之失。 2.論陳後山之詩法。 3.論遺山例舉謝詩相形之義。
30	撼樹蚍蜉自覺狂，書生技癢愛論量，老來留得詩千首，卻被何人較短長。	此為諸章之總結，以己詩亦被後人校論為殿。以示詩文評論，古今並重，不能廢焉。		1.列舉歷代論者之詩話資料，以證遺山論詩不朽。 2.簡論遺山詩之特色。 3.論遺山析論古人得失、隱然列己為一家。

附錄二

元好問〈論詩三十首〉研究論著集目（1936至2009）

1. 郭紹虞：〈元遺山〈論詩絕句〉〉，《中國新論》2卷3期，1936。

2. 郭紹虞：〈元遺山〈論詩絕句〉〉，《文學年報》2期，1936。

3. 土韶生：〈元遺山〈論詩三十首〉箋釋〉，《崇基學報》5卷2期，
    1966.5。

4. 錢仲聯：〈元好問〈論詩三十首〉〉，《藝林叢錄》（香港：香港商
    務印書館，1966年第6期）。

5. 何三本：〈元好問〈論詩三十首〉箋證〉，《中華為化復興月刊》7卷
    3，4，5，6期，1974。

6. 葉慶炳：〈元好問〈論詩絕句〉一首〉，《純文學》10卷1期，1971。

7. 王禮卿：《遺山論詩詮證》，（台北：國立編譯館中華叢書編審委員
    會，台灣書店出版，1976年4月）。

8. 郭紹虞：《杜甫戲為六絕句集解，元好問〈論詩三十首〉小箋》（北
    京：人民文學出版社，1978年版）（台北：木鐸出版社，1982年
    版）。

9. 田鳳台：〈元好問論詩絕句析評〉，《中華為化復興月刊》12卷4期，
    1979。

10. 李言：〈評元好問的〈論詩三十首〉〉，《中國古典文學研究論叢》
    第一輯，1980。

11. 李正民：〈元好問詩論初探〉，《西南師院學報》1981.4。

12. 周益忠：〈論詩絕句發展之研究〉國立台灣師範大學《國文研究所集刊》第27號，1983年。

13. 葉嘉瑩：〈從元遺山論詩絕句談謝靈運與柳宗元的詩與人〉，《中國古典詩歌評論集》（臺北純真出版社，1983年）。

14. 鄧昭祺：〈元好問論詩絕句研究〉香港大學，1983年博士論文。

15. 吳世常《論詩絕句二十種輯注》（論詩三十首），陝西人民出版社，1984年。

16. 陳長義：〈元好問〈論詩三十首〉二解〉，《文藝理論研究》1984年第2期，又收入山西古典文學學會、元好問研究會編，《元好問研究文集》（太原：山西人民出版社，1987年）。

17. 鄧昭祺：〈試論元遺山論詩絕句第十五首〉，《文學遺產》1986年第2期。

18. 蔡厚示：〈元好問〈論詩三十首〉辨識〉，《光明日報》1986年8月26日。

19. 盧興基：〈元遺山詩論的傳統性和創造性〉，《社會科學戰線》1986年第4期，又收入山西古典文學學會、元好問研究會編，《元好問研究文集》（太原：山西人民出版社，1987年）。

20. 周益忠《元遺山的論詩絕句》臺北金楓出版社，1987年。

21. 王廣超：〈元遺山論詩絕句的通關和引發〉，《晉陽學刊》1987年。

22. 何天林：〈論元遺山的〈論詩三十首〉〉，《元好問研究文集》1987年。

23. 瑜琳、蒼宇：〈元好問詩論絕句抉瑕〉，《成都大學學報》社會科學版，1989年第2期。

24. 周本淳：〈元好問詩論絕句非青年之作〉，《江海學刊》，1989年第4期。

25. 李正民：〈元遺山詩論三十首異解辨證〉，《太原師專學報》1990年
第1期。

26. 李正民：〈元遺山詩論三十首的歷史地位〉，《傳統文化季刊》1990
年第2期（總第3期）。

27. 劉澤：〈元好問詩論三十首（選二）第二十九首〉，《傳統文化季
刊》1990年第2期。

28. 劉澤：〈元好問論詩絕句集說〉，《山西師範學院學報》（哲學社會
學版）1990年第2期。

29. 李正民：〈元遺山詩論三十首的美學系統〉，《欣州師專學報》1990
年第1期。

30. 陳長義：〈元好問論詩三十首之三，四解〉，《欣州師專學報》1990
年第1期。

31. 劉澤：〈元好問詩論三十首集說第八，九，十首〉，《呂梁學刊》
1990年第1期（總第10期）。

32. 何三本：〈元好問論詩絕句的歷史地位〉，《紀念元好問八百年誕辰
學術研討會論文集》，行政院文建會策劃，（台北：文史哲出版社，
1990年12月）。

33. 李建崑：〈元好問及其〈論詩三十首〉〉國立中大學文學院主編《文
史學報》第23期，1993年3月，又收入《敲求論詩叢稿》（台北：秀威
資訊公司，2007年）。

34. 郭建平：〈元好問〈論詩三十首〉審美標準初探〉，《開封教育學院
學報》總37期，1994年3期。

35. 冷晏明：〈元好問〈論詩三十首〉述評〉，《青海師范大學學報》哲
學社會科學版，1995年1期。

36. 李正民：〈元遺山〈論詩三十首〉的美學系統〉，《民族文學研

究》，1997.1。

37. 左漢林：〈對元好問〈論詩三十首〉的分類和評析〉，《河北農業大學學報農林教育版》1卷1期，1999年1月。

38. 李正民：〈元好問研究50年回眸〉，《民族文學研究》，1999.2。

39. 胡傳志：〈元好問〈論詩三十首〉的現實指向〉，《文史知識》，1999.7。

40. 任立人：〈由元好問〈論詩三十首〉其四論陶淵明的詩與人〉，《殷都學刊》2001年。

41. 詹杭倫，沈時蓉：〈元好問〈論詩三十首〉第十九首試解〉，《四川師范大學學報哲學社會科學版》27卷6期，2000年11月。

42. 周巍昆：〈「恐隨春草斗輸贏」與「春草輸贏較幾多」——遺山〈論詩三十首〉之辨析〉，《欣州師范學院學報，》2002.2。

43. 陳憶軍：〈略談元好問〈論詩三十首〉的審美標準〉，《開封教育學院學報》，2002.3。

44. 胡傳志：〈元好問〈論詩三十首〉的戲作性質〉，《晉陽學刊》，2002.4。

45. 張人石：〈從論詩絕句三十首看元好問現實主義詩歌理論〉，《株洲工學院學報》16卷5期2002年9月。

46. 茅國華，馬德生：〈疏鑿微旨涇渭分明——從〈論詩三十首〉看元好問的詩學觀〉，《河北大學成人教育學院學報》第4卷第4期，2002年12月。

47. 張麗萍：〈在心為志發言為詩——從元遺山〈論詩絕句〉談陶淵明的詩品與人品〉，《中共山西省委黨校省直分校學報》，2004.1。

48. 唐先強：〈元好問〈論詩三十首〉詩歌主張評析〉，《零陵學院學報》2卷2期，2004年4月。

49. 李定廣：〈元好問對陸龜蒙的崇拜——兼就〈論詩三十首〉其十九的解讀與各家商榷〉，《汕頭大學學報》人文社會科學版第21卷6期，2005年。

50. 方滿錦：〈元好問〈論詩三十首〉之編次失序研究〉，《北京化工大學學報》社會科學版總第49期，2005年第1期。

51. 吳照明：〈論元好問的論詩絕句〉，《安徽理工大學學報》社會科學版7卷4期，2005年12月。

52. 趙非：〈元好問〈論詩三十首〉的論詩標準〉，《承德職業學院學報》，2006年第1期。

53. 朱大銀：〈照隅室杜，元二家論詩絕句箋釋要旨〉陝西師範大學《古詩研究》2007年第5期。

54. 李量：〈豪華落盡見真淳——元好問〈論詩三十首〉選析〉，《滄桑》，2008.4。

55. 邱瑞祥：〈從〈論詩三十首〉看元好問對唐詩的認識及其意義〉，《肇慶學院學報》29卷3期，2008年5月。

56. 黃春梅：〈論詩寧下涪翁拜，未作江西社里人——由論詩絕句三十首看元好問對江西詩派的批評〉，《昭通師范高等專科學校學報》30卷6期，2008年12月。

57. 方滿錦：〈元好問〈論詩三十首〉之人物編次研究〉，《欣州師範學院學報》第24卷6期，2008年12月。

張戒《歲寒堂詩話》之詩學理論與詩歌批評

壹、前言

　　宋代初期詩話著作，大都隨興而發，缺乏明顯的論述架構。到了南宋，詩話家在評論前代詩人時，逐漸產生自覺的理論系統，也比較具有詩學理論的深度。在這些詩話著作中，張戒《歲寒堂詩話》、葛立方《韻語陽秋》、姜夔《白石道人詩說》、嚴羽《滄浪詩話》、范晞文《對床夜語》等書，均為學界熱烈討論之對象。其中嚴羽《滄浪詩話》學術聲價與歷史影響之高，早為世人所共見；而張戒《歲寒堂詩話》提出以「言志」、「意味」為主眼的詩論，實際對前代重要詩人，提出獨具見識的批評，也備受稱道。清·潘德輿在其《養一齋詩話》即曾說：「吾於宋人詩話，嚴羽之外，祇服《歲寒堂詩話》為中的[1]。」學界主要的

---

[1]　見清·潘德輿《養一齋詩話》（清詩話續編本）

詩話史、批評史著作，大多曾經論及此書[2]，足見其價值不凡，未可小覷。

張戒《歲寒堂詩話》之篇幅不長，全書僅兩卷。上卷總述論詩要旨，並專論各家詩；下卷闡述對杜詩之理解。難能可貴的是，張戒承繼並發展儒家傳統詩論，因此頗具理論特色，素有「儒家詩話」之曬稱。丁福保所編《續歷代詩話》曾收錄張戒《歲寒堂詩話》，然而學界研究張戒詩論，大多以四川大學教授陳應鸞《歲寒堂詩話箋注》[3]為依據，筆者亦不例外。

有關張戒之生平行實，正史並未紀錄，目前僅能從少數文獻如：李心傳《建炎以來繫年要錄》、陸心源《宋史翼》等書略窺梗概。陳應鸞曾據現有資料詳加考徵，並發表《有關張戒生平事跡之資料》、《張戒生平及其詩話作時略考》兩篇大作，使吾人得以略知張戒之事蹟[4]。

據陳應鸞之查考，張戒為南宋河東路絳州絳郡正平縣（今山西新絳）人，生年未悉。由明·朱希召《宋歷年狀元錄》，可以察考張戒入仕之年代。據朱希召《宋歷年狀元錄》所載：「大宋宣和六年（西元1123年）三月，御集英殿賜禮部進士沈晦等及

---

2   如：郭紹虞《中國文學批評史》、陳良運《中國詩學批評史》、顧易生、蔣凡、劉明今撰《宋金元文學批評史》皆曾專章論及張戒。

3   陳應鸞《歲寒堂詩話箋注》（成都：巴蜀書社，2000年3月）此書包括卷上箋注、卷下箋注，另有三個附錄，收錄歷代書目之著錄情況、張戒生平資料、及有關《歲寒堂詩話》之研究論文兩篇。

4   詳見陳應鸞《有關張戒生平事跡之資料》、《張戒生平及其詩話作時略考》，載《歲寒堂詩話箋注》頁215-240及頁241-250。以下有關張戒之生平資料，皆得之於陳氏此二篇大作。

第出身八百五十人」，張戒正在沈晦榜上。南宋高宗紹興五年
（1135年）趙鼎薦舉張戒入朝，展開仕宦生涯。歷任國子監丞、
秘書郎、福建提舉官、尚書兵部員外郎、監察御史等官職。紹
興八年（1138年）十至十一月張戒以上書反對朝廷與金朝議和，
得罪高宗及宰相秦檜，張戒前江夏依附岳飛。紹興十二年（1142
年），右諫議大夫羅汝檝彈劾張戒黨於趙鼎、岳飛，以沮和議。
結果張戒受到「勒停」（即追毀出身文字）之處分。秦檜死後，
張戒曾在紹興二十七年（1157年）以左宣教郎主管台州崇道觀，
直到紹興三十年（1160年）仍居是職，然而此後事蹟已不詳知，
卒年也不可考。就現存有限之資料來看，張戒應是一位愛國志
士；堅決主張抗金，以期收復失地。其為人剛直，有威武不屈之
志節。清·永瑢等《四庫全書總目》稱其為「鯁亮之士」；日
人桂五十郎《漢籍解題》也認為：「歲寒堂可能是張戒居室之名
稱」[5]不難推測張戒之性格。至於張戒之著作，除了《歲寒堂詩
話》，另有《默記》一書，可惜已不流傳。

　　《歲寒堂詩話》之寫作時間，大約在紹興八年（1138年）、
張戒閒居無聞之際。由「歲寒堂」之書名觀之，正有身處逆境
仍砥礪節操之意。據陳應鸞推斷，此書寫作時間上限，不超過
紹興十二年（1142年）；其下限則不易確定。現存資料顯示：直
至紹興二十七年（1154年）四月，張戒仍在持續寫作《歲寒堂詩
話》[6]。

5　轉引自陳應鸞《張戒生平及其詩話作時略考》。
6　見陳應鸞《張戒生平及其詩話作時略考》，原載《文學遺產》1989年第

以下擬就張戒論詩立場與核心主張、張戒之詩觀蠡測、張戒
對古今詩家之評騭與賞鑑，引述張戒《歲寒堂詩話》詩話，深入
闡析；至於張戒評析杜詩之意見，尤為筆者所關注。

貳、張戒之論詩立場與核心主張

一、堅守「詩言志」、「思無邪」之論詩立場

張戒論詩之基本立場十分清晰，此即以儒家思想為依歸，繼
承「詩言志」之論點，發揮「詩無邪」之說，強調尊君敬長，講
求禮教觀念。張戒在《歲寒堂詩話》卷上第1則說：

> 建安陶、阮以前詩，專以言志；潘、陸以後詩，專以詠
> 物；兼而有之者，李、杜也。言志乃詩人之本意，詠物
> 特詩人之餘事。古詩蘇、李、曹、劉、陶、阮本不期於詠
> 物，而詠物之工，卓然天成，不可復及。其情真，其味
> 長，其氣勝，視《三百篇》幾於無愧，凡以得詩人之本意
> 也。（卷上：1）[7]

此為張戒評詩之總綱。有關「詩言志」之說，起源甚早。文

6期。

[7] 陳應鸞《歲寒堂詩話箋注》（成都：巴蜀書社，2000年3月）頁1。為節
省篇幅，重引陳著僅於引文之後附註卷次。

獻紀錄可追溯至《尚書・堯典》、《莊子・天下篇》、《荀子・儒效篇》、《禮記・樂記》諸篇。「詩言志」是古代中國人認識文學之發端。「詩言志」之「志」，主要指詩人對社會、政教、歷史等外部事物的感受或態度。詩人以詩篇將外部事物與內在感受聯繫起來；而「成教化」、「助人倫」則是詩應有功能與存在目的。宋・邵雍《論詩吟》云：「何故為之詩？詩者言其志。既用言成章，遂道心中事。[8]」正與張戒的論點相同，都是典型儒家的詩論。

張戒將「言志」、「詠物」對立而觀，其所謂「詠物」，並非後世的「詠物詩」，而是採更為寬廣的涵意。張戒將「言志」視為「詩人之本意」，「詠物」僅為「詩人之餘事」，詩中是否「情真」、「味長」、「氣勝」，至關緊要；認為古代詩人唯阮籍、陶潛、曹植、杜甫最具典型。他說：

> 阮嗣宗詩，專以意勝；陶淵明詩，專以味勝；曹子建詩，專以韻勝；杜子美詩，專以氣勝。然意可學也，味亦可學也，若夫韻有高下，氣有強弱，則不可強矣。（卷上：1）

張戒認為阮籍詩，以意取勝；陶潛詩，以味取勝；曹植詩，以韻取勝；杜甫詩，以氣取勝。張戒闡釋「情真」、「味長」、

---

[8]　[宋]邵雍《論詩吟》《伊川擊壤集》卷十一，四部叢刊本。

「氣勝」這三種不同的詩歌境界，認為「意」、「味」可學，「韻」、「氣」不可學。

張戒以杜甫為例，闡明「粗俗」與「高古」之分野。認為：「世徒見子美詩多粗俗，不知粗俗語在詩句中最難，非粗俗，乃高古之極也。」（卷上：1）此外，張戒對於元、白、張、王詩專以「道得人心中事為工」也認為不理想，因為元、白、張、王詩之詞句過分淺近、整體氣勢太過卑弱。至於杜甫詩中若干粗俗語，張戒卻不認為是粗俗；反而覺得盧仝詩之刻意俗濫，方為真粗俗。

張戒論詩另一個鮮明立場是堅守「思無邪」之論點。他說：

> 孔子曰：「《詩》三百，一言以蔽之，曰：『思無邪。』」世儒解釋終不了。余嘗觀古今詩人，然後知斯言良有以也。《詩序》有云：「詩者，志之所之也。在心為志，發言為詩。情動於中，而形於言。……」其正少，其邪多。孔子刪詩，取其思無邪者而已。自建安七子、六朝、有唐及近世諸人，思無邪者，惟陶淵明、杜子美耳，餘皆不免落邪思也。

按「詩無邪」之語，見諸《論語・為政篇》。邢昺疏：「詩之為體，止僻妨邪，大體歸之於正。」張戒期待詩人能表現真感情，真正做到「情動於中，而形於言」；而不是將一己膚淺的情感，輕率形之於詩。張戒認為在歷代詩人中，只有陶潛、杜甫的

詩，是合乎理想的。

而六朝顏、鮑、徐、庾，唐朝李商隱，宋朝黃庭堅，都不符理想。尤其黃庭堅，「乃邪思之尤者」，原因是黃庭堅詩「韻度矜持，冶容太甚，讀之足以蕩人心魄」，達不成「經夫婦，成孝敬，厚人倫，美教化，移風俗」之要求。基於這個理論立場，張戒又將《詩經》《楚辭》以後詩篇，分為五等：國朝諸人詩為一等，唐人詩為一等，六朝詩為一等，陶、阮、建安七子、兩漢為一等，《風》、《騷》為一等，學者須以次參究，盈科而後進，可也。（卷上2）

張戒從宋詩上推唐詩、六朝詩、陶阮建安兩漢詩、直至《風》《騷》，將詩分成五個等級，而以《風》《騷》為最高等級。後代詩人中，唯有杜甫，雄姿傑出、千古獨步。黃庭堅自言「學杜」，張戒卻認為黃庭堅只學得杜甫「格律」一面；東坡自言「學陶」，甚至以為「曹劉鮑謝李杜」，皆有所不及。張戒也無法同意。他同時還駁斥元稹、王安石、對李杜之誤解，認為李杜未可輕加議論；而且唯有識得「風騷之旨」，始能了解「子美用意」。在此則首次透露出張戒「尊杜」以及「反對蘇黃」之論詩傾向。

張戒由諸家之詩學淵源，揭示出「人才高下，固有分限，然亦在所習」之道理；認為詩人追仿前賢，必難超越；如欲與李、杜爭衡，自應提升至更高層次，由漢、魏詩入手。

在「詩言志」、「思無邪」等核心觀念主導之下，張戒主張「尊君敬長」，即便論詩，也不可不講求禮教。他對唐人吟詠楊

貴妃之態度「類皆無禮」，極為不滿。在《歲寒堂詩話》卷上第
13則，曾藉評比杜甫《哀江頭》、白居易《長恨歌》、元稹《連
昌宮詞》三首詩，討論這個問題。

他認為《長恨歌》在樂天詩中，成就最下；而元稹《連昌
宮詞》也不如杜甫《哀江頭》之「流連哀思」、「詞婉而雅」、
「意微而有禮」，其關鍵在於吟詠楊太真時的態度。白居易詩多
用「女兒語」，有失帝后之體統。張戒認為：「太真配至尊，豈
可以兒女語黷之耶？」唯有杜甫《哀江頭》能得「詩人之旨」。

在《歲寒堂詩話》卷上第26則中，張戒再次提及：「近偶
讀庭筠詩，乃知牧之之工，庭筠小子，無禮甚矣。劉夢得《扶風
歌》、白樂天《長恨歌》及庭筠此詩，皆無禮於其君者。」可謂
深刻流露出「尊君敬長」之批評立場。

二、以「韻」、「味」、「才力」、「意氣」為核心要素

張戒在論及詩歌本質問題時，提出「韻」、「味」、「才
力」、「意氣」，作為詩歌之核心要素。他說：

> 韻有不可及者，曹子建是也。味有不可及者，淵明是也。
> 才力有不可及者，李太白韓退之是也。意氣有不可及者，
> 杜子美是也。（卷上4）

所謂「韻」指詩歌之美，此由語言、音韻以及詩人情志之完
美表現而生；曹植作為「建安之傑」，其名篇顯現出一種「鏗鏘

音節，抑揚態度，溫潤清和，金聲玉振」之特色，而且「辭不迫切，意已獨至」，這是其他人所難以到達的境界。「味」指詩歌藝術之感染力。「味」是由詩歌境界、詩人情志之啟人深思、賞玩不盡而產生：陶潛的名篇，則顯現出「景物雖在目前，而非至閒至靜之中，則不能到」之獨造境界。

至於「才力」則是指詩人內在才情與創造能力；「意氣」，則是指詩人之內在品格、體性呈現於外的氣質或氣魄，杜甫在此一方面，有其獨造之處。如其《壯遊》《洗兵馬》，「皆微而婉，正而有禮」，此所以不可及。舉例來說，如杜詩中：「刺規多諫諍，端拱自光輝」，「儉約前王體，風流後代希」，「公若登臺輔，臨危莫愛身」，這樣的詩句，已是「聖賢法言，非特詩人而已。」（卷上：4則）。

張戒《歲寒堂詩話》即以「韻」、「味」、「才力」、「意氣」四者論詩。如卷上21則，評及韋應物、劉長卿之詩作，說：「隨州詩，韻度不能如韋蘇州之高簡，意味不能如王摩詰、孟浩然之勝絕，然其筆力豪贍，氣格老成，則皆過之。與杜子美並時，其得意處，子美之匹亞也。『長城』之目，蓋不徒然。」（卷上：21則）此正以「韻度」「意味」評論韋、蘇、劉詩。

再如《歲寒堂詩話》卷上：9則論及：「人才各有分限，尺寸不可強。同一物也，而詠物之工有遠近，皆此意也，而用意之工有淺深。」張戒特舉七例，論證「人才各有分限，尺寸不可強」。這七首詩，分別是：章八元《題慈恩寺塔》、梅堯臣《聞子美次道師厚登天清寺塔》、蘇軾《登真興寺閣》、蘇軾《登

靈隱寺塔》、劉長卿《登揚州西靈寺塔》、王安石《登景德寺塔》、杜甫《同諸公登恩寺塔》，皆為「登塔」而作，卻各有利病；唯老杜《同諸公登恩寺塔》一首，「窮高極遠之狀，可喜可愕之趣，超軼絕塵而不可及」，若非杜甫之高才，實無以致之。

陳應鸞先生於1989年曾發表《試論張戒的「意味」說》一文，認為「意味」一詞，最能彰顯張戒詩味理論的特徵[9]。陳先生統計了張戒《歲寒堂詩話》對於「意味」、「情味」、「韻味」、「熟味」、「玩味」諸詞之使用，認為張戒確曾以「意味」作為審美標準，評論前代詩篇。詩要有「意味」，則需具備「情真」、「含蓄」之要件；而其論說具有「針對性」，即針對宋詩存在之弊端，尤其是蘇黃習氣與江西派詩風強調詩法、宋人「以文字為詩、以才學為詩、以議論為詩」所帶來之不良影響而發。

陳應鸞先生之意見，自有相當見地，對於吾人認識張戒詩論之內涵，頗具參考價值。吾人自不必否定張戒在論詩之際，多從「意味」生發，然而筆者以為：張戒更大的貢獻，在於對歷代重要詩人，提出一針見血、獨具見識之批評。這些批評，對於後人重讀這些詩篇，極具啟發意義。

9　詳見陳應鸞《試論張戒的「意味」說》，原載《古代文學理論研究》叢刊第十七輯（上海古籍出版社1975年5月出版）又收入陳先生《歲寒堂詩話校箋》附錄，頁251-277。

參、張戒《歲寒堂詩話》詩觀蠡測

　　張戒《歲寒堂詩話》論詩條目，多有涉及鑑賞、批評、風格、創作、體式等「詩歌研究」之範疇者；亦有屬於流派、主題、作家等「詩論研究」之範疇。以下略舉數例以探其詩論觀點。

　　《歲寒堂詩話》卷上：21則評比韋應物之律詩、劉長卿之古詩曾說：「韋蘇州律詩似古，劉隨州古詩似律，大抵下李、杜、韓退之一等，便不能兼。」（卷上21）」隱含張戒對於詩歌體式「規範性」之要求，即便論及孟浩然與孟郊詩之賞鑑，也主張「論詩當以文體為先」。他說：

> 論詩文當以文體為先，警策為後。若但取其警策而已，則「楓落吳江冷」，豈足以定優劣？孟浩然「微雲淡河漢，疏雨滴梧桐」之句，東野集中未必有也。然使浩然當退之大敵，如《城南聯句》，亦必困矣。子瞻云：「浩然詩如內庫法酒，卻是上尊之規模，但欠酒才爾。」此論盡之。（卷上20）

　　按：張戒在這一則詩話提到「論詩文當以文體為先，警策為後。若但取其警策而已，則「楓落吳江冷」，豈足以定優劣？」此為詩歌批評不刊之鴻論。唯通過詩文體式與內涵之脈絡，才可能評騭作品優劣。單獨地鑑賞「警策句」容易被作者之精工所眩

惑；一旦就全篇之「篇體」來看，印象可能全然改觀。此為張戒
論賞鑑的重要原則。再如：

> 「蕭蕭馬鳴，悠悠旆旌」，以「蕭蕭」「悠悠」字，而出
> 師整暇之情狀，宛在目前。此語非惟創始之為難，乃中的
> 之為工也。荊軻云：「風蕭蕭兮易水寒，壯士一去兮不復
> 還。」自常人觀之，語既不多，又無新巧。然而此二語遂
> 能寫出天地愁慘之狀，極壯士赴死如歸之情，此亦所謂
> 中的也。古詩「白楊多悲風，蕭蕭愁殺人」，「蕭蕭」兩
> 字，處處可用，然惟墳墓之間，白楊悲風，尤為至切，所
> 以為奇。樂天云：「說喜不得方言喜，說怨不得言怨。」
> 樂天特得其麤爾。此句用「悲」「愁」字，乃愈見其親切
> 處，何可少耶？詩人之工，特在一時情味，固不可預設法
> 式也。（卷上5）

張戒在這一則詩話又在詩歌表現或修辭層面，提出「中的
說」。「中的」本為禪語，禪家論及語言，常以箭矢為喻。必如
箭矢之中的，始得禪旨。《小雅・車攻》：「蕭蕭馬鳴，悠悠旆
旌」之所以能寫出出師整暇之狀、《易水之歌》之所以能寫出天
地愁慘之狀、壯士視死如歸之情，令人翫賞不盡，正在於兩詩之
語言準確，如箭矢之「中的」。又如：

> 《國風》云：「愛而不見，搔首踟躕。」「瞻望弗及，

佇立以泣。」其詞婉，其意微，不迫不露，此其所以可
貴也。《古詩》云：「馨香盈懷袖，路遠莫致之。」李太
白云：「皓齒終不發，芳心空自持。」皆無愧於《國風》
矣。杜牧之云：「多情卻是總無情，惟覺尊前笑不成。」
意非不佳，然而詞意淺露，略無餘蘊。元、白、張籍，其
病正在此，只知道得人心中事，而不知道盡則又淺露也。
後來詩人能道得人心中事者少爾，尚何無餘蘊之責哉。
（卷上6）

張戒在這一則詩話論及詩歌寫作不可「詞意淺露」之問題，
屬於創作論之意見。元白張籍的作品，頗能「道得人心中事」，
原本很理想，不會有問題。然而如果「詞意淺露，略無餘蘊」，
無法讓讀者更進一步玩賞尋味，就會成問題。張戒對於元白張籍
之疵議，顯然正在這方面。又如：

陶淵明云：「世間有喬松，於今定何間閒。」此則初出于
無意。曹子建云：「虛無求列仙，松子久吾欺。」此語雖
甚工，而意乃怨怒。《古詩》云：「服食求神仙，多為藥
所誤。」可謂辭不迫切而意已獨至也。（卷上7）

張戒在這一則詩話延續第五則之意見。認為《古詩十九首》
「服食」二句之所以高於陶潛《連雨獨飲》、曹植《贈白馬王
彪》兩詩有關神仙之書寫，正在其詞語之悠遊舒緩，毫無怨怒迫

切之感。又如：

> 東坡評文勛篆云：「世人篆字，隸體不除，如浙人語，
> 終老帶吳音。安國用筆，意在隸前，汲塚魯壁，周鼓泰
> 山。」東坡此語，不特篆字法，亦古詩法也。世人作篆字
> 不除隸體，作古詩不免律句，要須意在律前，乃可名古詩
> 耳。（卷上8）

張戒在這一則詩話，以東坡論文安可書寫篆字之「書法」，
移論古詩之「詩法」。主張寫作古詩之前，應有「意在律前」
之「前行思考」，方能免於摻雜律句。此屬於創作論之見解。
又如：

> 《國風》、《離騷》固不論，自漢魏以來，詩妙於子建，
> 成於李杜，而壞於蘇黃。余之此論，固未易為俗人言也。
> 子瞻以議論作詩，魯直又專以補綴奇字，學者未得其所
> 長，而先得其所短，詩人之意掃地矣。段師教康崑崙琵
> 琶，且遣不近樂器十餘年，忘其故態。學詩亦然。蘇黃習
> 氣淨盡，始可以論唐人詩。唐人聲律習氣淨盡，始可以論
> 六朝詩。鑱刻之習氣淨盡，始可以論曹、劉、李、杜詩。
> 《詩序》云：「情動於中而形於言，言之不足，故嗟歎
> 之。……」子建、李、杜皆情意有餘，洶湧而後發者也。
> 劉勰云：「因情造文，不為文造情。」若他人之詩，皆為

文造情耳。沈約云：「相如工為形似之言，二班長於情理
之說。」劉勰云：「情在詞外曰隱，狀溢目前曰秀。」
梅聖俞云：「含不盡之意見於言外，狀難寫之景如在目
前。」三人之論，其實一也。（卷上10）

在這一則詩話中，張戒對於蘇、黃之創作方法深表不滿。
蓋蘇軾「以議論為詩」，黃庭堅則「專以補綴奇字」為詩，張戒
認為長此以往，將使學者「未得其長，先得其短。」張戒素以曹
植、杜甫作為創作典範；主張盡滌「聲律習氣」，才有能力尚
論曹劉李杜詩。張戒最後提示劉勰之「因情造文」、「隱秀之
論」、梅聖俞之「含不盡之意見於言外，狀難寫之景如在目前」
作為創作之理想。又如：

梅聖俞云：「狀難寫之景如在目前。」元微之云：「道得
人心中事。」此固白樂天長處，然情意失於太詳，景物失
於太露，遂成淺近，略無餘蘊，此其所短處。如《長恨
歌》雖播於樂府，人人稱誦，然其實乃樂天少作，雖欲悔
而不可追者也。……《長恨歌》，元和元年尉盩厔時作，
是時年三十五，謫江州十一年，作《琵琶行》，二詩工
拙，遠不侔矣。如《琵琶行》雖未免於煩悉，然其語意甚
當，後來作者，未易超越也。（卷上14）

張戒在這一則詩話，雖肯定白居易能「狀難寫之景」、能

「道得人心中事」；也有「情意太詳」，「景物太露」，「淺近」、「無餘蘊」之病。尤其是《長恨歌》，雖然騰播眾口、人人稱頌，卻也是一首無法追悔的「少作」；張戒再次就其內容，評析此詩「無禮」、「淺陋」。又如：

> 杜子美云：「續兒誦《文選》」，又云：「熟精《文選》理」然則子美教子以《文選》歟？近時士大夫以蘇子瞻譏《文選》去取之謬，遂不復留意。殊不知《文選》雖昭明所集，非昭明所作。秦、漢、魏、晉奇麗之文盡在，所失雖多，所得不少。作詩賦四六，此其大法，安可以昭明去取一失而忽之？子瞻文章從《戰國策》《陸宣公奏議》中來，長於議論而欠宏麗，故雖揚雄亦薄之，云：「好為艱深之詞，以文淺易之說」。雄之說淺易則有矣，其文詞安可以為艱深而非之也。韓退之文章豈減子瞻，而獨推揚雄云：「雄死後作者不復生。」雄文章豈可非哉？《文選》中求議論而無，求奇麗之文則多矣。子美不獨教子，其作詩乃自《文選》中來，大抵宏麗語也。（卷上11）

按：張戒在這一則詩話，從杜詩：「續兒誦《文選》」、「熟精《文選》理」兩句，認為杜甫不但教兒子讀《文選》，其詩作之「宏麗語」，也大抵取資《文選》。張戒對於蘇軾譏諷昭明太子「拙于文而陋於識」，以《文選》去取失當，遂不復留意之態度，深不以為然。張戒認為蘇軾文章出於《戰國策》、《陸

宣公奏議》，其所以「長於議論而欠宏麗」，正是忽視《文選》
所致。

　　僅就此八則詩話觀之，張戒對於體式之規範性，有其堅持；
論詩主張「文體」為先、「警策」居後，作古詩尤不可雜有律
句。在詩歌表現層面，力主準確，如箭矢「中的」，且須悠遊舒
緩；既不可淺陋無禮，更不可用詞太煩、用意太盡、略無餘蘊；
強調應以梅聖俞「狀難寫之景如在目前，含不盡之意見於言外」
作為寫作理想；欲求詩語宏麗，則應精熟《文選》。

肆、張戒對古今詩家之評騭與賞鑑

　　張戒論及古今詩人，接近30位。或採合論方式，或採獨論
方式。在實際操作時，張戒好以「參照」、「評比」之方式彰
顯各家得失。合論部分固然如此，獨論各家之處亦復如是。而
「韻」、「味」、「才力」、「意氣」四者，則為其品第諸家之
標準。

一、合論部分

　　張戒於前代詩人中，將「曹、陶、李、杜」、「王、韋」、
「李、杜、韓」、「元、白、張、王」、「小李、劉、小杜」五
組採取「合論方式」。其中，「陶、阮、建安七子」在其「五等
詩」中雖然並列於第二等，具有獨特的典範意義。以下略作說
明，以見張戒論詩之精到。

　　張戒《歲寒堂詩話》第一則開宗明義說：「阮嗣宗詩，專以
意勝；陶淵明詩，專以味勝；曹子建詩，專以韻勝；杜子美詩，
專以氣勝。」係以宏觀角度評論四家之差異；至於第四則又說：
「韻有不可及者，曹子建是也。味有不可及者，淵明是也。才力
有不可及者，李太白韓退之是也。意氣有不可及者，杜子美是
也。」表面來看重複、似無新意，其實著眼於四家之造詣，各有
其不可及處。

　　張戒《歲寒堂詩話》第17則合論王維與韋應物，透過韋應物
「韻高氣清」見長；王維「格老味長」為優；作為兩人風格之區
隔。可是目的仍在表彰王維詩用詞舒緩、不破切，意味深長，為
韋應物所不及。

　　張戒《歲寒堂詩話》第18則合論元、白、張籍，指出元、
白、籍詩，皆自阮籍出，然因「詞傷太煩，意傷太盡，遂成冗長
卑陋」如能「收斂其詞，少加含蓄，其意味豈復可及」。張戒在
指陳元、白、張籍詩之缺失，不忘提出改善建議，顯現張戒評詩
態度之真誠厚道。

　　張戒《歲寒堂詩話》第15則合論李、杜、韓三家詩。他先提
到有關韓愈的評論，呈現「愛憎相半」之狀況，「愛者」認為韓
愈可直追杜甫，「不愛者」則以為韓愈於詩「本無所得」，張戒
對於上述兩種說法皆不能同意，認為：

　　　　退之詩，大抵才氣有餘，故能擒能縱，顛倒崛奇，無施不
　　　　可。放之則如長江大河，瀾翻洶湧，滾滾不窮；收之則藏

> 形匿影，乍出乍沒，姿態橫生，變怪百出，可喜可愕，可
> 畏可服也。蘇黃門子由有云：「唐人詩當推韓杜，韓詩
> 豪，杜詩雄，然杜之雄亦可以兼韓之豪也。」此論得之。
> （卷上：15）

也就是說，韓詩之所以獨步一時，在於才氣有餘、寫詩能力
高強。張戒不僅對於韓愈之詩風，精確的描述；也引蘇轍評語，
認同其「韓詩豪，杜詩雄，然杜之雄可以兼韓之豪」之主張。然
後說出一段有關李、杜、韓三家的名評：

> 詩文字畫，大抵從胸臆中出，子美篤於忠義，深於經術，
> 故其詩雄而正；李太白喜任俠，故其詩豪而逸；退之文章
> 侍從，故其詩文有廊廟氣。退之詩正可與太白為敵，然二
> 豪不並立，當屈退之第三。」（卷上15）

張戒認為：李白、杜甫、韓愈三家詩之所以各具特色，關
鍵在其思想態度、性格習性、仕宦履歷，明顯不同。張戒透過思
想、性格、仕履的不同，對李杜韓三家詩風，作成區隔，既準確
精當，而且言之成理。

張戒《歲寒堂詩話》第24則論及「小李杜」及劉禹錫三家
詩，也採合論方式。說：

> 李義山、劉夢得、杜牧之三人，筆力不能相上下，大抵工

律詩而不工古詩，七言尤工，五言微弱，雖有佳句，然不能如韋、柳、王、孟之高致也。義山多奇趣，夢得有高韻，牧之專事華藻，此其優劣耳。

　　張戒在這一則詩話評比李商隱、劉禹錫、杜牧三家詩之優劣得失，係以韋、柳、王、孟作為參照體系。張戒認為：李商隱、劉禹錫、杜牧都均長於律詩不工古體，而且七言勝於五言；然李、劉、杜若與韋、柳、王、孟相評比，則在「韻致」上面略為遜色。至於李、劉、杜三家詩各自特色則是：「義山多奇趣，夢得有高韻，牧之專事華藻」。張戒以簡省的字句、極小的篇幅，就對李、劉、杜三家詩風作成清晰的區隔。

二、獨論部分

　　《歲寒堂詩話》於魏晉六朝詩人中，論及曹植、阮籍、陶潛、鮑照五人。於唐代論及：王維、孟浩然、、劉長卿、杜甫、盧仝、韋應物、白居易、元稹、韓愈、孟郊、賈島、李賀、杜牧、李商隱、溫庭筠等十六人。於宋代僅僅論及：歐陽修、王安石、蘇軾、黃庭堅四人。此外，對於吳融、韓偓、皮日休、陸龜蒙也有數語及之。《歲寒堂詩話》不僅在卷上1、2、3、4、5、9、10、11、12、13諸則論及杜甫，其卷下所收33則評語，也全數評論杜詩，其「獨尊杜甫」之論詩態度十分鮮明。茲先以《歲寒堂詩話》卷上論及柳宗元為例，說明張戒論詩見解之精到。他說：

> 柳柳州詩，字字如珠玉，精則精矣，然不若退之之變態百
> 出也。使退之收斂而為子厚則易，使子厚開拓而為退之則
> 難。意味可學，而才氣則不可強也。（卷上16）

張戒認為柳詩雖然字字珠玉、精緻工巧，但是不如韓詩之
「變態百出」；韓愈自我收斂，可能成為「柳子厚」；柳宗元開
拓擴張，卻不能成為「韓退之」。這是「才氣」的差異所致。
又說：

> 退之於籍、湜輩，皆兒子畜之，獨於東野極口推重，雖退
> 之謙抑，亦不徒然。世以配賈島而鄙其寒苦，蓋未之察
> 也。郊之詩，寒苦則信矣，然其格致高古，詞意精確，其
> 才亦豈可易得。（卷上19）

張戒在這一則詩話提示孟郊詩之長處是「格致高古，詞意精
確」，不能小看其才能。論者將孟郊與賈島相提並論，只見及孟
郊之寒苦，實為莫大的錯誤。再如《歲寒堂詩話》卷上：22則論
及王維說：

> 世以王摩詰律詩配子美，古詩配太白，蓋摩詰古詩能道人
> 心中事而不露筋骨，律詩至佳麗而老成。如《隴西行》
> 《息夫人》《西施篇》《羽林閨人》《別弟妹》等篇，信

不減太白;「興闌啼鳥換,坐久落花多」、「草枯鷹眼疾,雪盡馬蹄輕」等句,信不減子美。雖才氣不若李杜之雄傑,而意味工夫,是其匹亞也。摩詰性淡泊,本學佛而善畫,出則陪岐、薛諸王及貴主遊,歸則屢飫輞川山水,故其詩於富貴山林,兩得其趣。如「興闌啼鳥換,坐久落花多」之句,雖不誇服食器用,而真是富貴人口中語,非僅「笙歌歸院落,燈火下樓臺」之比也。(卷上:22)

　　張戒在這一則詩話評論王維詩之得失,係以李白、杜甫作為參照。雖然王維可與李杜爭衡,其若干詩篇之表現,也不比李杜遜色。然而王維的才情畢竟不如李杜之「雄傑」,其「意味功夫」也僅能成為李杜之「匹亞」。然而王維多才多藝,又常周旋於諸王貴冑間,因生活環境及佛學薰陶,使其「富貴山林,兩得其趣」,以致詩中自有李杜所達不到的高華氣質。再如《歲寒堂詩話》卷上:25則論及李商隱說:

　　「地險悠悠天險長,金陵王氣應瑤光。休誇此地分天下,只得徐妃半面糚。」李義山此詩,非誇徐妃,乃譏湘中也。義山詩佳處,大抵類此,詠物似瑣屑,用事似僻,而意則甚遠,世但見其詩喜說婦人,而不知為世鑒戒。「玉桃偷得憐方朔,金屋妝成貯阿嬌。誰料蘇卿老歸國,茂陵松柏雨蕭蕭。」此詩非誇王母玉桃,阿嬌金屋,乃譏漢武也。「景陽宮井剩堪悲,不盡龍鸞誓死期。腸斷吳王宮

外水,濁泥猶得葬西施。」此詩非痛恨張麗華,乃譏陳後主也。其為世鑒戒,豈不至深至切?「內殿張絃管,中原絕鼓鼙。舞成青海馬,鬥殺汝南雞。不睹華胥夢,空聞下蔡迷。宸襟他日淚,薄暮望賢西。」夫雞至於鬥殺,馬至於舞成,其窮歡極樂不待言而可知也;「不睹華胥夢,空聞下蔡迷」,志欲神仙而反為所惑亂也。其言近而旨遠,其稱名也小,其取類也大。杜牧之《華清宮三十韻》,鏗鏘飛動,極敘事之工,然意則不及此也。「卜肆至今多寂寞,酒壚從古擅風流。浣花牋紙桃花色,好好題詩詠玉鉤。」此詩送入蜀人,雖似誇文君酒壚,而其意乃是譏蜀人多粗鄙少賢才爾。義山詩句,其精妙處大抵類此。(卷上:25)

張戒在這一則詩話單獨評論李商隱,所引詩篇《南朝》、《茂陵》、《景陽井》、《思賢頓》,皆為全詩。對於如何正確鑑賞義山名篇,提供極有見地之論點。從張戒的分析中,洞見李義山詩,絕非僅有「豔情」而已。義山詩也許詠物顯得瑣碎、用典過於深僻,可也不乏用意深遠,富含鑒戒之詩篇。張戒在這則詩話資料中,對於世人之誤解義山,頗能發揮廓清作用。再如《歲寒堂詩話》卷上:31則論及張耒詩,說:

往在柏臺,鄭亨仲、方公美誦張文潛《中興碑》詩,戒曰:「此弄影戲語耳。」二公駭笑,問其故,戒曰:

「『郭公凜凜英雄才，金戈鐵馬從西來。舉旗為風偃為
雨，灑掃九廟無塵埃。』豈非弄影戲乎？『水部胸中星斗
文，太師筆下蛟龍字。』亦小兒語耳。如魯直詩，始可言
詩也。」二公以為然。（卷上：31）

張戒在這一則詩話紀錄自己與鄭剛中、方廷實一起誦讀張
耒之《讀中興碑》，嘲笑此詩是「弄影戲語」、「小兒語」。張
戒之理由雖未明言，其「潛台詞」則是：張耒並未實際參與「淮
西之役」，卻以臨場感十足之寫實語句描述一場歷史戰爭，當然
就如「弄影戲」一般。再如《歲寒堂詩話》卷上：32則論及張耒
詩，說：

作麤俗語傚杜子美，作破律句傚黃魯直，皆初機爾。必
欲入室升堂，非得其意則不可。張文潛與魯直同作《中
興碑》詩，然其工拙不可同年而語。魯直自以為入子美之
室，若《中興碑》詩，則真可謂入子美之室矣。首云「春
風吹船著浯溪」，末云「凍雨為洗前朝悲」，鋪敘云云，
人能道之，不足為奇。（卷上：32）張戒在這一則詩話就
張耒《讀中興頌碑》、黃庭堅《書磨崖碑後》，作了比
較，認為黃山谷確實為杜甫之「入室者」。至於張耒曾
謂：「以聲律作詩，其末流也，而唐至今謹守之。獨魯直
一掃古今，直出胸臆，破棄律聲，作五七言，如金石未
作，鐘聲合鳴，渾然天成，有言外意。近來作者頗有此

體,然自吾魯直始也。」《宋詩話輯佚‧王直方詩話》、《苕溪漁隱叢話》已批駁在先,認為老杜早有此種寫法,而「文潛不細考,便謂自吾魯直始,非也。」

再如《歲寒堂詩話》卷上:33則陳與義論及張戒詩說:

乙卯冬,陳去非初見余詩,曰:「奇語甚多,只欠建安、六朝詩耳。」余以為然。及後見去非詩全集,求似六朝者,尚不可得,況建安乎?詞不逮意,後世所患。鄒員外德久嘗與余閱石刻,余問:「唐人書雖極工,終不及六朝之韻,何也?」德久曰:「一代不如一代,天地、風氣、生物,只如此耳。」言亦有理。(卷上:33)

這是張戒《歲寒堂詩話》中唯一註記明確時間(紹興5年)的詩話。本則敘述陳與義評論張戒之絕句,認為不乏奇語,只是稍遜建安、六朝而已。其後張戒讀陳與義詩集,覺得陳與義之作品,其實也與建安、六朝相去甚遠。遂以詩、書為例,說明:「知之與能之頗有差距」、「世代相傳,每下愈況」之現象。

三、專論杜詩部分

杜甫「篤於忠義、深於經術」,在張戒的心目中的地位特別崇高,詩歌作品也最具典範意義。《歲寒堂詩話》卷下33則,全以杜詩為評論對象;即使卷上也有將近10則涉及杜甫。

　　張戒在《歲寒堂詩話》卷下一共討論了33題，約50首杜詩。其中有些詩話，篇幅甚短，有些則長至兩、三百言。這些詩話涉及杜詩用字（如卷下：1《巳上人茅齋》）、涉及杜詩用意（如卷下：2《冬日洛城北謁玄元皇帝廟》）、論及杜詩名句（如卷下：4《自京赴奉先縣詠懷五百字》、8《秦州雜詩》、9《苦竹》）；有時提醒杜甫不只是詩人，更是聖賢（如卷下：13《屏跡二首》）、亦有論及杜甫宗教傾向（如卷下：20《寄司馬山人十二韻》）、深刻分析杜甫寫作用心（如卷下：23《莫相疑行》）、甚至就詩句判斷杜詩寫作年代（如卷下：25《杜鵑》）、或讚嘆杜甫不可輕議（如卷下：28《偶題》）。篇幅雖不大，卻言簡意賅，不乏睿見。

　　張戒認為當代名家如王安石、黃庭堅、蘇軾、歐陽脩雖然各有成就，卻也不免偏頗。即便同代詩人，如李義山、杜牧、李賀，也各有侷限，唯獨杜甫「在山林則山林，在廊廟則廊廟，遇巧則巧，遇拙則拙，遇奇則奇，遇俗則俗，或放或收，或新或舊，一切物，一切事，一切意，無非詩者。」（卷上：35），屬於全方位表現、具備眾美的詩人。張戒對杜甫的討論，都與其一貫主張相符。例如卷下：8則，認為杜甫《洗兵馬》有「詩言志」及「主文而譎諫」之精神。他說：

　　「鶴駕通宵鳳輦備，雞鳴問寢龍樓曉」，雖但敘一時喜慶事，而意乃諷肅宗，所謂主文而譎諫也。「攀龍附鳳勢莫當，天下盡化為侯王。汝等豈知蒙帝利，時來不得誇身

強」，雖似憎惡武夫，而熟味其言，乃有深意。《易》、《師》之上六曰：「開國承家，小人勿用。」《三略》亦曰：「還師罷軍，存亡之階。」子美於克捷之初，而訓敕將士，俾知帝力，不得誇身彊，其憂國不亦至乎？（卷下：8）

　　按：《洗兵馬》是杜甫聞捷書而作，自然寫得喜氣可掬。但詩中仍有不少勸諫肅宗的詩句。張戒在此不僅講論杜甫作法之獨特，同時也強調此詩與儒家「言志」之詩說相連。張戒認為此詩既然是「聞捷書」而作，便是典型「情動於中而形於言」；雖敘一時喜事，仍寓諷諫勸誡之意，因而也是「主文而譎諫」的最佳範例。尤其「攀龍」四句，甚至可以和《易經·師卦》相通。《歲寒堂詩話》卷下：11論及《劍門》詩，也提到「「子美顛沛造次於兵戈之中，而每以宗廟為言」這是後世詩人無法達到的境界。張戒此種論點，對於如何正確解讀此二詩，頗具啟發性。

　　此外張戒對於《杜戲為六絕句》、《奉酬嚴公寄題野亭之作》、《舍弟占歸草堂檢校聊示此詩》、《山寺》諸篇，也提出富於創意的觀點。例如他認為：

　　《戲為六絕句》此詩非為庾信、王、楊、盧、駱而作，乃子美自謂也。方子美在時，雖名滿天下，人猶有議論其詩者，故有「嗤點」「哂未休」之句。夫子美詩超今冠古，一人而已，然而其生也，人猶笑有議論其詩者，故有「嗤

點」「哂未休」之句。夫子美詩超今冠古，一人而已，
然而其生也，人猶笑之，歿而後人敬之，況其下者乎。
子美仇之，故云「爾曹身與名俱滅，不廢江河萬古流」，
「龍文虎脊皆君馭，歷塊過都見爾曹」也。然子美豈其忿
者，戲之而已。其云：「或看翡翠蘭苕上，未掣鯨魚碧海
中。」若子美真所謂掣鯨魚碧海中者也，而嫌於自許，故
皆題為戲句。（卷下：3）

　　論及歷來對於《戲為六絕句》，均認為是杜甫為評論庾信、
四傑而作。張戒在這則詩話中，卻就「戲」字生議，認為杜甫是
回應時人「議論己詩」而作，是一組「自謂」之作。雖然這種看
法，曾引發不同見解與討論，卻不失為大膽的推斷。
　　至於《奉酬嚴公寄題野亭之作》是杜甫回贈嚴武《寄題杜拾
遺錦江野亭》一詩而作，張戒說：

　　《奉酬嚴公寄題野亭之作》嚴云：「莫倚善題《鸚鵡
　　賦》。」杜云：「阮籍焉知禮法疏。」二人贈答，不可謂
　　無意也。（卷下：14）

　　《鸚鵡賦》是禰衡所作，也是罹殺身之禍的關鍵；至於阮
籍，處魏晉之際，雖不滿現實，也只能縱酒佯狂。其蔑視禮法，
當有深層之用意。張戒在這一則詩話中，認為兩人之對答，有其
深刻之用意，不能淺淺看過。張戒在論及《舍弟占歸草堂檢校聊

示此詩》一詩，也提示極佳的賞鑑意見。他說：

> 《舍弟占歸草堂檢校聊示此詩》此非詩也，家書也。弟歸
> 檢校草堂，乃令數鵝鴨，閉柴荊，趁臘月栽竹，可謂隱居
> 之趣矣。（卷下：17）

　　按杜甫有四弟：穎、觀、豐、占。只有杜占跟從杜甫至蜀。
張戒在這一則詩話言及杜甫「以詩代書」，敘述杜甫命杜占歸草
堂察看，要他在返家之後，點數鵝鴨、關閉柴扉、臘月栽竹。這
已是打算深居不仕、純作庶民的生計。張戒引領讀者由此觀看杜
甫幽居之情趣。在論及《山寺》一首，張戒更提出深刻的意見。
他說：

> 《山寺》章留後遊山寺，以僧告訴，「遂為顧兵徒，咄嗟
> 檀施開」。子美諷之曰「以茲撫士卒，孰曰非周才？」，
> 又曰「窮子失淨處，高人憂禍胎」，何哉？夫窮子以淨處
> 為安，高人隱士以避世為福，以近人為禍，今山寺以使君
> 之威，「咄嗟檀施開」，雖棟宇興修，而煩擾之禍，必自
> 此始矣。子美之詩，有味其言也。（卷下：19）

　　按：章彝頗有將才，以節度使留後出守梓州。當時代宗幸
陝，章彝卻從容羽獵，似有擁兵觀望之意。杜甫雖看出此意，卻
不敢正言，遂藉遊山之便，作詩微諷之。在此，張戒進一步說

道：窮士以淨處為安，高僧以避世為福，現在因張彝成為使君，山門為之洞開；雖可能為此寺帶來興修棟宇之利，卻也可能帶來不測之災禍。張戒讚嘆之餘，深感「子美之詩，有味其言也」。再如張戒討論杜甫《秋野》一詩，也對其善敘哲理，深致讚嘆：

> 《秋野》「易識浮生理，難教一物違。水深魚極樂，林茂鳥知歸。」夫生理有何難識，觀魚鳥則可知矣。魚不厭深，鳥不厭高，人豈厭山林乎？故云：「吾老甘貧病，榮華有是非。秋風吹幾杖，不厭北山薇。」（陳應鸞案：此詩刊本「吾老」或作「衰老」，「北山」或作「此山」。）此子美悟理之句也。杜子美作詩悟理，韓退之學文知道，精於此故爾。（卷下：29）

按：寄居世間，李白有「逆旅、過客」之喻；李遠有「百年如過鳥，萬事盡浮漚」（《題僧院》）之喻。張戒認為：倘能善觀魚鳥，則浮生之理，不難識之。就此來看，老杜豈是甘於貧困者？不過誠懇面對人生而已。張戒認為杜甫之「作詩悟理」、韓愈之「學文知道」，均與其精於觀察生活有關。

當然，張戒必非對於杜甫全無批評，在討論《赤霄行》時，張戒曾以陶潛為對照，隱含陶潛有更高節行之意。他說：

> 《赤霄行》子美自以為孔雀，而以不知己者為牛。自當時觀之，雖曰薄德可也，自後世觀之，與子美同時而不知

者，庸非牛乎？子美不能堪，故曰：「老翁慎莫怪少年，
葛亮《賁和》書有篇。丈夫垂名動萬年，記憶細故非高
賢」，蓋自遣也。淵明之窮，過於子美，牴觸者固自不
乏，然而未嘗有孔雀逢牛之詩，忘懷得失，以此自終，此
淵明所以不可及也歟！（卷下：24）

按杜甫《赤霄行》一詩作於代宗永泰元年。張戒在此討論
杜甫《赤霄行》：「孔雀不知牛有角，渴飲寒泉逢牴觸。赤霄懸
圃須往來，翠尾金花不辭辱」四句，對於杜甫之慨嘆，充滿同情
了解。然而，張戒對於杜甫「老翁」四句，並不加以迴護，反而
舉出陶潛作為參照；認為陶潛所受的「牴觸」豈不愈於子美？卻
不見淵明有「孔雀、牛角」之詞；由於淵明能夠真正做到忘懷得
失、以終其一生，此所以不可及。

總觀張戒論杜之篇目雖然不多，卻勇於提出個人之賞鑑觀
點，這些意見大都要言不煩，卻頗能切中要害。張戒一再提醒讀
者，杜甫不僅是詩人，更是聖賢；雖顛沛造次，仍心存社稷；其
詩奄有古今，極高極遠；設詞措意，功夫獨造，可喜可愕，超軼
絕塵；古今詩人，皆不可及。後世學者，能識《風》《雅》，始
得一窺子美用意。

伍、結論：張戒論詩之成就與價值

　　宋・許顗《彥周詩話》說：「詩話者，辨句法、備古今、記盛德、錄異事、正訛誤也。」然而宋初的詩話，如歐陽修《六一詩話》之寫作宗旨卻是：「居士退居汝陰，而集以資閒談也。」郭紹虞在《宋詩話考》提到宋代完整的詩話著作，大約42種，如加上晚近發現的稀見本詩話，其數量超過140種。何以張戒《歲寒堂詩話》、嚴羽《滄浪詩話》、姜夔《白石道人詩說》最為突出？原因即在於這些詩話，均以鋪陳詩論、評析詩家、發明詩旨為主，扭轉宋初詩話之寫作型態，大幅提升詩話著作之理論價值。

　　南宋詩話家，雖以嚴羽之理論成就最高。嚴羽之出生年，約在宋光宗紹熙三年（1192年）前後，而張戒在宋高宗紹興五年（1135年）即已在趙鼎之薦舉，進入官場。其文學活動的時間，也在嚴羽之前。所以，《歲寒堂詩話》問世之時間，應早於《滄浪詩話》；其引領詩話走向理論批評，也應早於嚴羽。張戒處身在江西詩派興盛之時，卻明確反對江西詩派。江西派論詩主張與現實維持距離，多有重視字句、輕忽內涵之傾向；張戒在《歲寒堂詩話》一書，堅守「詩言志、詩無邪」之立場，以「正」、「邪」區分情志高下，強調「情志」之統一，重視「情動於中而行於言」的真實性。此當與修正蘇、黃詩風有關；事實上，張戒也轉變理學家反文學之態度。尤其創建以「意」、「味」、

「韻」、「才氣」為核心之審美標準，力求「先文體、後警策」之體製規範性；「情真、含蓄、文質兼採」之審美理想，均為南宋詩學理論極大的進展。

尤為可貴的是張戒對於重要作家，都有恰如其分之評騭。張戒盛道曹植「專以韻勝」、阮籍「專以意勝」；認為王維「格老而意長」、李白奇逸，「多天仙之詞」；杜甫「專以氣盛」、「高古之極」、「篤於忠信、深於經術」；柳宗元詩「字字如珠玉」、韓愈「文章侍從，其詩文有廊廟氣」、白居易「才多而意切」、元稹「體輕而詞躁」、張司業「專以道得人心中事為工」、「義山多奇趣、夢得有高致、牧之專事華藻」；黃庭堅「專以補綴奇字」、蘇軾「以議論作詩」、「介甫、東坡，皆一代宗匠，然其詞氣視太白一何遠也」，這些評論資料，信手拈來，都是擲地有聲，經得起檢驗，對後世之賞鑑，具有極大的啟發性與影響力。

參考書目

一、張戒資料

陳應鸞《歲寒堂詩話箋注》（成都：巴蜀書社，2000年3月）陳應鸞《試論
　　張戒的「意味」說》，原載《古代文學理論研究》叢刊第17輯（上海
　　古籍出版社1975年5月出版）

陳應鸞《張戒生平及其詩話作時略考》，原載《文學遺產》1989年第6期。

錢澤紅《張戒歲寒堂詩話中的「意」與「味」》《文史哲》2000年5期

黃培青《歲寒堂詩話研究》（國立臺灣師範大學國文研究所、89學年
　　（2000年）碩士論文）

二、唐宋別集

清仇兆鰲注《杜詩詳注》（臺北：里仁書局，民國69年7月）

詹鍈主編《李太白全集校注彙釋集評》（百花文藝出版社，1996年12月）

陳鐵民校注《王維集校注》（北京：中華書局，1997年8月）

徐鵬校注《孟浩然集校注》（北京：人民文學出版社，1989年8月）

陶敏、王友勝校注《韋應物集校注》（上海：上海古籍出版社，1998年
　　12月）

王國安箋釋《柳宗元詩箋釋》（上海：上海古籍出版社，1993年9月）

錢仲聯集釋《韓昌黎詩繫年集釋》兩冊，（上海：上海古籍出版社，1984
　　年3月）

華忱之、喻學才校注《孟郊詩集校注》（北京：人民文學出版社，1995年

12月）

陶敏、陶紅雨校注《劉禹錫全集編年校注》（上下冊）（長沙：湖南教育
　　出版社，2003年11月）

謝思煒撰《白居易詩集校注》6冊（北京：中華書局，2006年7月）

李建崑撰《張籍詩集校注》（臺北：華泰文化事業公司，2001年8月）

劉學鍇、余恕誠著《李商隱詩歌集解》（北京：中華書局，1988年12月）
　　　（臺北：洪業文化事業公司，民國81年10月）

清王文誥輯注、孔凡禮點校《蘇軾詩集》（台北：莊嚴出版社，2000年
　　10月）

宋‧任淵、史容、史季溫注；黃寶華點校《山谷詩集注》（上海：上海古
　　籍出版社，2003年12月）

李逸安、孫通海、傅信點校《張耒集》（北京：中華書局，1990年）

三、詩話叢錄及文學批評專著

丁福保編《歷代詩話續編》上中下冊（臺北：木鐸出版社，民國77年7月）

郭紹虞編《清詩話續編》上中下冊（臺北：木鐸出版社，1983年12月）

蔡鎮楚《詩話學》（湖南教育出版社，1990年10月）

張健《文學批評論集》（臺北：學生書局，民國76年（1987））

陳良運《中國詩學批評史》（南昌：江西人民出版社，1995年7月）

王運熙、楊明撰《隋唐五代文學批評史》（上海古籍出版社，1994年10
　　月。）

顧易生、蔣凡、劉明今撰《宋金元文學批評史》（上海古籍出版社，1996
　　年6月。）

本文曾正式刊登於香港珠海學院中文系編印《驪珠》(珠海學報)，(2014年10月)頁18-41。

羅隱《讒書》探析

壹、前言

　　晚唐文學家羅隱（833-909），能詩能文。其《讒書》五卷，自謂：「有可以讒者則讒之」，目的在「警當世而誡將來」，顯然有所為而為。其文體多樣、主題深刻、創作動機、表現手法各方面，都有特色。絕非單純洩憤之作，在晚唐諷刺小品中，堪稱傑出。

　　學界更從當代視角，推崇《讒書》為晚唐「諷刺小品」之傑作。民國26年（1937）北京商務印書館出版了汪德振《羅隱年譜》，為當代羅隱研究，奠立極佳基礎。1983年12月華文軒校輯《羅隱集》正式出版，這是一部點校本，列入北京中華書局「中國古典文學基本叢書」中。其後杭州浙江古籍出版社也在1995年6月出版潘慧惠《羅隱集校注》，這些書都是學界研究羅隱相當倚重之著作。[1]本文擬在現有的研究成果上，對《讒書》之成

---

[1]　筆者所引《讒書》資料，主要根據潘慧惠：《羅隱集校注》（杭州：浙

書、《讒書》之內容要旨及藝術特性深入論析，期望對羅隱文學成就作出正確的評價，並對晚唐諷刺文學研究，有所裨補。

貳、《讒書》之形成、性質與寫作動機

羅隱一生著述甚為豐碩，流傳於今者，有《甲乙集》、《讒書》、《兩同書》及後人所彙編之《羅昭諫集》。歷代史書、目錄專著如《吳越備史》、《崇文總目》、《通志‧藝文略》、《郡齋讀書志》、《直齋書錄解題》都有載錄。

在羅隱所有作品中，尤以《讒書》最為突出；此書曾單獨流傳，並深受歷代讀者注目。《讒書》一書，陳振孫已經說：「求之未獲」，可見在南宋已屬難得，歷元明清，沈埋甚久。清嘉慶丙寅（1806）黃丕烈獲得一不全的傳鈔本。再經多人鈔補成為完本。吳騫（字槎客）又於嘉慶丁卯（1807）刻入《拜經樓叢書》，從此有了單行刊本。原鈔本原缺四文，經吳翌鳳（字枚庵）、徐松（字星伯）等人根據類書鈔補，目前流傳的《讒書》是五卷本，卷二仍缺〈蘇季子〉、〈忠孝廉潔〉兩篇。[2]

論及《讒書》性質與寫作動機時，不能不詳讀《讒書》所收錄的兩篇序言。

江古籍出版社，1995年6月）。潘著收錄《甲乙集》十一卷、《讒書》五卷、《兩同書》十篇、《廣陵妖物志》、《雜著》，並有《附錄》六種，資料十分豐富。

[2] 詳情參閱萬曼：〈羅昭諫集〉敍錄，《唐集敍錄》（北京：中華書局，1980年、臺北：明文書局，1982年，臺灣版），頁344-350

羅隱在《讒書‧序》中說：

> 《讒書》者何？江東羅生所著之書也。生少時自道有言
> 語，及來京師七年，寒饑相接，殆不似尋常人。丁亥年
> 春正月，取其所為書詆之曰：「他人用是以為榮，而予用
> 是以為辱。他人用是以富貴，而予用是以困窮。苟如是，
> 予之舊乃自讒耳。」目曰《讒書》。卷軸無多少，編次無
> 前後，有可以讒者則讒之，亦多言之一派也。而今而後，
> 有誚予以嘩自矜者，則對曰：「不能學揚子雲寂寞以誑
> 人。」[3]

　　羅隱自述此書並非逞弄才辯而作，而是旅居京師七年，面對
種種黑暗與醜惡，無法沉默以對；勇敢揭露與批判，雖然衣食無
著、寒餓相接，卻仍兀傲不屈，自題此書為《讒書》。

　　此序還透露《讒書》是羅隱親自編次舊著而成，初次成書於
「丁亥年」。按丁亥年相當於唐懿宗咸通八年（西元867年），
據汪德振《羅隱年譜》所考，羅隱時年三十五，所以《讒書》是
一部青年時期的選集，而且是作為「行卷」之用。以文為贄、投
謁公卿，本為唐代社會常見現象。羅隱汲汲於遇合，投謁、行卷
的結果，卻仍然承受屈辱與困窮，當為羅隱始料未及。《莊子‧
漁父篇》云：「好言人之惡，謂之讒。」羅隱以「讒」為書名，

---

[3] 潘慧惠校注：《羅隱集校注》，（杭州：浙江古籍出版社，1995年6
月），頁391。

當然寓含激憤之情與深沈用意。

再從書末所附〈重序〉來看,《讒書》也有迥異時流的寫作目的。羅隱在〈重序〉中如是說:

> 隱次《讒書》之明年,以所試不如人,有司用竹道落去。其夏,調膳於江東,不隨歲貢。又一年,朝廷以彭□尌辟,刀機猶濕,詔吾輩不宜求試。然文章之興,不為舉場也明矣。蓋君子有其位,則執大柄以定是非。無其位,則著私書而疏善惡。斯所以警當世而誡將來也。自揚、孟以下,何嘗以名為?而又念文皇帝致理之初,法制悠久,必不以蟻虱癢痛,遂偃斯文。
>
> 今年諫官有言,果動天聽。所以不廢《讒書》也,不亦宜乎?[4]

〈重序〉揭示了羅隱秉持的文章寫作觀:「不為舉場」而作;而是為「疏善惡」、「警當世」、「誡將來」而作。〈重序〉還透露羅隱曾於唐懿宗咸通九年(西元868年)應試落第,歸返江東。隔一年,即唐懿宗咸通十年(西元869年),龐勛死於亂軍,朝廷詔罷科舉。此即〈重序〉所說:「朝廷以彭□就辟,刀機猶濕,詔吾輩不宜求試。」直到咸通十一年(西元870年),羅隱才有再次應舉之機會。

---

[4]　同註3,頁499。

　　汪德振《羅隱年譜》將〈重序〉之寫作年代定在唐懿宗咸通十年（西元869年），羅隱三十七歲。然而，汪德振又引述越縵先生《荀學齋日記·光緒癸未三月二十四日》：「〈請追癸巳日詔疏〉、〈與招討宋將軍書〉二文，蓋私擬為之」。[5]大陸學者程顯平曾就汪德振《羅隱年譜》與宋威將軍事蹟，發現問題，並提出質疑，認為：〈與招討宋將軍書〉一文，作於乾符三年（876年）之後，[6]因此《讒書》在成為目前這個情況，[7]有三種可能：

　　　1、重新刻板在876年後，作者本人對原書有補充。據第五卷與前四卷內容不同來看，很可能是後補入的。2、原書為前四卷，流傳過程中有人將第五卷加入。因宋時此書已不見，故這種可能性也很大。3、原有五卷，只有汪先生所說的二文在流傳過程中被人加入「私擬為之」。據《四庫全書總目》載：「陳振孫《書錄解題》云求之未獲，蓋佚已久矣」。故第三種可能性也是有的。[8]

　　程顯平這篇短文所提說法，固然值得參考；《讒書》之流傳

---

[5]　汪德振：《羅隱年譜》（北京：商務印書館，1937年），頁29。
[6]　汪譜，頁29。
[7]　現行流傳之《讒書》共五卷，附前〈序〉、〈重序〉，篇題六十，闕文兩篇，尚存五十八篇。
[8]　此為程顯平：〈讀羅隱《讒書》箚記〉一文之結論。詳見《遼寧大學學報》哲學社會科學版，年2期（第30卷第2期）。

過程，的確有這種可能，然而並無礙於它的價值；《讒書》最值得後人注目的還是擁有與唐代士子不全然相同之寫作精神。

程千帆先生在〈唐代進士行卷與文學〉一文，特別提醒吾人注意羅隱：「他是用怎樣的一種作品去行卷」以及「……由於用《讒書》這樣的作品去行卷，已經招致了『辱』和『困窮』的後果，可是這位作家仍然堅持『有可以讒者，則讒之』的不屈不撓的鬥爭精神。」[9]程千帆先生進一步說：

> 羅隱十年不第，正是他以《讒書》這種使當時統治階級，持別是當權者感到頭痛的文章行卷所造成的。在他已活到七十六歲高齡的時候，另一位詩人羅袞曾寫詩送他說：「平日時風好涕流，《讒書》雖盛一名休。」是一語破的地說出了事情的真相。[10]易言之，羅隱編次《讒書》之初，或許打算作為「行卷」工具，藉以獵取功名；然而身處世亂，本於良知，不能不言，於是一部「行卷之作」反成為不討喜的「諤諤之言」。羅隱《讒書》與皮日休《皮子文藪》、陸龜蒙《笠澤叢書》三本書，如就性質上看，均為「行卷」之作，卻都有關懷天下之襟期與報負，此所

---

9 參見程千帆：〈唐代進士行卷與文學〉，《程千帆選集》（瀋陽：遼寧古籍出版社，1996年6月）。

10 按羅袞〈贈羅隱〉詩全文：「平日時風好涕流，讒書雖盛一名休。寰區歎屈瞻問天，夷貊聞詩過海求。向夕便思青瑣拜，近年尋伴赤松遊。何當世祖從人望，早以公臺命卓侯。（隱開平中召敗夕郎，不就。）載《全唐詩》（北京：中華書局），卷734，頁8386。

以魯迅譽為「一塌糊塗的泥塘裡的光彩和鋒鋩」。[11]

　　程千帆先生認為這些書，至少還證明一個事實，即：「在唐代某些作家的手中，行卷不只是獵取功名富貴的敲門磚，同時也是一種公然宣傳自己的進步思想、發抒自己健康感情的手段，同時也就是向反動勢力、黑暗社會進行合法鬥爭的武器。」當然，這樣的作品，雖然維持住作者人格精神獨立，卻也深重地影響仕途發展。

　　惠聯芳在〈夾縫中的生存——羅隱生存狀態分析〉一文也認為：「在羅隱身上存在著這樣一種背謬現象」。她說：

> 在羅隱身上存在著這樣一種背謬現象：一方面他想通過科舉考試躋入政治權力的中心，從而拯大道于既衰，實現理想王國，即實現君主賢明，人民安居樂業；另一方面他想保持自己獨立的人格，堅持自己的價值取向。但是前者實現的途徑則是以降低後者的力度而達到的。二者之間難以調和。於是形成一定的張力，羅隱在困難的抉擇中痛苦地煎熬著。有時偏向前者，有時偏向後者。[12]

　　該文將羅隱之生存狀態，分成「入目前的生存狀態與價值評

---

[11] 見魯迅〈小品文的危機〉，載《南腔北調集》。

[12] 惠聯芳：〈夾縫中的生存——羅隱生存狀態分析〉，《河西學院學報》，第20卷第6期（2004年），頁46。

判」、「入幕後的生存狀態與價值評判」。其結論為：

> 羅隱前期希望以科舉來實現自己的願望，扭轉乾坤。他個
> 性張揚，雖有才能，但家境貧寒，無所依傍，他又不願向
> 權貴搖尾乞憐，科舉的成功化為烏有。其付出的努力付諸
> 東流。後期他入錢鏐幕府，張揚的個性有所內斂，表現方
> 式變得柔和一些，但他的讓步並未取得成效，他依舊未找
> 到個性與社會的契合點。他只能不斷哀歎時光飛逝，功業
> 未建，厚恩未報。在這種沈重的精神負擔下，他走完了自
> 己的一生。[13]

　　這一段文字對於吾人羅隱的生存情境極有助益。羅隱從唐宣
宗大中六年（西元852年），二十歲之年首度舉進士不第，至咸
通十年，羅隱已七度應試不第。其〈湘南應用集序〉云：「隱自
大中末，即在貢籍中，命薄地卑，自己卯至於庚寅，一十二年，
看人變化。[14]」羅隱自唐宣宗大中十三年己卯（859年）至唐懿
宗咸通十一年庚寅（870年）十二年間，除了短暫歸返故里，一
直困居長安。從羅隱三十歲所作之〈投所思〉：「憔悴長安何所
為，旅魂窮命自相疑。滿川碧嶂無歸日，一榻紅塵有淚時。雕琢
只應勞郢匠，膏肓終恐誤秦醫。浮生七十今三十，從此淒惶未可

---

[13]　同上。頁47

[14]　同註3，頁555。

知！」[15]不難看出羅隱「看人變化」之存在境遇。處身在這種狀態下，仍能秉其如椽之筆，臧否政局、諷論時事，真如清吳穎在〈重刻羅昭諫《江東集》敘〉所說：「其高節奇氣，有可以撼山嶽而砥江河者。」[16]在晚唐士人普遍陷入生存困境之際，羅隱仍維持不凡的「精神高度」，的確令人心生景仰，讚嘆不已。

參、《讒書》之文體特徵

今傳《讒書》是五卷本，篇題六十，闕文兩篇，共計五十八篇。篇題分別為：〈序〉、1〈風雨對〉、2〈蒙叟遺意〉、3〈三帝所長〉、4〈秋蟲賦〉、5〈解武丁夢〉、6〈救夏商二帝〉、7〈題神羊圖〉、8〈伊尹有言〉、9〈後雪賦〉、10〈敘二狂〉、11〈吳宮遺事〉、12〈本農〉、13〈丹商非不肖〉、14〈英雄之言〉、15〈聖人理亂〉、16〈莊周氏弟子〉、17〈雜說〉、18〈龍之靈〉、19〈子高之讓〉、20〈說天雞〉、21〈蘇季子〉闕文22〈惟嶽降神解〉、23〈忠孝廉潔〉闕文24〈疑鳳臺〉、25〈屏賦〉、26〈秦始皇意〉、27〈婦人之仁〉、28〈道不在人〉、29〈市儺〉、30〈君子之位〉、31〈荊巫〉、32〈蟋蟀詩〉、33〈三閭大夫意〉、34〈畏名〉、35〈三叔碑〉、36〈天機〉、37〈辨害〉、38〈齊叟〉、39〈槎客喻〉、40〈漢武山呼〉、41〈木偶人〉、42〈市賦〉、43〈越婦言〉、44〈悲

---

[15] 同註3，頁10。
[16] 轉引自同註3，頁646-647。

二羽〉、45〈善惡須人〉、46〈秦之鹿〉、47〈梅先生碑〉、48〈二工人語〉、49〈書馬嵬驛〉、50〈投知書〉、51〈與招討宋將軍書〉、52〈迷樓賦〉、53〈說石烈士〉、54〈答賀蘭友書〉、55〈拾甲子年事〉、56〈序陸生東遊〉、57〈清追癸巳日詔疏〉、58〈刻嚴陵釣臺〉、59〈弔崔縣令〉、60〈代韋徵君遜官疏〉、〈重序〉。

文章篇幅超過四百字者，僅〈與招討宋將軍書〉、〈說石烈士〉、〈答賀蘭友書〉、〈拾甲子年事〉、〈序陸生東遊〉、〈清追癸巳日詔疏〉、〈代韋徵君遜官疏〉七篇，其餘絕大多數都是兩百字上下之小品。〈蒙叟遺意〉、〈秋蟲賦〉、〈龍之靈〉、〈畏名〉，四篇，甚至以不足百字之篇幅成文；尤其〈秋蟲賦〉，文長僅六十九字，卻能做到：意旨深刻、形象鮮明，的確不易。

羅隱在這五十八篇小品中，使用：序、對、賦、論、辨、書、說、解、題辭、疏、銘、弔、敘、碑、傳等近二十種文體，還有寓言、軼事小說，甚至收錄一首四言詩。如果《讒書》僅僅作為「行卷」工具，的確展能現羅隱之史才、詩筆、議論，以及驅遣文體之能力；如果《讒書》作為「傳達思想」、「諷諭時世」之載體，不能不說也是極為高明的設計。理由是全書意旨新穎，短小易讀，技巧優越，諷刺性高，讀者覽之，即能意會。

根據郭英德〈論中國古代文體分類的生成方式〉所析，中國古代文體分類的形成方式不外三途：一是作為「行為方式」的文體分類；二是作為「文本方式」的文體分類；三是「文章體系」

內的文體分類。[17]至於劃分文體的方法，又不外以「文章的內容和功用」、「文章所採的表現方法」、「文章的結構特徵」、「文章的語言風格」為標準。[18]如果從上述角度出發，羅隱《讒書》在文體運用上，其實是很有創意的。

《讒書》中以「史論」之數量最多，也最有特色。如：〈三帝所長〉、〈解武丁夢〉、〈吳宮遺事〉、〈丹商非不肖〉、〈英雄之言〉、〈聖人理亂〉、〈莊周氏弟子〉、〈子高之讓〉、〈疑鳳臺〉、〈漢武山呼〉、〈木偶人〉、〈善惡須人〉、〈秦之鹿〉、〈書馬嵬驛〉等文，針對堯舜禹、武丁、伍員、太宰嚭、劉邦、項羽、周公、孔子、莊紫、無將、伯成子高、尹吉甫、張良、陳平、比干、費無極、楊貴妃等特定歷史人物提出評論。此外，〈三叔碑〉、〈梅先生碑〉雖是「碑體」；〈救夏商二帝〉、〈伊尹有言〉、〈婦人之仁〉雖是「說體」；〈越婦言〉接近「軼事小說」，都牽涉到確定歷史人物，也接近「史論」性質。

其次，羅隱在〈蒙叟遺意〉、〈三閭大夫意〉、〈秦始皇意〉、以及〈解武丁夢〉、〈惟嶽降神解〉等篇，刻意使用「○○意」、「解○○」、「○○解」之命題方式，似有建構文體之傾向。〈本農〉一文，用「本○○」之命題方式，似可視為

[17] 見郭英德：〈論中國古代文體分類的生成方式〉，《學術研究》第1期（2005年）。
[18] 詳見李豐楷：〈文體分類研究〉，《青島師專學報》，第11卷第2期（1994年6月）。

韓愈「原〇〇」之遺形。羅隱〈雜說〉，則與韓愈〈雜說〉同題；羅隱〈龍之靈〉甚至與韓愈〈雜說〉之取喻相似，都是以龍為喻；吾人雖無更多文獻可資證驗羅隱學韓，卻很難不產生聯想。

再次，羅隱運用某些文體，常逾越該體之原始規範。例如其〈風雨對〉，既不同於「應詔陳政」之「對策」：也不同於文人「假設」之「問對」，也不是宣說一段天地、鬼神之論，而是借風霜雨雪本為天地所掌握，如今為鬼神所藏伏、所擁有，影射君權旁落、重臣、強藩用事。因此，〈風雨對〉雖有「對策」、「問對」之遺形，性質已非傳統之「對體」。再如《讒書》中的幾篇賦體：〈秋蟲賦〉、〈後雪賦〉、〈屏賦〉、〈迷樓賦〉，全為諷刺小賦；又其〈說石烈士〉以「說」代「傳」；〈梅先生碑〉以「碑誌」替代「史論」，凡此都可看到羅隱《讒書》一書，在文體運用上極有特色。

肆、《讒書》之題材類型

羅隱在〈重序〉說得很明白，《讒書》之寫作目的是：「疏善惡」、「警當世」、「誡將來」；是從儒家、入世之思想態度出發。《讒書》五十八篇的立言取向，一方面揭示晚唐朝野種種亂象；另一方面辨析觀念，導正世風；當然在面對仕途挫折時，也不免借此舒洩憂憤。總體看來，《讒書》仍以指向政治、社會之題材，數量最多；而抒發個人情感及純理思辨之題材，則比重

較小。筆者針對各篇性質、題旨，總體觀察，大致從政治、社會、情感三個取向將《讒書》之題材分為三大類型，舉述適當文例說明之。

一、譏議時政

晚唐是個昏君在位、朝臣無能、宦官專權、藩鎮為禍的時期。司馬光在《資治通鑑》卷二四四評曰：「于斯之時，閹寺專權，脅君于內，弗能遠也；藩鎮阻兵，陵慢于外，弗能制也；士卒殺逐主帥，拒命自立，弗能詰也；軍旅歲興，賦斂日急，骨血縱橫于原野，杼軸空竭于里閭。」[19]羅隱處身在這樣的環境中，自不能默爾而息，因此，《讒書》有三十餘篇是譏議時政之作。

羅隱首先關切帝王施政的態度。相傳伯成子高在禹即位後，辭去諸侯，躬耕於田野。禹屈就下風以問，子高則借機告誡禹，期待禹要收斂野心，謹慎去取；禹因此有菲飲食、惡衣服、卑宮室之政。羅隱在〈子高之讓〉這一篇文章中，對「伯成子高責禹」這一段史事，提出全新解讀，借此諷諭帝王施政時，應謹慎去取。

相同的題材，也見諸〈丹商非不肖〉一文。羅隱認為堯子丹朱、舜子商均皆非「不肖者」；堯、舜之所以用「不肖」之名廢其子，目的在：「推大器於公共」。於是羅隱既揭發晚唐帝王任用親信、爭權奪利；也諷刺晚唐帝王未能「示後代以公共」。

---

[19] 北宋·司馬光：〈唐紀〉第60，《資治通鑑》卷244，（北京：中華書局，1995年），頁7880-7881。

在〈龍之靈〉一文，甚至諷刺帝王，若不知體恤人民，將危及自身。文中以龍為喻，認為龍需水始能發揮神力，暗喻帝王若離棄人民，將難有所成。文中之龍，如不取水，則無以為神；取水過多，則又傷及魚鱉。因此，此龍「可取」之處不多。

其次，羅隱憂心佞臣與強藩干政，主張維護君權，抑制宦官、權臣、藩鎮之擅奪。

羅隱在〈風雨對〉中，即對此有巧妙的辯證。依照常理，風霜雨雪，本為天地所掌握；山川藪澤，則為鬼神所藏伏。如今風雨不時，歲有饑饉；霜雪不時，人有疾病，於是禱於山川藪澤。本為天地所掌握之風霜雨雪，因此落入鬼神所有。羅隱顯然不是在講一段天地、鬼神之論，而是影射君權旁落，重臣、強藩用事之政治現實。

第三，羅隱關切晚唐官場生態之惡化，不少篇章涉及此一題材。

羅隱在〈題神羊圖〉中，從「神羊」生發議論，諷刺朝中根本已經沒有正人君子。所謂「神羊」，即傳說中之「獬豸獸」，相傳此獸可「觸奸邪」。而今「淳樸銷壞」，神羊失落本性，又有「貪狠性」，所以不能觸奸；而人們也有「刲割心」，神羊即便有意「觸奸」，也不敢輕易「舉其角」。羅隱顯然在譏刺權臣各懷私心，導致正邪不分。

〈後雪賦〉更對那些喜好攀附、諂媚之朝臣，極盡諷刺之能事。從表象看，此文寫司馬相如、鄒陽等人在梁王府詠雪事，內容延續謝惠連之〈雪賦〉。然而羅隱卻借鄒陽之口指摘飛雪：

「不擇地而下，然後浼潔白之性」，則顯然是借飛雪生起議論，諷刺朝臣不知擇善、濫於攀附。

相同的題旨也見諸〈吳宮遺事〉，此文描述夫差殺伍員、重用太宰嚭，導致吳國滅亡。文中所述君臣對話，意在突顯伍員肯對夫差講的是真話，而太宰嚭則以欺君、文過為能；夫差識人不明，不聽諍諫，反而賜死伍員，重用太宰嚭。這一段內容，當為羅隱推衍史料而來，目的在提醒當代君王應審慎任用官員，對於那些諂媚君上的臣子，尤應提防，否則必將導致滅亡。

羅隱甚至還在〈代韋徵君遜官疏〉一文，代替受詔次日即已過世之韋徵君撰寫「遜官書」，譏刺晚唐「徵辟制度」之虛偽。全文謝恩之處不忘提醒「遜臣無才無德」，愧對朝中「循陛歷級、不調久次」之官員，有損朝廷美意。其實正言若反，諷刺之意見於言外。

第四，羅隱對於晚唐政局之混亂，相當憂心。羅隱在〈市賦〉中，巧用煩亂紛雜、爾虞我詐之市集，映照晚唐黑暗腐朽、矛盾之政局。告誡執政者，應該謹慎從政。在〈惟嶽降神解〉一文，羅隱甚至暗示唐之國祚，已瀕臨衰亡。「惟嶽降神」本為尹吉甫〈嵩高〉之詞句，孔子並未視之為語怪之作，也未加刪汰。羅隱認為：「當申、甫時，天下雖理，詩人知周道已亡，故婉其旨以垂文。仲尼不刪者，欲以顯詩人之旨。」也就是說：孔子早就領會尹吉甫之詩意，見到周室衰亡之趨勢，所以未視為「語怪之作」。羅隱顯然想以古鑒今，提醒唐王朝，國運已衰，危機重重。此外，在〈迷樓賦〉中，借隋煬帝為例，認為帝王惑於左右

粉黛以及鄭衛之音，聽任將相濫權，是「迷於人」，而非「迷於樓」。在〈書馬嵬驛〉中指責唐玄宗寵幸失當，導致貴妃死於馬嵬驛。同時指出堯、湯、玄宗固然遭逢水旱兵革之災，並未滅亡。今之帝王如持續寵幸失當，面對天災、人禍束手無策，則很難免於滅亡。

至於在〈清追癸巳日詔疏〉這一篇奏疏，雖然可能是羅隱「自擬」之作，口氣卻越來越重，甚至率直反對朝廷詔令京兆尹祈雨事。在這一篇文章，羅隱以商湯、及唐代開國以來十六帝王為對比，明白指斥統治者之愚昧與無能。雖然是就事議論，十足展現羅隱之道德勇氣、社會責任感與清醒的政治頭腦。

二、臧否世風

政治黑暗及官場腐敗，固然使羅隱深惡痛絕；晚唐社會的混亂、風俗的衰敗、價值的顛倒，同樣令人難以容忍。羅隱大力辨正社會價值觀、針砭「五常」之失落、揭露君王弄虛造假、抨擊市井無賴以儺祭詐財、批判巫師充滿利己之心、譏嘲社會輿論的犬儒風氣，其關懷的層面，十分廣闊。

首先，對社會上錯誤的價值觀，提出批判。

羅隱在〈本農〉中提及：

> 豐年之民，不知甘雨柔風之力，不知生育長養之仁，而曰我耕作以時，倉廩以實。旱歲之民，則野枯苗縮，然後決川以灌之。是一川之仁，深於四時也明矣。所以鄭國哭子

產三月，而魯人不敬仲尼。[20]

　　子產與孔子，何以受到各自國人截然不同之待遇？關鍵在於：人民不能認同恆久之價值。子產執政，政績斐然，使鄭國暫時屹立晉楚之間，所以子產死後，鄭人哭之如喪親戚。而孔子周遊列國，高倡仁德，雖在謀求天下永久之利益，卻不見時效，得不到魯人之敬意。羅隱以農民感激旱歲的「一川之仁」，而不知豐年的「四時之恩」為喻，深刻批評人們但求一時利益，不能認同恆久價值。

　　其次，羅隱關切世風澆薄、社會混亂之成因。

　　羅隱在〈莊周氏弟子〉一文，借用莊子寓言，探索當時世風澆薄、社會混亂的主因，述及莊子弟子無將從其學而廢「五常之德，絕人倫之法」，而無將之族原為儒者，不願服膺莊周之教，都離棄無將而歸返魯國。羅隱借莊子之口，對「五常」重新界說謂：「視物如傷者謂之仁，極時而行者謂之義，尊上愛下者謂之禮，識機知變者謂之智，風雨不渝者謂之信。」簡潔嚴要，可知羅隱之基本思想立場還是儒家，同時也暗示：晚唐社會混亂、風俗澆薄，肇因於朝野廢棄「五常」之德。

　　第三，大力揭發社會不良風氣。

　　例如在〈疑鳳臺〉中，羅隱揭露社會上弄虛造假之風，常來自上層統治者。

---

[20]　同註3，卷1，頁407。

他舉秦穆公築「鳳臺」為例說：

> 神仙不可以伎致，鳳鳥不可以意求。伎可致也，則黃帝不
> 當有崆峒之學；意可求也，則仲尼不當有不至之歎。[21]

羅隱認為不能透過音樂技藝而成為神仙，鳳鳥也不會隨人們主觀意志而出現。他對秦穆公築「鳳臺」一事，提出另類解讀，暗示：秦穆公築臺意在掩蓋其女弄玉與蕭史私奔之事，於是「遂強鳳以神，強臺以名，然後絕其顧念之心。」十足諷刺居上位者故弄玄虛之伎倆。

羅隱對市井無賴之徒，假借「儺祭」詐財，也很痛心。在〈市儺〉一文有所針砭。「儺祭」為民間驅魔趕鬼之祭典，本有莊嚴及神聖之意義。然而市井無賴，卻借此變裝斂財，此即文題「市儺」之意。羅隱直書其事，抨擊此種醜惡風氣。在〈荊巫〉一文，同樣對淫祀風氣之下致富的巫師，極為不滿。他認為巫師因祀致富，其靈驗亦必減退；借此說明執政者如牽於「利己之心」，必不能真為天下人服務。末句「以一巫用心尚爾，況異於是者乎？」更進一步指出一個巫師尚且如此，則地位更高的人，對社會之危害就更為嚴重。

至於〈齊叟〉，則是書寫一段製造對立之故事。述及鄰家老嫗挑撥齊叟與農戶關係，造成彼此矛盾，最後遭到驅逐。羅隱指

---

[21] 同註3，卷2，頁421。

出：農戶與齊叟不合，關鍵不在齊叟之子，而在老嫗搬弄是非、
挑撥離間。羅隱通過這個故事，譏刺欺瞞、挑撥、製造矛盾的
人，對正常社會帶來極大之危害。

第四，除了上述這些社會弊端，羅隱還對朝野知識份子畏
崽、犬儒之風氣，作了尖銳譏諷。

羅隱在〈畏名〉中說了一個小故事：

> 瞭者與瞍者語於暗，其辟是非，正與替，雖君臣父子之
> 間，未嘗以牆壁為慮。一童子進燭，則瞍者猶舊，而瞭
> 者嗫不得呻。豈其人心有異同，蓋牽乎視瞻故也。是以退
> 幽谷則思行道，入朝市則未有不畏人。吁！[22] 羅隱以瞭者
> （明眼人）瞍者（盲眼人）在暗處（位卑）與明處顯（居
> 高位）顯出不同的言論態度，諷刺人們一旦擁有地位，便
> 謹小慎微、畏首畏尾，再也不敢鼓起道德勇氣放言高論。
> 此文篇幅超短，文僅七十九字，言簡意賅，諷刺之意，萬
> 分深刻。

此外，羅隱在〈悲二羽〉中感嘆鸞、雉羽色雖美，一為舞鏡
而絕，一因照水而溺，兩者的命運，都十分可悲，均不足取。這
是借鳥為喻，抨擊爭強好勝、負才自戕者。在〈二工人語〉中，
有感於人們對土木偶與土偶之不同態度，羅隱暗諷當時「重表

---

[22] 同註3，卷3，頁437。

面、不重實質」的風氣。

至於〈木偶人〉一文，則同樣針對崇華不崇實之風氣，提出針砭。「雕木為（戲）偶」，因其外相華麗，眾人樂而為之；而「絕粒修身」，需鄙棄功名，兼之定力，難為常人所喜。羅隱通過後人對「陳平木偶」與「張良絕粒」的不同態度，說明剞劂（雕刻木偶）之事，移人情志，從而批評華而不實之世風。

第五，羅隱著作中，已有《兩同書》兩卷十篇，從哲學角度探討孔子、老子學說之會同問題，所以純理思辯原本不是《讒書》重要議題，然而在〈天機〉、〈辨害〉等篇，仍有精采的理念辨正。

羅隱在〈天機〉一文，對天道不行，人道差池，作另類闡釋。他將水、旱、殘、賊視為「天道不行」；將詭、譎、權、詐，視為「人道差池」，二者皆為天之「機變」。既然聖人皆不免「隨機而變」，則己之生不逢時，又何足為奇？譏刺時世，反言正出，大發牢騷。本文表面在談哲觀念，其實是羅隱激憤之言。在〈辨害〉一文，論真正的弊害，應先剷除。羅隱利用周武王伐紂，伯夷、叔齊扣馬而諫為例，說明：此乃「計菽粟」、「顧釣網」者，不能澈底清除國家真正的弊害，其實是在姑息養奸。

三、舒洩憂憤

懷才不遇，是千古才人共同的不幸。羅隱自宣宗大中十二年（858年）開始求舉，至《讒書》編次時，至少已經七度落第。

羅隱在〈重送閩州張員外〉說：「誠知汲善心長在，爭奈干時跡轉窮。」、在〈寄三衢孫員外〉說：「天子未能崇典誥，諸生徒欲戀旌旗」、在〈逼試投所知〉說：「十年此地頻偷眼，二月春風最斷腸。」諸詩中，可謂道盡求舉之艱辛與落第的悲憤，這種悲憤，自然會投射到一些與己相類的對象上。

羅隱在〈敘二狂生〉細論禰衡、阮籍之狂，有其時代因素。並借此抒發不遇之憤悶。羅隱認為：禰衡、阮籍之狂，乃因「漢衰」、「晉弊」，因此無力可挽。羅隱解釋「漢衰」，是「君若客旅，臣若虎豹」；晉弊，是強調名士風度，不重實才。而禰衡、阮籍兩人精神高度太高，不可；任意評論世事，也不可。文中「人難事」，指人心太差，難於共事；「時難事」，說時世太壞，禰衡、阮籍身處如此時世，自難容身於世。在諷刺時世之間，舒洩內心激憤。

在〈聖人理亂〉中評比周公與孔子，認為：周孔皆為聖人，而窮達不同、理亂不同；關鍵在於是否「位」勝其「道」。文中：

> 位勝其道者，以之尊，以之顯，以之躋康莊，以之致富壽。位不勝其道者，泣焉、歎焉、圍焉、厄焉。[23]

數句，似在為孔子鳴不平，何嘗不是在舒洩羅隱自身「有才

---

[23] 同註3，卷2，頁412。

不得其位」之憤慨？又在〈君子之位〉中說：

> 祿於道，任於位，權也。食於智，爵於用，職也。祿不在
> 道，任不在位，雖聖人不能闡至明。智不得食，用不及
> 爵，雖忠烈不能蹈湯火。」[24]

論職位和權力之必要，並為己有才無位而悲。有道者得祿、
有能者得位，此乃權力之真義。因智得食，依用設爵，此即職位
之真義。如今卻是有道者無祿、有能者無位，促使羅隱心中的不
平，不能不發洩。再如〈蟋蟀詩〉以範（蜂）、蟬喻達官顯貴，
以蚊蠅喻社會敗類，以蟋蟀自我比況。比興手法自我比況，運用
之妙令人稱絕。〈梅先生碑〉中，敘述身居下僚之梅福，在朝綱
衰頹、外戚專政之際，居然敢上書直諫，使尸位素餐的公卿大臣
相形見絀。據史書感，以梅福自況，慨嘆時政。

羅隱在〈答賀蘭友書〉中對友暢敘心曲，表示自己雖有志
功名，絕不隨俗伏沈。〈序陸生東遊〉抒發下第的困阨與徬徨，
都是直接對知交舒洩憂忿。在〈投知書〉說：「明天子未有不愛
才，賢左右未有不汲善者。故漢武因一鷹犬吏而〈子虛〉用，孝
元以〈洞簫賦〉使六宮婢子諷之。當時卿大夫，雖死不敢輕吾
輩。」但千百年後的狀況，已非如此，此時「居位者以先後禮
絕，競進者以毀譽相高」，而自己正落入這樣的「機窖」中。不

---

[24] 同註3，卷3，頁431。

僅性靈不通轉，進退也多不合時態。羅隱就古今書生之不同遭遇，鮮明對比。傾吐自己懷才不遇、報國無門之憤悶。

伍、《讒書》之諷刺藝術

羅隱一生以「秉筆立言、扶持教化」為己任，自稱「有可以讒者則讒之，亦多言之一派」，「不能學揚子雲寂寞以誑人」，面對晚唐政治、社會種種亂象，懷抱憂患，激切論之；鞭辟入理，切中要害。《讒書》中之作品，無不主題深刻，手法獨到，可謂篇篇精采。具體而言，羅隱最常使用「以史論政」、「寓言諷諭」、「托物為喻」等諷刺手法。

一、以史論政，鞭辟入理

羅隱熟讀史書，善用史料，寄寓嘲諷之意。《讒書》牽涉之古人，超過五十位；[25]牽涉之史事，以上古最多，舉其要者如：「堯舜禹之治」、「武丁之夢」、「桀紂惡名」、「伊尹立太甲、放太甲」、「夫差殺伍員」、「丹朱、商均非不肖」、「伯

---

[25] 筆者統計，《讒書》五卷牽涉到的歷史人物有：堯、舜、禹、伯成子高、丹朱、商均、伊尹、武丁、太甲、比干、商紂、周公（姬旦）、管叔（姬鮮）、蔡叔（姬度）、霍叔（姬處）、尹吉甫、伍員、夫差、太宰嚭、費無極、子產、晏嬰、孔子、莊子、無將、秦穆公、張良、陳平、項羽、劉邦、漢武帝、鄒陽、司馬相如、梁孝王、朱買臣、漢成帝、嚴光、梅福、禰衡、阮籍、隋煬帝等。即以唐朝而言，包括唐玄宗、楊貴妃、唐憲宗、石孝忠、裴度、李愬、李光顏、烏重胤、韓愈、段文昌等前朝人物，數量可觀，超過50位。

成子高讓禹」、「三叔疑周公」、「張良、陳平貌似女子」、
「漢武山呼」、「朱買臣妻」、「梅福上書」等都曾出現在《讒
書》的篇章中；牽涉之古物有「神羊」、「鳳臺」、「秦鹿」
等，都能不落俗套，言人所未言。具體來說，採用了以下的表現
手法：

  1、借古諷今：羅隱〈三帝所長〉便是一則「借古諷今」的
　　例證：

> 　　堯之時，民樸不可語，故堯舍其子而教之。澤未周
> 而堯落；舜嗣堯理，迹堯以化之。澤既周而南狩。丹與均
> 果位於民間，是化存於外者也。夏後氏得帝位，而百姓已
> 偷。遂教其子，是由內而及外者也。
>
> 　　然化於外者，以土階之卑，茅茨之淺，而聲響相接
> 焉；化於內者，有宮室焉、溝洫焉、而威則日嚴矣。是以
> 土階之際，萬民親；宮室之後，萬民畏。[26]

　　此文論及堯、舜、禹三帝之治，以「公心」自處、以百姓利
益為尚。堯、舜傳賢不傳子，「是化存於外」，其居室簡約，聲
響相接；而禹卻傳位於其子啟，「是由內而及於外者」，於是帝
王開始擁有宮室田產，而且君威日嚴。羅隱顯然是借上古聖君為
例，嘲諷當代帝王不知節用愛民。

---

[26] 同註3，卷1，頁394。

2、引史議論：羅隱〈解武丁夢〉，則是一則「引史議論」
　　的例證：

　　　商之道削也，武丁嗣之，且懼祖宗所傳，圮壞於我。
　祈於人，則無以為質；禱於家，則不知天之曆數。厥有左
　右，民心不歸，然後念胥靡之可升，且欲致於非常，而出
　於不測也。乃用假夢徵象，以活商命。

　　　嗚呼！曆數將去也，人心將解也，說復安能維之者
　哉？武丁以下民之畏天命也，故設權以復之。唯聖能神，
　何夢之有！[27]

　　武丁是商朝帝王，殷商王朝自盤庚中興，傳至小乙，其後國
事衰微，武丁即位，夢得聖人傅說，畫像而求之，果然得傅說，
舉以為相，國大治。本文以特殊角度，說解「武丁假夢徵象以活
商命」之意義，認為武丁敬畏天命，設下徵賢的「計謀」，借以
恢復商朝的國祚，其實並無所謂「夢徵」。羅隱引武丁之史事，
是在慨嘆「曆數將去，人心將解」，整個大唐王朝已無武丁、傅
說之聖君賢相。
　　3、借史攄感：〈漢武山呼〉正是一則「借史攄感」的例證：

　　　人之性，未有生而侈縱者。苟非其正，則人能壞之，

---

[27]　同註3，卷3，頁397。

事能壞之，物能壞之。雖貴賤則殊，及其壞一也。前後左
右之諛佞者，人壞之也。窮遊極觀者，事壞之也。發於感
窬者，物壞之也。是三者，有一於是，則為國之大蠹。孝
武承富庶之後，聽左右之說，窮遊觀之靡，乃東封焉。蓋
所以祈其身，而不祈其民、祈其歲時也。由是萬歲之聲發
於感窬。然後逾遼越海，勞師弊俗，以至於百姓困窮者，
東山萬歲之聲也。以一山之聲猶若是，況千口萬舌乎？

是以東封之呼不得以為祥，而為英主之不幸。[28]

羅隱在〈漢武山呼〉中提醒帝王，勿為臣下「呼聲」所惑。
所謂「山呼」，又稱為「嵩呼」，指臣下祝頌皇帝、高呼萬歲之
舉。此文述及漢武帝自恃富強，恣意遊觀、迷信神仙；自祈其
身，非祈其民。尤其東封泰山，勞師動眾，吏卒雖高呼萬歲，實
不能視為吉祥，而為英主之不幸。羅隱據史書感，諷刺君王「自
祈其身、不祈其民」，必將帶來危機。

4、翻案見意：〈三叔碑〉則是一個「翻案見意」的例證：

肉以視物者，猛獸也；竊人之財者，盜也。一夫奮則
獸伏，一犬吠則盜奔。非其力之不任，惡夫機在後也。

當周节攝政時，三叔流謗，故辟之、囚之、黜之，
然後以相孺子。洎召节不悦，則引商之卿佐以告之。彼三

---

[28] 同註3，卷4，頁445。

叔者，固不知节之志矣；而召节豈亦不知乎？苟不知，則
三叔可殺，而召节不可殺乎？是周节之心可疑矣。向非三
叔，則成王不得為天子，周节不得為聖人。愚美夫三叔之
機在前也，故碑。[29]

　　所謂「三叔」，是武王之三弟管叔（姬鮮）、蔡叔（姬
度）、霍叔（姬處）。武王崩，成王尚幼，周公（姬旦）攝政，
三叔放出流言，謂周公「將不利孺子」，引起周公征討治罪。羅
隱在此解構了周公之歷史形象。本文先在理論上設定「見機」之
重要，然後讚美三叔「見機在先」，認為周公是迫於三叔質疑，
才放棄篡位野心；從而認為只要是權臣，都應嚴加提防。這樣，
在對周公輔佐成王之用心，作了翻案解讀之後，也對晚唐朝之強
藩、權臣釋出尖刻的諷刺。

　　總體而言，羅隱對於史料的運用，不在史實的重現，而是重
視史料的解讀；重新掌握歷史問題的本質，諷諭現實。從上述的
文例，可以驗證羅隱不論是借古諷今、引史議論、借史擄感、還
是運用歷史翻案，都顯現高明的史識，而且諷意十足。

二、寓言諷諭，計事議論

　　羅隱除了「以史論政」，對於寓言之運用，亦達出神入化
之境。出現在《讒書》中的寓言，有作者原創者，也有作者改寫

---

[29]　同註3，卷3，頁438。

者。都有涵藏深刻的寓意與尖銳的譏刺。首先以〈二工人語〉為例,一探羅隱的諷刺藝術:

> 吳之建報恩寺也,塑一神於門,土工與木工互不相可。木人欲虛其內,窗其外,開通七竅,以應胸藏,俾他日靈聖,用神吾工。
>
> 土人以為不可:「神尚潔也,通七竅,應胸藏,必有塵滓之物,點入其中。不若吾立塊而瞪,不通關竅,設無靈,何減於吾?」木人不可,遂偶建焉。立塊者竟無所聞,通竅者至今為人禍福。[30]

所謂「二工人」指土偶與木偶,是報恩寺的神像。其中木偶開了七竅、土偶則否;木偶與土偶「互不相可」,然而「立塊而瞪」的土偶要比「通七竅」的木偶更為潔淨,因為,通七竅的土偶,比較可能「胸藏塵滓」。但到了最後,土偶默默無聞,而木偶卻被當作神明供奉、至今為人禍福。羅隱顯然不只是在講有關神像的故事,而是借此抨擊社會上重視表面、不重實質之風氣。

再以改寫自《莊子》之〈蒙叟遺志〉為例,再探羅隱寓言的諷刺藝術:

> 上帝既剖混沌氏,以支節為山嶽,以腸胃為江河。一旦慮

---

[30]　同註3,卷4,頁458。

其掀然而興，則下無生類矣。於是孕銅鐵於山嶽，滓魚鹽
於江河。俾後人攻取之，且將以苦混沌之靈，而致其必不
貲也。嗚呼！混沌氏則不貲，而人力殫焉。[31]

此文題材源自《莊子·應帝王》：「南海之帝儵與北海之帝
忽為報中央之帝混沌之德，為鑿七竅」的故事。寫到混沌死後，
上帝以其四肢為山嶽，以其腸胃為江河，又慮其「掀然而興」、
導致「下無生類」；於是「孕銅鐵於山嶽，滓魚鹽於江河，俾後
人攻取之」，卻也使人們困於徭役。這篇不足百字的短文主題是
主張輕徭薄賦，與民休息。目的在提帝王者，切莫役使百姓，應
善體莊子遺意，給予百姓休養生息。

再以改寫自張華《博物志·雜說》之〈槎客喻〉為例，三探
羅隱寓言的諷刺藝術：

乘槎者既出君平之門，有問者曰：「彼河之流，彼天
之高，宛宛轉轉，昏昏浩浩。有怪有靈，時顛時倒。而子
浮泛其間，能不手足之駭，神魂之掉者乎？」

對曰：「是槎也，吾三年熟其往來矣。所慮者吾壽命
之不知也，不廢槎之不安而不返人間也。及乘之，波浪激
射，雲日氣候，或戶黯然而昏，火霍然而晝。乍攝而傍，
乍蕩而驟。或落如坑，或觸如鬥。茫洋乎不知槎之所從者

---

[31] 同註3，卷1，頁393。

不一也，吾心未嘗為之動。心一動，則手足不能制矣，不在洪流、槁木之為患也。苟人能安其所處而不自亂，吾未見其有顛越，不必槎。」[32]

按：此文字面寫槎客乘槎之訣竅，實則在宣示自己處身亂世之道—「心定則不亂」。張騫乘槎神話故事，原出張華《博物志・雜說》。羅隱用此故事生發議論，意在自勉，作者獨立剛正的節操，表露無餘。

最後以改寫自《述異記》之〈說天雞〉為例，四探羅隱寓言的諷刺藝術：

> 狙氏子不得父術，而得雞之性焉。其畜養者，冠距不舉，毛羽不彰，兀然若無飲啄意。洎見敵，則他雞之雄也；伺晨，則他雞之先也，故謂之天雞。狙氏死，傳其術於子焉。且反先人之道，非毛羽彩錯、觜距鋩利者，不與其棲，無復向時伺晨之儔，見敵之勇。峨冠高步，飲啄而已。
>
> 吁！道之壞也有是夫。[33]

文中的「天雞」，是一種能力超強的鬥雞，此雞「見敵，則他雞之雄也；伺晨，則他雞之先也，故謂之天雞。」然而，養雞

人卻未能傳承父親之飼養技術，所飼之雞，虛有其表；既不能司晨，也不善鬥。由上述這些例證，不難窺探羅隱借用寓言諷諭之高明。

　　總體而言，羅隱之寓言，論其風格，有先秦寓言簡潔深刻、勘落枝葉、直指核心的特色。論其性質與作法，無不關懷政治、針砭現實，類似柳宗元政治寓言的作法，似可視為柳宗元寓言文學之嗣響。

三、託物為喻，譏嘲世情

　　羅隱身為儒士，久困科場，卻能深自惕勵，不願夤緣附勢。洪亮吉稱其：「人品之高、見地之卓，迴非他人所及」。（《北江詩話》卷六），實非虛言。羅隱在〈詠白菊〉中說：「雖被風霜競欲催，皎然顏色不低頹。」（《甲乙集》卷十一，頁360）不難看出羅隱以寒士自況，而且高自期許。以這樣的心理，面對畸形的世態，託物為喻，寄寓情懷，也能成為一種高明的嘲諷手段。例如〈秋蟲賦〉：

　　　　秋蟲，蜘蛛也。致身網羅間，實腹亦網羅間。愚感其
　　理有得喪，因以言賦之曰：
　　　　物之小分，迎網而斃。物之大分，兼網而逝。網也
　　者，繩其小而不繩其大。

　　　　吾不知爾身之危兮，腹之餒兮。吁！[34]

　　羅隱以秋蟲，喻帝王；物之小者，比喻人民；物之大者，比
喻宦官、藩鎮。晚唐帝王只能壓制平民百姓，而對於宦官、藩鎮
則束手無策，反而深深受其掣肘。因此文中所謂：「繩其小而不
繩其大」，正是針對帝王而發。明顯採用「託物喻意」手法，寄
託諷刺之意。再如〈屏賦〉：

　　　　惟屏者何？俾蕃侯家，作道堙阨，為庭齒牙。爾質既
　　然，爾功奚取？迫若蒙蔽，屹非裨補。主也勿覿，賓也如
　　仇。賓主牆面，職爾之由。吳任太宰，國始無人。楚委靳
　　尚，斥逐忠臣。何反道而背德，與枉理而全身。
　　　　爾之所憑，亦孔之醜。列我們閭，生我妍不？既內外
　　俱喪，須是非相糺。
　　　　屏尚如此，人兮何知！在其門兮惡直道，處其位兮無
　　所施。阮何情而泣路？墨何事而悲絲？麟兮何歎？鳳兮何
　　為？吾所以淒惋者在斯。[35]

　　文中之屏，是「當門小牆」，而非日常之屏風。羅隱以屏為
喻，意在揭露臣下之遮蔽視聽。權臣用事，障蔽君聽，恰如屏之
「作道堙阨，為庭齒牙」、「迫若蒙蔽，屹非裨補」，其弊害不

---

[34]　同註3，卷1，頁396。
[35]　同註3，卷3，頁423。

可小覷。羅隱使用賦體鋪陳之文筆，意在嘲諷當時障蔽君王之權奸。再如〈雜說〉說：

> 珪璧之與瓦礫，其為等差，不俟言而知之矣。然珪璧者，雖絲粟玷纇，人必見之，以其為有用之累也，為瓦礫者，雖阜積甃盈，人不疵其質者，知其不能傷無用之性也。是以有用者絲粟之過，得以為迹。無用者具體之惡，不以為非。
>
> 亦猶鏡之於水，水之於物也。泓然而可以照，鏡之於物亦照也。二者以無情於外，故委照者不疑其醜好焉。不知水之性也柔而婉，鏡之性也剛而健。柔而婉者有時而動，故委照者或搖蕩可移。剛而健者非闕裂不能易其明，故委照者亦得保其質。[36]

此文前段以珪璧、瓦礫為喻，謂珪璧之玷纇，人必注意，以其有用；瓦礫雖多，人不疵其質，以其無用。託物為喻，諷刺「有用者絲粟之過，得以為迹。無用者具體之惡，不以為非。」之世風。後段再以鏡、水為喻，謂己絕不改變本性以求合世俗。再如〈道不在人〉：

> 道所以達天下，亦所以窮天下，雖昆蟲草木，皆被

---

[36] 同註3，卷2，頁415。

之矣。故天知道不能自作,然後授之以時。時也者,機
也。在天為四氣,在地為五行,在人為寵辱、憂懼、通阨
之數。故窮不可以去道,文王拘也,王於周。道不可以無
時,仲尼毀也,垂其教。彼聖人者,豈違道而庆物乎?在
乎時與不時耳。

是以道為人困,而時奪天功。衛鶴得而乘軒,魯麟失
而傷足。[37]

以衛國懿公好鶴,得以乘軒車;魯國獲麟,傷其一足。遭遇
何其不同!作者認為:能否得時,是其關鍵。羅隱認為:「道為
人困」、「時奪天功」得「時」與否,決定窮達。借物為喻,以
舒懷抱,兼慨自身遭遇。

總體而言,羅隱託物之作,構思精巧,文筆跳脫;喻托之
物,無非尋常,卻能蘊含深刻、諷諭銳利。羅隱雖志在求舉,卻
始終與晚唐政治社會維持距離,以其所見之真,故能下筆如神。

陸、羅隱《讒書》之成就與評價

羅隱以其《讒書》譏議時政,臧否世風,舒洩不遇之幽憤,
一方面獲得時流的稱賞,一方面也為其遭遇而慨嘆。晚唐詩人徐
夤〈寄兩浙羅書記〉說得好:「博簿集成時輩罵,《讒書》編就

---

[37] 同註3,卷3,頁429。

薄徒憎。」（《全唐詩》卷709，頁8167）羅袞〈贈羅隱〉也說
道：「平日時風好涕流，《讒書》雖盛一名休。寰區歎屈瞻問
天，夷貊聞詩過海求。」（《全唐詩》卷734，頁8386），所述
應是實情。

　　唐・齊己〈寄錢塘劉給事〉：「憤憤嘔《讒書》，無人誦
〈子虛〉。傷心天祐末，搔首懿宗初。」（《全唐詩》卷838，
頁9443）提到羅隱對晚唐政局的關懷，持續幾五十年。從懿宗咸
通到哀帝天祐（羅隱二十八歲到七十四歲），親眼見證唐朝如何
由衰敗到滅亡，《讒書》雖是羅隱前半生的力作，陳述的內容卻
似乎預示了後半生所處的外部環境。而這正是《讒書》的價值
所在！

　　歸仁在〈悼羅隱〉說：「一著《讒書》未快心，幾抽胸臆
縱狂吟。」（《全唐詩》卷825，頁9294）兩句兼論其文章與詩
篇，如果吾人能回到晚唐的「語境」，不難體悟羅隱那種「未快
心」與「縱狂吟」的悲憤心境。吾人應知《讒書》公諸於世之
時，功名未立、而國事蜩螗，處在這樣的情境，寫這種快意諷刺
之作，要付出多大的代價、需要多大的勇氣啊？！

　　筆者十分認同元・黃貞輔《羅昭諫讒書題辭》所說：「唐末
僭偽紛起，立其朝者，安食厚祿，充然無赧容。如公沈淪下僚、
氣節弗渝者幾何人！……在昔，慳邪輩豈無縟章繢句、取媚一
時，而泯泯莫聞。公氣節可敬可慕，凡片言只字，皆足以傳世，

況其著書垂訓者乎？」[38]道光三年《新城縣志》卷二十三載錄清
洪應濤〈書羅隱傳後〉也說：「嗚呼！國家存亡之際，最足觀君
子之用心矣。昭諫公於唐末造，窮於所遇，今讀其〈請追癸巳日
詔〉，謂陛下憂、岳瀆亦憂矣，直通乎天人之際也。」[39]羅隱在
《讒書》五卷中所陳述的將不只是晚唐的政情，更可貴的是真實
呈現「青年羅隱」可敬可慕的氣節，僅憑這一點，已經可以使
《讒書》傳世不朽。

　　魯迅在〈小品文的危機〉中曾經指出：「唐末詩風衰落，
而小品放了光輝。但羅隱的《讒書》，幾乎全部是抗爭和憤激之
談；皮日休和陸龜蒙自以為隱士，別人也稱之為隱士，而看他們
在《皮子文藪》和《笠澤叢書》中的小品文，並沒有忘記天下，
正是一塌糊塗的泥塘裡的光彩和鋒鋩。」魯迅將羅隱的《讒書》
定位為「抗爭和憤激之談」固然不錯，然而羅隱似乎還懷有儒家
「借史垂訓」之意向，只因羅隱不僅「委婉譎諫」而更使用了
「批判諷刺」的手段，使人很容易忽略這一點。

柒、結語

　　羅隱以《讒書》這一本青年時期的自選集作為行卷工具，
結果卻超越了唐代青年舉子求仕的正常功能，反而成為批判晚唐
政治社會的作品。羅隱雖然使用了多種多樣的諷刺手段，但《讒

---

[38] 轉引自同註3附錄，頁653。39轉引自同註3附錄，頁688。
[39] 轉引自同註3附錄，頁688。

書》的內容絕不單是「激憤與抗爭之言」，從這五十八篇作品來看，延續儒家「委婉諷諫」的傳統，寄望對時政有所裨補。從《讒書》大量運用歷史素材，不難覺察：羅隱在面對時政、反映社會問題時，仍有儒家知識份子「借史垂訓」的意圖。

羅隱遙承白居易「為君、為民、為時而作，不為文而作」的寫實精神，以《讒書》回應晚唐政治與社會種種亂象，是基於學術良知，不能不言；因此《讒書》五卷，充分代表「青年羅隱」對晚唐政治情態與社會現實的「嚴正關懷」。

羅隱在《讒書》中使用高明的寫作技巧，提升諷刺的力道；全書包括近二十種文體，堪稱中國古典文體的集中操練與展示。其寓言作品數量雖然不多，卻短小精悍、創意十足，獲得極高的文學成就。凡此，都使《讒書》一書，成為唐代諷刺文學不可多得的傑作。

本文曾正式刊登於東海大學中國文系主編：《東海中文學報》23期，（2011年07月）頁23-48。

文學小說類　PG2550　文學視界124

涵虛書室論文集

作　　者/李建崑
責任編輯/洪聖翔
圖文排版/蔡忠翰
封面設計/蔡瑋筠

發 行 人/宋政坤
法律顧問/毛國樑　律師
出版發行/秀威資訊科技股份有限公司
　　　　　114台北市內湖區瑞光路76巷65號1樓
　　　　　電話：+886-2-2796-3638　傳真：+886-2-2796-1377
　　　　　http://www.showwe.com.tw
劃撥帳號/19563868　戶名：秀威資訊科技股份有限公司
　　　　　讀者服務信箱：service@showwe.com.tw
展售門市/國家書店（松江門市）
　　　　　104台北市中山區松江路209號1樓
　　　　　電話：+886-2-2518-0207　傳真：+886-2-2518-0778
網路訂購/秀威網路書店：https://store.showwe.tw
　　　　　國家網路書店：https://www.govbooks.com.tw

2021年3月　BOD一版
定價：350元
版權所有　翻印必究
本書如有缺頁、破損或裝訂錯誤，請寄回更換

國家圖書館出版品預行編目

涵虛書室論文集 / 李建崑著. -- 一版. -- 臺北市 :
秀威資訊科技股份有限公司, 2021.03
　　面 ;　　公分. -- (文學小說類 ; PG2550) (文
學視界 ; 124)
　　BOD版
　　ISBN 978-986-326-891-8(平裝)

　　1.中國詩 2.詩評 3.文集

821.886　　　　　　　　　　110002976

讀者回函卡

感謝您購買本書，為提升服務品質，請填妥以下資料，將讀者回函卡直接寄回或傳真本公司，收到您的寶貴意見後，我們會收藏記錄及檢討，謝謝！
如您需要了解本公司最新出版書目、購書優惠或企劃活動，歡迎您上網查詢或下載相關資料：http:// www.showwe.com.tw

您購買的書名：＿＿＿＿＿＿＿＿＿＿＿＿＿＿＿＿＿＿＿＿＿＿

出生日期：＿＿＿＿＿年＿＿＿＿＿月＿＿＿＿＿日

學歷：□高中 (含) 以下　　□大專　　□研究所 (含) 以上

職業：□製造業　□金融業　□資訊業　□軍警　□傳播業　□自由業
　　　□服務業　□公務員　□教職　　□學生　□家管　　□其它＿＿＿

購書地點：□網路書店　□實體書店　□書展　□郵購　□贈閱　□其他

您從何得知本書的消息？

　　□網路書店　□實體書店　□網路搜尋　□電子報　□書訊　□雜誌
　　□傳播媒體　□親友推薦　□網站推薦　□部落格　□其他＿＿＿＿＿

您對本書的評價：（請填代號　1.非常滿意　2.滿意　3.尚可　4.再改進）

　　封面設計＿＿＿　版面編排＿＿＿　內容＿＿＿　文／譯筆＿＿＿　價格＿＿＿

讀完書後您覺得：

□很有收穫　□有收穫　□收穫不多　□沒收穫

對我們的建議：＿＿＿＿＿＿＿＿＿＿＿＿＿＿＿＿＿＿＿＿＿＿

＿＿＿＿＿＿＿＿＿＿＿＿＿＿＿＿＿＿＿＿＿＿＿＿＿＿＿＿＿＿

＿＿＿＿＿＿＿＿＿＿＿＿＿＿＿＿＿＿＿＿＿＿＿＿＿＿＿＿＿＿

＿＿＿＿＿＿＿＿＿＿＿＿＿＿＿＿＿＿＿＿＿＿＿＿＿＿＿＿＿＿

11466
台北市內湖區瑞光路 76 巷 65 號 1 樓

秀威資訊科技股份有限公司　　　收

BOD 數位出版事業部

．．

（請沿線對折寄回，謝謝！）

姓　　名：＿＿＿＿＿＿＿＿＿　年齡：＿＿＿＿　性別：□女　□男

郵遞區號：□□□□□

地　　址：＿＿＿＿＿＿＿＿＿＿＿＿＿＿＿＿＿＿＿＿＿

聯絡電話：(日)＿＿＿＿＿＿＿＿＿　(夜)＿＿＿＿＿＿＿＿＿

E - m a i l：＿＿＿＿＿＿＿＿＿＿＿＿＿＿＿＿＿＿＿＿＿